MEMORY HOUSE
记忆坊文化

白昼霓虹

Running Toward
The Rainbow

顾汐润 著

江苏凤凰文艺出版社
JIANGSU PHOENIX LITERATURE AND
ART PUBLISHING

Contents
目录

第一章

她喜欢我

飞翔公路自行车专卖店里,传来一阵嘈杂的闹声。

夏缨正窝在后方的维修仓库,检查面前的自行车的零件。她一旦专注起来,就不太听得到周边的杂音。

把车子的性能全部确认过,夏缨松了一口气,用手臂擦了擦额头上的汗。

夏冲现在身高一米七七,车坐垫再抬升一点,保证他把踏板踩到最低位置时刚好是一条腿的长度。

调整完所有细节,夏缨兴致勃勃地推车跑出去,向外喊道:"车子我组装好了,你来试试。"

过了一会儿,夏冲才从前门挪了过来,他嘴角耷拉着,看上去不太开心。

夏缨问:"你怎么了?"

"刚刚有人来店里闹……"

夏冲跟她说了一遍经过,也不是什么大事,附近的小混混闲得发慌,路过飞翔公路自行车专卖店,发现里面只有一个白白净净的男生,于是进来秀了一把存在感。

可夏冲只是长得秀气,性子一点都不软弱,很快就跟他们吵了起来,眼看要发展成斗殴事件,幸好被旁边便利店的老板及时阻止。

有成年人在,小混混不敢造次,灰溜溜地离开了。

夏冲不甘心地挥了挥拳头:"真要打起来,我能打到他们亲妈都不认识!"

夏缨"啪"的一声拍了下他的头："打架是不对的。你要是敢在外面斗殴，信不信我先把你打到咱妈都不认识？"

夏冲嗷嗷叫："姐，你还说打架不对，我这脑瓜迟早有一天要被你打傻！"

"不打也傻。"夏缨没好气地把车子推到他面前，说，"喏，给你组装的新车，按照你喜欢的那个运动员，叫什么来着……"

"戚骁白！"夏冲眼睛里发光。

"对，就是他。我研究了一下他的车，给你组装了个类似的，你试试看。"

夏冲激动坏了，刚才的冲突好像已经忘到了九霄云外。

夏缨扯掉防油围裙，佯装不经意地问："刚刚来闹事的人，长什么样？"

夏冲的注意力还在车子上，随口道："穿着白色的上衣，黑色的裤子，挺高的……"

等他抬起头时，发现姐姐已经不见了。

"还很胖。"这最后三个字，被夏缨完美地错过。

现在是工作时间，路上人不多，夏缨走出去没几步，就看到了夏冲的描述里个子高还穿着白衣黑裤的男生。

只不过是一个人，还戴着口罩。

在这个不冷不热阳光不晒的天气里戴口罩，要么是名人，要么是干了亏心事。

夏缨觉得他是后者。

他在等绿灯。

这个路口的红灯时间很长，他开始百无聊赖地低头玩手机。趁这个间隙，夏缨快步走到他身后。

这年头，小混混还挺注意形象。

跟预期的邋遢样子有出入，这个混混留着清爽的黑色短发，没有耳钉，没有文身，干干净净地往那儿一站，凭借修长的身材优势吸引了很多注意。

夏缨比较在意的是，他随意卷上去的袖管下，露出的一截精壮有力的手臂。

这绝对是经过长期运动训练才会形成的手臂肌。

夏缨下意识地便朝他下半身看。

不是好色，这是她的职业习惯，只要见到身上有肌肉的人，就忍不住想看看人家的大腿肌。

可惜，他的运动裤比较宽松，连轮廓都看不出来。

夏缨飞快地估量了一下，如果正面杠上，她恐怕占不到优势，所以，只能奇袭。

刚刚出了点汗，她手心里的汗液还没有干透，沾着链条油……不就是最好的武器吗？

她嘴角悄悄翘了起来，不动声色地走到这个男生身边，忽然抬手拍了下他的后背，说："绿灯了，走啦。"

男生微愕地看了她一眼，漂亮的眼睛里露出迷茫的神色。

夏缨冲他笑了笑，露出嘴角两个小酒窝，抱歉道："不好意思，我认错人了，你跟我朋友有点像。"

男生低低地"嗯"了一声，没有多话，抬脚过了马路。

夏缨站在原地，看着他白色衣服上那个黑漆漆的五爪印，忍不住笑了出来。

戚骁白跟顾长平约了半小时后在飞兔车队门口见面。

这一路上，也不知道怎么回事，从他身后走过来的人都频频扭头看他，神情似乎还憋着笑。

他把口罩往上拽了拽，然后反手去摸后背，没摸到字条之类的。

戚骁白抵达基地时，顾长平已经等在那里了，两人客气地寒暄了一会儿。

顾长平是飞兔公路车车队的经理，大约三十岁，皮肤白皙，戴着一副细框眼镜，始终保持着礼貌的淡笑，往那儿一站就让人联想起一个词——"斯文败类"。

他把戚骁白带进俱乐部。

"你来之前应该已经了解过，我们飞兔车队是这几年刚刚崛起的新强队，吸纳了不少优秀车手。因为股东是飞兔商业集团，没有赞助和资金上的困扰，车手只需要专心训练和比赛，没有其他顾虑，所以更加容易出成绩。"

"我知道。"

事实上，这正是戚骁白愿意来这里的原因。

他摘下口罩，车队里行色匆匆的工作人员在看到他的一瞬间都有些愣怔。

顾长平解释："我们这儿的大部分人都只听说过你的名字、看过你的比赛，却没见过真人，可能有点惊讶。"

"没事。"戚骁白简单地应着。

顾长平"啧"了声，心想，果然跟传闻中一样，是个不大爱说话的选手。

"我直接带你去和车队的队员们认识一下吧，他们现在在……"顾长平说到一半突然停下，一脸复杂地看着戚骁白的后背，话锋一转，"你要不先去更衣室换件衣服？"

戚骁白不解："怎么了？"

顾长平为难道："你去换就是了……"

在他的催促下，戚骁白提前拿到自己的队服，进入男子更衣室。

他把白色运动卫衣脱下来检查，赫然发现后背有个黑漆漆的五爪印，原来一路上回头率那么高是因为这个！

可是，这是什么时候弄脏的？

戚骁白忽然想起了那个在马路口碰到的女生，今天只有她拍过自己的后背。

所谓"你跟我的朋友很像"，难道是无中生"友"？

他正垂眸思考着，忽然背后传来一个声音："戚骁白，是你吗？"

他一回头，立刻对上一张无比熟悉的脸："叶一鸣。"

"嚯，真是你啊！"叶一鸣差点蹦起来，嘴里叼着棒棒糖，直直飞扑过来，差点挂在他身上，"我听说我们队要来一个很厉害的新车手，但没想到就是你啊，老戚！你也太狡猾了，要来飞兔居然不跟我说，还有没有把我当朋友了，生气生气，你得请我吃饭啊，知道不……"

叶一鸣式的聒噪，久违了，戚骁白却并不反感。

他说："这不，给你个惊喜。"

叶一鸣一拳打在他身上："亏你还有点良心，知道回来报效祖国，我还以为你已经被资本主义的空气浸泡到腐朽了呢！"

他们俩是很多年的好友，从初学公路车时就相识，以前几乎无话不谈。

叶一鸣伸手估量了一下身高："你长高不少嘛，现在得有一米八五了吧？"

"差不多。"

"恭喜你，风阻又变大了。"

戚骁白笑笑没说话，准备把脏了的白卫衣叠好。

叶一鸣一眼便看到那个嚣张又可爱的五爪印，好奇心无限放大："等等，这是什么奇奇怪怪的新款式？"

"不知道什么时候弄脏的。"

"这一看就是人为的吧？"叶一鸣瞪大眼睛，"你刚回国就树敌了？"

"没有。"戚骁白如实回答，"是一个不认识的女生。"

"嘿！"叶一鸣来了兴致，"你被认出来了？"

"戴着口罩呢。"

"说不定是真爱啊，仅凭一双眼睛就认出了你，给你留下这个爱的印记。以后凭这个印记重逢，再见面就会找借口要走这件衣服了，以此跟你产生更多交集，然后昏天黑地干柴烈火激情燃烧……"叶一鸣陶醉在自己想象的小剧场里。

戚骁白懒得理他，直接套上车队的衣服："你自个儿燃烧吧，我出去了。"

戚骁白走到门口，忽然又折了回来。

叶一鸣的话虽然毫无逻辑，却提醒他了一点，这爪印不知道是什么东西抹上的……不确定能不能洗掉，戚骁白把鼻子凑过去，谨慎地闻了一下，又闻了一下，随后露出迷茫的神色。

居然是链条油的气味。

作为一名职业竞赛自行车运动员，他对这个味道无比熟稔。

难道真如叶一鸣所说，那个女生是故意的？

以前倒是有不少人说过，他的眼睛长得很精致，在常年风吹日晒的粗犷车手里极具辨识度，单凭一双眼睛就被粉丝认出来的事也不是没发生过。

戚骁白抓了抓短发，无解。

顾长平还等在外面，叶一鸣跟他们一起去休息室。

路上，叶一鸣勾着戚骁白的脖子，嘴巴里的棒棒糖棍子一晃一晃的，他神秘兮兮地问："你知道飞兔最大的优势是什么吗？"

戚骁白："资金？"

"不对。"

"资源？"

"不对。"

"不想猜了。"

"哎，别啊，很惊喜的。"叶一鸣悄悄道，"飞兔有女队！"

在前面走着的顾长平回过头，重重咳了一声，警告般地瞥了叶一鸣一眼。

叶一鸣嘻嘻笑，丝毫不受威胁，压低声音道："你不觉得这很棒吗？"

戚骁白迅速换了个思考方式，理解地说："你说得对，人多就是财富。"

叶一鸣翻了个白眼，狠狠吐槽："你怎么还跟以前一个样啊，没意思。"

"你有意思。"戚骁白淡淡一瞥，"请问有意思的叶先生，你脱单了吗？"

叶一鸣突然想直接勒死他算了。

聊天的工夫，三人到了男车手休息室。

里面人很多，刚刚所有车手都被通知到这里集合，包括青队在内，戚骁白眼睛扫了一圈，有十几个人。

他一只脚刚迈进去，嘈杂的休息室瞬间安静了。

顾长平清了清嗓子："介绍一下，这是我们飞兔的新成员戚骁白。想必大家或多或少都听说过他，我就不再赘述了。从今天开始，戚骁白就是我们飞兔的固定主将，希望他能带领大家取得更好的成绩。"

话音落下，休息室比刚才更安静了，所有眼睛都直勾勾地看着他。

飞兔不缺钱，这两年更是从别的车队挖来不少高手。在以前，主将是由几个顶尖车手轮番担任，可戚骁白一来就是固定主将，这是什么样的运气和实力？

在场的人难免有些不服。

叶一鸣眼珠一转，带头鼓起掌来，气势如虹地回应道："好好好！欢迎'戚爸爸'，希望'戚爸爸'带我们飞！"

戚骁白主动鞠了一躬："初次见面，很荣幸以后能跟大家一起骑车。"

气氛终于有所缓和。

他没有给自己摆上主将的架子，反而退后了一步，率先把自己放在平等的位置上，微微抚平了大家心中的不快。

一个身材壮如坦克，看上去比戚骁白风阻还大的男子走了出来，跟他握手："你好，我是谷成礼，担任车队队长，以后请多指教。"

戚骁白立刻双手握上。

叶一鸣眯了眯眼，悄悄观察着两个人脸上的表情。

一个是队长，一个是新来的主将，老成员里要说最不服气的，谷成礼应该是其中之一。

不过谷成礼的脸上看不出什么异样的神情，还主动替戚骁白介绍起其他成员，直至说到一个瘦削的男子。男子掏了掏耳朵，无所谓地说："不用介绍了，谷队，我跟新主将以前就认识。"

戚骁白伸出的手悬在半空，迟迟未被回握。他从容地收了回来，声音平稳："好久不见，刘亚歌。"

刘亚歌看都不看他，嘴角扯起一个嘲讽的弧度，漫不经心地说："戚骁白，你运气还是这么好，一回国就是飞兔的主将，我可太羡慕你了。"

气氛陡然又变得诡异起来。

刘亚歌说出了很多人心里不敢说的话。

他们效力于飞兔多年，成绩也很好，可是大部分人都没成为过主将，甚至不能场场都上，凭什么戚骁白一来就有这么好的待遇？

大家都知他曾效力于欧洲某个强豪俱乐部，也在一些国际赛事上取得过不错的成绩，可是，他们也不差啊！

大家各怀鬼胎，尤其是年轻些的车手们，对这个"空降兵"心存芥蒂。

他们默默地盯着戚骁白，好奇他会怎么回应刘亚歌的挑衅。

出乎意料的是，戚骁白笑了一下，顺着他的话应道："你说得对，我运气还不错。"

刘亚歌不说话了，轻哼一声，头转向一旁，对顾长平道："顾经理，咱们的新技师什么时候来啊？我的车子出问题好几天了！"

顾长平推了下眼镜："车队里不是还有技师吗，怎么不去修？"

"他们那些半吊子，技术能行吗？我那么贵的车，只有首席技师可以碰。"

顾长平露出不悦的神色："那你等着吧，首席技师明天就来了。"

"千万别像今天这样让我失望啊。"刘亚歌懒洋洋地说。

顾长平淡笑了一下，目光忽然扫过所有人，带着浓浓的审视："车队是一个整体，成员的增减是经过我和其他工作人员慎重考量的，如果谁有不满，可以到我办公室来聊聊。如果没有，那就希望大家好好训练，专心准备接下来的比赛。"

队员们全部噤声。

顾长平看着温文尔雅，但在飞兔权力很大，谁都不敢得罪他。

简单的见面会结束后，叶一鸣凑到戚骁白耳边说悄悄话："刘亚歌这些年就是那个样子，你别理他，估计还记恨你呢。"

戚骁白想起了以前的事，轻轻摇了摇头。

"没事，随他便。"

第二天，几乎所有人都知道了刘亚歌和新来的主将戚骁白不对付。

训练中，刘亚歌频繁地用身体冲撞他，带着明显的恶意。经过谷成礼的警告后，他干脆改玩阴的，趁队长看不见的时候继续撞他。

不知多少次后，戚骁白忍不住问："有事？"

"没事就不能撞你？"

"随意。"他加快踩踏板的频率。

刘亚歌立刻跟上："戚骁白，你说你好端端的，回什么国呢？"

戚骁白直视前方，没说话。

"资本主义的车队对你不好吗，还是工资没谈妥？你可别说你是回来报效祖国的，这种空话我一个字都不信。"

回应他的还是沉默。

刘亚歌又猛烈地向他的胳膊撞去："你说话啊！"

戚骁白笑了一下，懒洋洋地说："既然一个字都不信，那我还说什么？"

话罢，他又加快了速度，转眼就把刘亚歌拉开数十米远。

直到训练结束，戚骁白再没看刘亚歌一眼，连个余光都没分给他。

叶一鸣带头冲回休息室，边走边嚷："快点快点，我快饿死了，赶紧换衣服吃饭去！"

他推开男队休息室的门，刚往前走了一步，就立刻退出来，一把关上门，反复确认门旁边的标牌。

"怎么了？"后面的谷成礼问。

"见鬼了。"叶一鸣喃喃道，"女队终于有人忍不住贪图我的美色了？"

谷成礼毫不客气地拍了一下他的后脑勺："清醒一点。"

叶一鸣捂着头："我很清醒，里面有个姑娘啊。"

男车手们哄笑："怎么可能？叶一鸣你是不是想姑娘想疯了？"

"真的有！难道女队有我们休息室的钥匙？"

"说什么胡话，钥匙是严格看管不互通的。"谷成礼不知道叶一鸣今天犯什么浑，一步跨过去，自己去开门。

下一秒，他安静了。

后面的男车手发现队长表情不对，也立刻凑了过来，然后集体窒息。

真有个女的。

那姑娘就坐在他们平时常坐的板凳上，腿上摆着一本书，正歪着头，笑意盈盈地看着他们。

空气寂静到诡异。

这姑娘主动挥了挥白净的爪子，自我介绍："我叫夏缨，新来的首席技师，以后请多指教。"

"什么？"有车手惊呼，"首席技师？"

谷成礼的条件反射就是——不信，他友善地提醒她："女队休息室在楼上。"

"谢谢，我已经见过女队的人了。"

谷成礼身形又高又大，特别壮实，夏缨走到他面前，仰起头打量了一下，气势上竟然一点都不输："顾经理现在有事来不了，我就自己来了。"

听到她把顾经理搬了出来，谷成礼将信将疑："你真的是……"

"新首席技师——"夏缨拉开外套拉链，露出里面那件飞兔技师专属队服，图案和他们身上的一样，只是款式略有不同，"是我。"

左胸口的名牌上，"夏缨"两个字下面有一排飞兔专属首席技师的英文。

队员眼中的怀疑逐渐变成了震惊。

公路车是高强度高耐力的运动，技师负责为车手的设备提供全方位的支持和维护，在一些比赛中甚至需要全程随队。这个项目男女人数很不平衡，女运动员已经很稀少了，而比女公路车运动员更稀少的存在，就是女技师。

这里大部分车手，甚至从没见过女技师，更何况是首席。

谷成礼一时之间竟然不知道该从哪里震惊起，性别、年龄、身份，每一样都超出他的认知，合在一起就汇成了一句话——她能行吗？

夏缨似乎猜到了他们的疑虑，却觉得没什么好解释的，反正以后要朝夕相处，慢慢认识也不迟。

她慢条斯理地说："我平时都会待在车队仓库里，有关车方面的问题可以随时来找我，互相学习，一起进步吧。"

没有回应。

看样子大家还是不太能够接受。

夏缨也懒得多说，准备离开这里，却忽然听到一个低沉的声音在耳朵上方响起："等等。"

她停下脚步，抬起头，看到一张意外俊俏的脸。

细长而微微上挑的眼形，高挺的鼻梁，在公路车运动员里还算白皙的皮肤，薄唇微微抿着，仿佛跟其他人一样困惑，但又有些不同。

只用一眼，夏缨就能确定这必然是个人气选手。

"有什么事吗？"她礼貌地问着。

戚骁白盯着她。

他刚才一眼就认出了她嘴边两个小酒窝，蓦地想起了昨天白卫衣背后黑漆漆的五爪印。

"你……"戚骁白迟疑了两秒，"你是来找我的吗？"

夏缨呆了一瞬。

她有点想笑，但还是憋住了，斟酌了一番，说："你觉得是，那就是吧。"

这是一个开玩笑的答案，但戚骁白偏偏紧绷着一张脸，眼里流出"看看，我就知道"的神色。

夏缨更震撼了，来之前没人告诉她啊，男队里有个脑子不太好的选手？

她的职业病又犯了，下意识地垂眸打量对方的大腿。

腿非常长，大腿肌发达而匀称，看得出来经过严格的训练，是非常适合骑公路车的料。

虽然脑子不好，但仍然坚持逐梦，这是什么身残志坚的感人故事吗？

夏缨觉得离奇，但没有再说什么，快步离开了。

回仓库的路上，她忍不住一直回想那个人的脸。模样长得这么好，可惜是傻的。

但是那个流畅的下颌弧度，好像在哪里看到过？

夏缨想不起来，只能作罢。

车队要拍队员的证件照。

其他成员都拍过了，只有戚骁白和夏缨是新来的，顾长平安排他们两个单独去拍。

一大早，夏缨被通知去停车场找司机，基地很大，她又是初来乍到，绕了半天也没找到司机的位置。

在空荡荡的停车场徘徊时，她一眼瞅到了昨天那个脑子不太好的男队员。

她主动上前去打招呼："你好，你也要去拍照对吧？"

戚骁白身体一僵，低头看她，两个明晃晃的酒窝仿佛在挑衅。

他极慢地说："是啊，好巧。"

"是巧。"夏缨干巴巴地笑道，"所以，你找到我们要坐的那辆车了吗？"

戚骁白看她的眼神有点奇异，仿佛她才是最傻的那个。过了一会儿，他才抬起手，缓缓地向前方一指。

五十米外，贴着飞兔logo的黑色小汽车就安静地停在那里。

夏缨顿时有些尴尬，找了这么久，没想到就在眼前。

她小声嘀咕了一句："我刚刚没看到。"

"嗯。"戚骁白接了句莫名其妙的话，"却看到我了。"

什么意思啊？敢情她眼里只有这个傻子吗？

夏缨想笑，刚要说什么，忽然看到戚骁白从口袋里拿出一个黑色口罩戴了起来。

夏缨的笑容顿时凝固在了脸上，她不可思议地望着戚骁白这一身眼熟的搭配。

似曾相识的白卫衣，袖管卷了一半，露出一截精壮的小臂，下身穿着黑色的休闲运动裤，以及戴着这个黑口罩。

是他？那个被她用五指"封印"过的小混混？

不对呀！

夏缨忙问："你叫什么名字？"

戚骁白垂眸看她一眼，没有回答，却是忽然弯腰，凑近了一些。

他身上爽利清澈的气息扑鼻而来，夏缨有些不自在地别开脸，道："干、干什么……"

"你不知道我是谁？"戚骁白开口了，明明没有什么情绪，却因为低沉而自带蛊惑，"你不是说像吗，跟你的朋友。"

谎言被拆穿，夏缨一下子脸红了。

她刚要解释，后面忽然传来喊声："喂，前辈！等等！"

夏缨立刻向后退了一步，退回到安全的距离。

跑过来的少年脸颊比她还红，神情激动地说："戚骁白前辈，我是青队队员陈繁，是您的粉丝！认识您很高兴！"

什么？夏缨石化了，她刚刚听到的是"戚骁白"三个字吗？

那个在圈子里风头最盛的年轻车手，她亲弟夏冲的偶像？

可是……顾长平之前发给她的车手名单里，并没有这个名字啊！

难道他和她一样，都是这两天刚刚加进队伍里来的？

夏缨自顾自凌乱，忐忑地用手机上网输入"戚骁白"三个字，立刻弹出了那张没什么情绪的脸。

为了给夏冲装车，她是研究过戚骁白的比赛视频的。可是运动员比赛时会戴护目镜，外加她的注意力主要在车上，根本没注意他到底长什么样。

要命了。

他是戚骁白，不是什么小混混，她那天根本就是认错人了。

夏缨的腿像灌了铅，远远地走在这位大佬后，默默为自己的命运点个蜡。

青队的陈繁也是最近才来的，没赶上拍照，便跟着他们一起了。

男孩身体很灵活，一下子钻进副驾驶里，把后面的座位留给两位前辈。

夏缨非常尴尬。

她上车后就不停地往车窗边上靠，试图降低自己的存在感。

陈繁总想跟戚骁白聊天。

但由于戚骁白不善言辞，在真诚简洁地回应了他的崇拜以后，就闭上眼睛休息了。

陈繁闷得有些无聊，于是便开始跟夏缨聊天。

在得知她是新来的首席技师后，陈繁惊讶得眼珠都快掉出来了，上下打量她，毫不掩饰自己的怀疑："你？你行吗？"

"小朋友，你怀疑谁呢？"提到专业上的事，夏缨立刻精神抖擞起来，"我学器械的时候估计你还没断奶呢。"

陈繁得意："我十岁就开始骑车了！"

"我五岁就学修车了。"

陈繁瞪她一眼："怎么可能，那么小，而且哪有女孩子学这个的！"

"年轻人，你不要性别歧视，这个世界很大的，什么都有。"夏缨老神在在地教育他，"至于年龄……只能说，环境摆在那儿，自然而然就学了。"

对方撇了撇嘴，小声道："那我还是不信。"

夏缨懒得跟他再解释。

飞兔基地在海边，合作的摄影棚在市内，正好赶上早高峰期，车在路上一直堵，开了一个小时也没到。

很快，陈繁也跟着戚骁白一样睡去了。

司机师傅是个话很少的人，夏缨觉得有些无趣，决定拿出耳机听一会儿音乐。

手伸进包里的时候，她逆着劲，手腕向上一扬，耳机就在空中画出一个圆润的弧度，精准地掉在了戚骁白脚边——离夏缨更远的那只脚边。

她暗暗"啧"了一声，左右为难地看着戚骁白。

这人还在睡，呼吸很浅，眼窝深邃，长长的睫毛在眼睛底下遮盖出一片淡淡的阴影。

如果说上天有什么不公，那大概就体现在他身上了，给他足以成为优秀运动员的强健体魄，还给了他能直接改行进娱乐圈的容貌资本。

夏缨盯着他半天，见他完全没有要醒的意思，叹了口气，只能自己去捡耳机了。

戚骁白的腿很长，膝盖直接抵着前面的座椅背，没有留下什么空隙。夏缨一只手小心翼翼地撑在他旁边，躬下腰来，另一只手费劲地伸出去，脸几乎要贴在戚骁白的腿上了。

还差一点点，一点点……

只剩下一个指尖的距离，司机师傅突然踩了个急刹车，"咣当"一声，戚骁白的身体因为惯性往前倾了倾……

结果就是，夏缨的后脑勺撞到了他的肚子。

戚骁白被撞醒了。

他睁开眼时，看到的就是夏缨趴在他腿上，捂着头，惊悚地与他对视的诡异画面。

戚骁白的眼神透露着迷茫与震惊，刚才因为撞击而下意识悬在肚子上的手，不动声色地向下移了移，好像在做某种保护。

夏缨的脸噌地就红了，赶紧坐了起来，焦急地解释："我的耳机掉在那儿了，然后你睡着了，我想还是不要吵醒你，就自己去捡，没想到司机师傅突然刹车……"

戚骁白动了下腿："哪儿？"

夏缨伸手一指，顿时傻眼了。

刚才还只是孤零零躺在那儿的耳机，不知道什么时候被戚骁白踩在了脚下。

"我的耳机！"她一声哀号。

戚骁白赶紧挪开脚："这个？"

夏缨咬了咬牙，怨念地点头。

戚骁白伸手把耳机捡起来，自行车运动员腿部的蹬力很大，接口部位好像被他踩变形了……

"多少钱？我赔你。"戚骁白有些歉意地说。

夏缨心疼地擦掉上面的灰尘，摇了摇头："这个已经用了很多年了，不值钱，不用你赔。"

"我买一个新的给你。"

夏缨还是摇头，唉声叹气地把耳机装回包里。

戚骁白顿了顿，低声道："抱歉。"

证件照开拍，夏缨和陈繁很顺利，两个人虽然有些怯镜，但在摄影师的指导下都能合格。

戚骁白作为新来的主将，准备造型的时间长了点，等他们两个都拍完了，他才换好衣服出来。

他身上穿着飞兔这个季度的队服，身上的肌肉线条一览无余。

为了尽可能地减少风阻，自行车运动的队服会设计得格外修身，尤其是运动短裤，几乎是贴在腿上的。

夏缨观察了几眼，他的身体条件简直是老天爷赏饭吃，除了健硕的腿部肌肉，作为支撑的背肌和腹肌也十分精壮，整个人看上去很匀称，并没有肌肉发达的油腻感。

这当然也是后天勤奋训练的结果。

陈繁在一旁看得眼睛发亮，凑过头来小声地问："你说我能练成他这样吗？"

夏缨瞥了眼他的细胳膊细腿，不忍心打击他："你加油。"

不是她吝啬鼓励，只是实事求是。

欧美人在自行车运动上比亚洲人更有天赋，戚骁白是黄皮肤车手里万里挑一的少年天才，出道即巅峰，年纪轻轻就被欧洲强队挑走，还在清一色外国人的队伍里占据了一席之地……多少年才出这一个。

除了后天坚持不懈的努力，天赋和领悟也同样重要。

飞兔把他挖回国，一定是下了血本。

陈繁叹了口气，认命地说："我和人家的身价差了起码三四个零……"

夏缨忍俊不禁，安慰他："但是你比他会拍照。"

陈繁扑哧一笑。

确实，站到镜头前，戚骁白立刻暴露出自己的短板——他完全不会拍照。

只要一对上摄影师的镜头，他就变得僵硬和呆板，哪怕保持着平时那张没有情绪的脸，也哪儿哪儿都不对劲。

连续拍了好多张，摄影师都不大满意。

其实运动员的证件照不用拍得多美型，能看出来是这个人就行了，可这位摄影师偏不。尤其是戚骁白这样的高颜值，一旦拍难看了，见到真人时大家就会瞬间联想到证件照，进而觉得是他的技术不行。

这不是砸自个儿的招牌吗？

所以，尽管急得一头大汗，摄影师仍然不停地指导戚骁白摆动作和表情。

好不容易拍到了几张可以用的照片，摄影师又有了新的想法。

"戚先生，我想拍一张笑着的，烦请您配合。"

戚骁白没有拒绝，对着镜头僵硬地扯开嘴角。

平时笑起来挺正常一个人，现在怎么笑得像恐怖片？

"戚先生，自然一点，再自然一点，唉，这样有些刻意……发自内心地笑，微笑也行，想想那些让你开心的事。"

戚骁白想到了他第一次赢得比赛，以及后面无数次的大赛，都是让他开心的事，可是笑出来还是怪怪的。

摄影师无奈地对助理说："再拍几张，实在不行就算了吧。"

然后摄影师又叫来在旁边闲聊的夏缨和陈繁："你们两个，没事的话就过来帮个忙，看有没有什么方法能让他笑出来。"

陈繁绞尽脑汁说了几个笑话，可是非但没让戚骁白笑出来，反而因为太冷，连摄影师都笑不出来了。

夏缨没有什么逗人开心的天赋，神游地环视这个摄影棚。

地上有一些奇特的服装道具，像是游乐园里穿的那种，她很感兴趣，定睛便看到一顶红色的滑稽头套，脱口说了句："哇，西红柿！"

她说得飞快，声音也很小，纯粹是开心时的自语。

可戚骁白刹那间愣住了。

我喜欢你？

她这是……暗中……表白吗？

戚骁白垂下眸，内心慌乱，舔了下嘴唇。

他从来没想过谈恋爱的事，跟夏缨认识得不久，今天才算真正意义上说了话，她这样……很主动，很热情，很大胆，搞得他还挺紧张的。

戚骁白重新抬起眼，悄悄打量夏缨。

她大概以为他什么都没听到，神态非常轻松，完全没有表白后的害羞，还跟陈繁捡了地上的玩偶服来玩。

夏缨把一个大西红柿头套戴到自己头上，结果没对准眼睛的位置，手臂一阵乱挥，愣是看不到面前的路。

她气呼呼地把西红柿头套摘了下来，发丝因为静电俏皮地翘起来，竖在头上，比戴上西红柿时还要有喜感。

戚骁白忍不住笑了一下。

摄影师刚好对好了焦，眼疾手快地"咔嚓"一声。

"成了！"他一声惊呼，让戚骁白自己都愣了一下。

众人纷纷跑到相机前，想看看让这位大摄影师这么激动的照片是什么样的。

画面里，戚骁白站在镜头中央，眼睛微微弯着，嘴角的笑意一直蜿蜒到眼底，像春风一样柔和。

夏缨竖起大拇指："摄影师真会拍，这张都不用修，可以直接放出去了。"

"那是，我这些年的摄影经验可不是白积累的。"摄影师非常满足。

陈繁在赞扬了一波偶像后，忍不住问："戚神，你刚刚想到了什么？感觉笑得都不太像你了，还挺温柔的。"

戚骁白立刻拉直唇线，一本正经地说："什么都没想。"

拍完照片，夏缨没有跟他们一起回基地。

她在一中门口下了车，正好是下课时间，夏冲已经在校门口等她了。

"姐！"夏冲小狗一样冲了过来，急切地碎碎念，"飞兔队服，飞兔队服！"

夏缨神秘地把外套拉链一拉："看！"

夏冲激动到爆了声粗口，立刻被夏缨一巴掌拍在脑瓜上："臭小子，胆子大了啊，敢对着姐姐说脏话？"

夏缨下手一点也不轻，但此刻夏冲根本顾不上疼，疯狂地拉着她合影。

"对了，跟你说个内幕消息。"夏缨小声道，"戚骁白加盟飞兔了。"

"啊？"夏冲震惊道，"不可能吧？"

"我能骗你？"

"我……"脏字差点又要飙出来，还好夏冲及时止住，"我……太难相信了！姐，你确定是他？一点消息都没有啊。"

"等着吧，今天才拍了证件照，应该过几天官网就放出来了。"随后，夏缨话锋一转，"不过，你这个偶像脾气好像有点怪。"

"怎么怪了？"

夏缨思忖了一下，没有回答。不能告诉夏冲她把戚骁白认成小混混还得罪了人家的事，有损做姐姐的威严。

但具体怎么个怪法，她又说不上来。

夏冲："姐，你不太了解他，他这个人不太爱说话，在镜头前也不张扬，也没什么花边新闻，应该不会是坏人。"

夏缨点了点头，随即扬起笑脸："不过你放心，有他在，你的那辆车子姐就能改得更完美了。"

"啊啊啊你是什么神仙姐姐啊！"夏冲激动不已，缠着她又是一轮队服合影。

第二章

两个祸害

新任首席技师是女的这件事，就像男队新主将是戚骁白一样劲爆。这两件事如同两把火，很快烧遍俱乐部上下。

戚骁白横空转会，还直击主将席位，就算他之前在比赛中表现优秀，也无法说服所有人接受。

但是，至少他还有过去的成绩可供佐证。

可对于夏缨，大家的猜忌更多了，和戚骁白一比，这个夏缨名不见经传，一点能拿得出手的地方都没有。

更多的人是怀疑，她那个细胳膊细腿，根本不像个器械大师。

一个半路杀出来的主将，一个不知深浅的女技师，两个人合在一起，搅得这段时间基地人心都浮躁了，于是有人私底下戏称他们为"飞兔两大祸害"。

偏偏两个人都有自己的脾气，听到了这些议论后仍然表现得漠不关心，丝毫不生气的样子。

今天训练过后，以刘亚歌为首的几个队员，相约去仓库保养一下车子。

其他成员也来了兴趣，他们不知道那个瘦瘦的小姑娘会怎么处理这种状况，抱着看热闹的心态，一并跟了过去。

车队里有个人叫李常，来得比较久，却一直处于边缘地位，很多重要比赛都排不上场。他心中对戚骁白颇有积怨，对夏缨那样的年轻姑娘也不大瞧得上。

路上，他见都是自己人，于是敞开了说："我们训练时要忍受一个祸害，训练完了要去找另一个祸害，说到底还是我们最惨哪。"

有几个人"咯咯"地笑了起来。

叶一鸣把棒棒糖从嘴里拿了出来，不满道："你在胡扯什么？老戚那么强，是祸害吗？"

"突然空降，一点消息都没有，打乱下一次比赛的选拔，不是祸害是什么？"李常翻了个白眼，"叶一鸣，我知道你跟他关系好，现在他又不在，我们说说也没什么吧。"

叶一鸣眼珠骨碌碌转，忽然笑了一下："行吧，老戚是祸害。那么训练赛里成绩不如他的，是不是承认自己连祸害都不如？"

几个队员的脸色立刻有些难看。

叶一鸣体贴地拍拍李常的肩："你也别太难过，按照这个标准，我队基本上都是祸害不如。"

李常青着脸，甩开他的手，忍不住嚷嚷："本来下一场比赛我应该可以上场的，结果他一来，硬生生占据一个名额，我看他就是祸害！"

"别说了。"谷成礼忽然发话，扫了众人一眼，"现在说这些有意思吗？想上场就努力训练，运动员用实力说话，不要怨天尤人。"

队员们通通闭嘴。

不知过了多久，一直沉默的刘亚歌发出一声怪笑，讥诮道："好一个用实力说话，谷队别光跟我们说这些啊，不如也跟那位新主将传达一下？"

"不用传达，我听到了。"

戚骁白的声音忽然在队伍最后方响起。

刚才讥笑他的几名队员立刻背后汗毛倒竖，惊恐地回头："你什么时候在这儿的？"

"刚刚就在了。"戚骁白推着车，漫不经心地走着。

"你不是不来吗？"

"链条涩了，想去上点油。"

李常即刻呼吸有些困难，小心翼翼地问："你……你都听见了？"

叶一鸣"嘿"了一声："你抖什么，刚才骂人家祸害的时候不是很威风吗？"

李常瞪他一眼，不敢再乱说话了。他也就是发发牢骚，倾诉一下自己的不满，并没有想让戚骁白本人听见啊！

好在戚骁白并不在意这些，包括刘亚歌刚才赤裸裸的挑衅，好像都不痛不痒，他的神色始终自然，仿佛基地旁大海的风景都比他们的谈话更有吸引力。

叶一鸣蹬了一圈车，灵活地绕到戚骁白旁边："老戚！链条油你自己弄还是让那个新来的技师帮你弄？你猜她会不会抹得到处都是，然后撂挑子不干了？"

戚骁白立刻想起那天沾在后背的五爪印："我猜不会。"

叶一鸣哈哈大笑："但是我真的见过一些有洁癖的小姑娘——哎，模样就跟她差不多，白白净净的，还挺漂亮，一闻到链条油的味道就嗷嗷叫，那场面，别提多好玩了。"

戚骁白提了提嘴角："那恐怕要让你失望了。"

叶一鸣一愣，怎么回事，他跟那位女技师很熟吗？

一群人抵达技术部的仓库时，夏缨正在清点器械，中长的头发在后脑勺上随意地绾了起来，耳朵边挂着几缕倔强的碎发。

她看到这些人结伴而来，并没有惊讶，只是微微眯起眼，飞快地统计了一下人数。

"排队，一个个做登记，免得待会儿乱了。"

夏缨娇瘦的身躯站在庞大且密集的金属器材前，有一种违和感。已经有队员打起了退堂鼓，主动说："我先找其他技师修吧……"

"我也是……"

夏缨没有阻拦，直接去查看面前的第一辆车。

是李常的。

"什么问题？"夏缨蹲下来，认真地观察车身。

"后轮车胎不太行。"李常盯着她。

夏缨二话没说，把他的后车轮从车架上卸了下来，摸索了一会儿，说："不是车胎，是轮圈歪了。"

李常反驳："我骑着就觉得是车胎有问题。"

夏缨捏了捏车胎，坚定道："车胎是好的。"

她迅速把车胎拆掉，将光秃秃的后车轮放在调圈台上。

"什么意思？"李常抱起了胳膊，似乎要把刚才窝的火发在她身上，"没经过我的同意，你凭什么把我的车胎拆了？"

夏缨直直对上他的视线："看不出来吗，我在帮你修这辆车。"

"我说了车胎骑着不对，你非要说轮圈，这车是你骑还是我骑？你到底会不会？"

维修仓库里顿时充满了火药味。

夏缨平静地看了他一会儿，在这样的目光下，李常竟然有一点无所适从。

"不管我骑不骑这车，都会把它修好。"夏缨指着调圈台上的参照物，一字一顿地说，"辐条张力不齐，导致偏摆。"

众人定睛一看，果然，肉眼看没什么问题的车轮在参照物的比对下，明显地左右来回晃动。

李常愣了愣，半天没吭声。

夏缨像弹奏竖琴似的，纤细的手指在金属辐条上挨个测试，意外地灵活，仿佛被她触摸的不是冷冰冰的金属器械，而是细腻的艺术品。

很快就定位到有问题的辐条，她马上拿起工具来平衡它们之间的张力。

她动作敏捷、熟稔，毫不拖泥带水，调整轮圈是比较细致的活儿，但在她手里好像按了加速键，解决得又好又快。

当夏缨正在释放最后的辐条虚位时，李常越发感觉没面子，不甘心地嘟囔了句："不就是个破修车的吗，跩什么。"

夏缨一字不落地听见了，她手上动作一顿，慢慢地把轮子从调圈台上取下来，眼眸中带着冷淡的意味："你的车轮，我已经修好了。"

重新装上车胎，组进车架里，然后，夏缨做了个让所有人震惊的动作。

她将起右边袖管，露出一截白净纤细的手腕，上面还戴着女孩子喜欢的彩色珠链，她就用这只手，握住车架下管，直接将整辆车子提了起来。

一口气不带喘地、轻快地掂了掂。

"应该没问题了。"在众目睽睽下，夏缨把车子推到李常面前，挑着眉道，"试试？"

李常额上冒汗，战战兢兢地接过车，头一次觉得自己的爱车有如千斤重。

他骑上去，蹬了几下，小声说："行吧……谢了。"

"嗯。"夏缨露出漫不经心的笑意，好似想起了什么，四平八稳地道，"对了，上一个说我只是个破修车的人，坟头的草跟你这车一样高了。"

维修仓库里一片沉寂，没有人接话。

不知过了多久，叶一鸣突然爆发出大笑："小姐姐，你这个脾气我喜欢！来来来，我给你糖吃！"他从包里拿出一根棒棒糖，"收下这份见面礼，以后咱们就是兄弟了。"

夏缨神色缓和下来，接过糖："谢谢，冲刺车手叶一鸣。"

"你认识我啊？"叶一鸣笑容很爽朗，语气却贱兮兮的，"我有这么出名吗，是不是因为上个赛季表现太出色了？唉，我都说不接受采访了，经理还是要给我安排，真没办法，烦！"

夏缨笑了。

托戚骁白的福，她这几天仔细地研究了一下车手们的资料，叶一鸣样貌不错，眼睛又圆又大，很好辨认，没想到还是个活宝。

谷成礼已经从刚才剑拔弩张的氛围中走出来了，主动向她道歉："对不起，我们队员不应该那样说话的。李常，过来道歉，明天你再多加十圈。"

夏缨抬起手："道歉就不用了，该散的就散了吧，这里没有什么好戏可以看。"

谷成礼微微一愣。

她已经看出大部队并不是来修车，而是来看热闹的。虽然没有发火，但看上去也并不开心。

谷成礼觉得自己这个当队长的没有起好带头作用，这么为难一个小姑娘，很失职，立刻转过身对全体成员说："今天晚上增加训练，一个都不许跑。"

顿时一片哀号。

刘亚歌很不满："我就是想来修个车，为什么也要跟着增训？"

谷成礼没理他。

戚骁白始终没说话，也没什么表情，早就坐到一旁，自己开始抹链条油。

等其他人推着车子走了，他才抬起目光在夏缨身上顿了一下，然后移开。

晚间增训，戚骁白和谷成礼两个人像打了鸡血，完全没有训练一天的疲惫，带头冲在了最前面。

公路车时速很高，晚上又看不清路面，大家都不敢骑太快，很快就被他们拉开了距离。

望着前面越来越远的背影，后面几个队员逐渐掉队，气喘吁吁地说："他们两个怎么这么拼啊？"

"谷队和戚骁白，这两人还真是……"话里有话，隐了后半句。

新来的车手不懂，傻乎乎地问："怎么了，这两人有过节？"

老队员们热情科普："谷队是飞兔的老成员了，熬了这么多年，也没轮到个固定主将的位置。"

新成员似懂非懂，迷茫地听着。

刘亚歌慢悠悠地接过话头："戚骁白年龄比谷队小，比赛经验也没有谷队丰富。"

"啊……"

大家看着前方的眼神逐渐变得奇怪，尤其是提起谷成礼时，带着几分同情。

"谷队肯定很不甘心……"

"没办法，谁叫我们有个腾空而降的主将呢。"

"我说你们能不能别成天脑子里就这些东西？"叶一鸣顶着风，痛快地表达自己的不满，"好好训练不行吗，有工夫盘算这些有的没的，不如我向谷队申请给你们再来一圈？"

求生欲令队员们闭起嘴。

飞兔基地的寝室是两排小楼，中间用过道连着，一边住男生，另一边住女生。

夏缨现在就站在过道中间，来回地踱步。

傍晚的小插曲没给她带来什么影响，但她觉得需要跟戚骁白解释一下那天"五指封印术"的误会。

可到底该怎么说呢？如果诚实地告诉他，自己把他错认成了街头小混混，会不会使得这尊大佛更加生气？

夏缨有点焦虑，大拇指和食指下意识地捏着嘴唇。

她思考得很投入，目光都是神游的。

"你在想什么？"

一个不太高的声音突然在背后响起，夏缨吓了一跳，脱口道："在想戚骁白。"

话音刚落，她顿觉气氛不对，一回头，就对上了戚骁白十分复杂的眼神。

原来这就叫作绝望。

"我的意思是……"夏缨深呼吸一口气，艰难地道，"我正好要找你，有件事想跟你解释一下，不是字面上的'想你'。"

"哦。"戚骁白欲言又止，"什么事？"

"在你背后印五指印那天，我不是故意的，是真的把你认错了，很对不起。"

"嗯。"

"那件衣服拿来我帮你再洗一下吧？你要是介意，我也可以赔一件新的给你。"

戚骁白脑子里忽然闪过叶一鸣之前说的话："以后凭这个印记重逢，再见面就会找借口要走这件衣服了。"

被他说中了。

戚骁白搭在车把上的手不由得攥紧，喉结动了动，吐出三个字："不用了。"

夏缨顿时泄气，莫名有种一拳打在棉花上的感觉，而且戚骁白就跟夏冲说得一模一样，十分不善言辞。

她费劲地挤出笑容："就这样？"

"不然呢？"

戚骁白垂下眸，似在思考，目光纯粹，毫不促狭地落在她身上。

"你能原谅我吗？"夏缨迎着他的视线，试探着问。

映入戚骁白眼帘的就是一张清秀的小脸，正眼巴巴地瞅过来，灯光刚好洒在睫毛上，呼扇起来像是蝴蝶的翅膀。

"你这又不是犯错。"戚骁白顿了顿，怕伤她自尊，便没有说后半句话——顶多算情难自抑。

夏缨松了一口气，嘴角笑出两个小酒窝："那就谢谢你的体谅了。"

她的目光停在戚骁白这辆红色喷漆的车上，问："你怎么不把车放在仓库？"

"我习惯推回寝室里。"

"那怎么就你一个人回来了？"

"增训结束，他们说要去吃点东西。"

"你不吃？"

戚骁白觉得有点像查户口，但还是坦诚地说了："我每天晚上回寝室还要训练，时间来不及。"

夏缪有点惊讶："你可真厉害，我还从来没见过像你这么自律的车手。"

戚骁白心中一紧。被人夸奖对他来说是很寻常的事，但唯独这一次，他感觉到一种轻飘飘的愉悦。

可能是夏缪眼中的真挚打动了他。

戚骁白微不可察地抿了下唇，谦逊地说："还行。"

没想到，对话到这里还没结束，夏缪又问："你傍晚来仓库是要上链条油对吧？"

"对。"

"都上完了？"

"嗯。"

"那你……"夏缪眼珠一转，说，"你要不要今晚把车放在仓库，我抽空给你保养一下？"

戚骁白蹙了下眉，没拿到衣服，就改要车了？现在的女孩了，都这么执着的吗？

他本想一口拒绝，但看到夏缪嘴角两个明晃晃的小酒窝，又重新斟酌了一下语言："不好意思，车子我刚保养过，暂时不需要再保养了。"

"哦……"

夏缪毫不掩饰眼睛里的失望之情，但转念一想，他总有一天要修车的，到时候再研究也不迟，于是拍了拍他："行，那我不耽误你的时间了，你上去吧。"

戚骁白也不说再见，就"嗯"了一声，推着车往男寝走。

没走几步，他忽然停下脚步，回过头，对夏缪说："要不……你换个人吧？"

"啊？"

这是这位少言寡语的天才运动员第一次主动跟她说话，但夏缪有点没明白。

夏冲就是喜欢他，车子也按照他的那辆做了个大概，怎么换人？

夏缪挺直腰板，非常认真地说："不行，我这个人很执着，不达到目的绝不罢休。"

戚骁白震了一下，神色越发复杂。

夏缪自己都没有想到，很快她又找上了戚骁白。

起因是叶一鸣在朋友圈里发了张一尘不染的寝室照，说："自从老戚搬进来以后，我们寝室前所未有地干净！抹一把泪，感谢老天赐我一个这么勤快的室友！"

夏缨点开照片一看，立刻从床上坐了起来，把旁边的方清如吓了一跳，手里的营养搭配表都掉了下去。

方清如是飞兔车队的营养师，比夏缨大了几岁，跟顾长平一点说不清道不明的关系，夏缨很久以前就认识她了。

"你怎么了，偶像官宣恋情了吗？"

夏缨把照片放大，拿到方清如眼前："清如姐，你看，Cath家前年限定的太阳神玩偶。"

方清如看了下照片，又看了看夏缨床上摆着的一排，果然长得很像。

"还真是。"

"我一直在收集Cath每年的限定玩偶，唯独少了前年这一个，我好恨啊。"夏缨抱着手机哀号，"据说太阳神这款发行量是最低的，我排了好久的队，最后也没买到。"

方清如抖了抖营养表上的灰："不好意思，其实我看不出来有什么区别。限量就是个坑，坑的就是你这种人。"

夏缨叹了口气，她心心念念的太阳神，要是能摸一下就好了。

这个念头一冒出来，夏缨眼睛里立刻重新燃起了光芒，她果断打开叶一鸣的微信对话框，把截图发了过去。

夏缨："叶一鸣，这个玩偶可以借我看一下吗？"

过了一会儿，收到回复。

叶一鸣："啊？这个不是我的，是老戚的，你可以找他借。"

同时向她推荐了联系人"戚"。

夏缨："谢谢。"

手机放到一边，她没有加戚骁白，总感觉和他之间还有莫名的误会没有解开，夏缨对他有些犯怵。

但她不知道的是，男寝那边，叶一鸣转头就把这件事告诉了戚骁白。

"夏缨想找你借个东西，我把你的微信号推给她了。"

戚骁白停下核心肌群的锻炼，拿起手机看了看，没有请求添加好友的提示。

他打开音量，把手机放在触手可及的地方，继续健身。

但直到他洗完澡，准备睡觉了，手机仍然静悄悄的。

他沉默地看着没有丝毫提示的微信，垂着眼皮，发梢上还挂着水珠，不知道在想什么。

叶一鸣关了灯，寝室里只有戚骁白面前的手机发出一点微弱的光。

"你还不睡吗？"叶一鸣说，"明天还有早训。"

戚骁白这才恋恋地收了手机，钻进被窝里。

他睡不着，睁着眼睛躺了半天，终于忍不住问叶一鸣："你真的把我的微信推给夏缨了吗？"

叶一鸣已经进入梦乡了，哼唧一声，没有回应。

戚骁白只能作罢。

第二天中午，训练结束时男队像脱缰的野马一样冲进食堂。

戚骁白一进去就看到了夏缨，她正在跟营养师说话。不知道聊起什么愉快的话题，两个小酒窝就没消失过。

走过她身边时，戚骁白放慢了脚步。

夏缨立刻看到了他，招了招手："戚骁白，我有事找你。"

戚骁白背部绷紧，平静地问："什么事？"但内心想的却是——今天又要借什么东西呢？

夏缨笑眯眯地打开手机图片，说："Cath的这个太阳神玩偶，可以借我看一下吗？"

戚骁白怔了一下，落在图片上的目光立刻变得暗沉。

那是他的玩偶没错，但也是他最不想提起的东西。

"抱歉。"他果断拒绝，"这个不行。"

夏缨显然没料到这个答案，愣了半天："为什么？就只是一个玩偶呀……"

戚骁白顿了片刻，不太愿意多说："我不想借。"

夏缨咬了咬牙，这可是她离梦寐以求的太阳神最近的时刻！

"我就是看看，马上还你，绝对不会弄脏弄坏……不会像那件衣服！我发誓！"

不知道这个玩偶到底有什么特别，戚骁白从她眼中看到了祈求。

"你很喜欢那个东西？"他忽然微微弯下腰，凑近一点和她说话。

夏缨感觉到背后方清如火辣辣又八卦的视线，赶紧点头："对，我一直在收集这个系列的玩偶，唯独这个太阳神没买到。"

"太阳神？"

"你不知道吗？你手上那个，名字叫太阳神。我有月亮女神、大地之神、天空之母……这些不好买的我都有，你要是感兴趣，我的那些也可以借给你。"

"谢谢。"戚骁白重新直起身，居高临下地看着她，黑漆漆的眼睛里没什么情绪，"但我不喜欢。"

"嗯？"

"我不喜欢，所以不借。"

这是什么逻辑？夏缨眨眨眼，发现这个人真的很难懂。

她有了个大胆的猜测："你的太阳神难道是女性送的吗？"

"是又怎样？"

"哦……那没事了，你吃饭去吧。"

多半是前女友送的，虽然不喜欢，但又不想让别人碰，也可以理解。

戚骁白看了她一眼，也不再多言，径直打饭去了。

午饭后，车手们回宿舍短暂休息，戚骁白看到了那个摆在床头的玩偶，立刻把它塞进了行李箱中。

叶一鸣还有些诧异："你怎么把它收起来了？昨天夏缨还说想看看这个丑玩意儿呢。"

戚骁白长腿往床上一伸，回道："眼不见为净。"

"咦？"叶一鸣好奇地凑了过来，"你在食堂是不是跟夏缨说了什么，她走的时候表情很失落，我刚刚还看她发了个朋友圈。"

叶一鸣掏出手机，举到他面前。

夏缨就发了一行简单的文字："唉，还是错过了。"字里行间都透露出浓浓的悲伤。

看在戚骁白眼里，却平白多了一股酸溜溜的味道。

他思考了一下刚才的对话，再结合这条朋友圈，慎重地推断出了一条结论——这可能就是传说中的女生吃醋。

车队全体证件照发布当天，顾长平给大家放了假，晚上一起去聚餐。

他在市内订了个自助式KTV，可以在包厢里边吃边唱，因为男队和女队加在一起人数很多，所以分成了两批。

夏缨和方清如跟在女队这边。

吃了没一会儿，叶一鸣忽然探头进来："各位姐姐妹妹玩得开心吗？"

女队车手们立刻会心一笑，有人调侃："叶一鸣，你不是要问我们开不开心，你就是要问秋一冉。"

叶一鸣嘿嘿一笑，端着自己的盘子进来："我们那边太闹腾了，我可以在你们这儿坐一会儿吗？"说完余光不停地往秋一冉那儿瞟。

女队队长秋一冉似乎早就习以为常，岿然不动地吃着圣女果。

夏缨悄悄问方清如："叶一鸣和冉姐是什么关系？"

"叶一鸣在追她，但是还没成功。"

"哦。"夏缨啃了口鸡腿，了然道，"跟你和顾长平一样。"

方清如立刻瞪了她一眼："不一样，我跟顾长平已经没关系了。"

"明白明白，他单方面挽回你，但你心如磐石丝毫不为所动……"

叶一鸣不知何时凑了过来，圆圆的眼睛很亮："你俩聊什么呢，我听到了顾经理的名字。"

方清如："没什么！"

夏缨擦了下嘴巴上的油，面不改色地胡扯："我们在夸他年轻有为，带队有方。"

叶一鸣"哦"了一声，压根没怀疑，还很热情地提议道："夏缨，你跟我去隔壁坐一会儿吧，趁着这个机会让大家都熟悉熟悉你。"

夏缨不是很想去，但出于未来工作的考虑，她还是放下了手里的盘子，说："好吧。"

叶一鸣又跟秋一冉说了一会儿话，就带着夏缨去隔壁包厢。

男队那儿玩得更起劲，唱歌、喝酒、摇骰子一样不落，呼声好像要把天花板都掀翻。

已经有几个队员喝多了，勾肩搭背地抱在一起，也不知道在聊什么，时不时发出古怪的笑声。

夏缨看了一圈，目光定在戚骁白身上。

他好像跟其他人不在一个世界里，安静地坐在一旁，极短的黑发刚至额头，露出完整的眉骨和眼睛。

他的眼睛真的很漂亮，眸光也是纯粹的，在昏暗的KTV包厢里，发出淡淡的润泽光芒。

夏缨知道他自律，但没有想到会自律成这样，即便左右两边的人已然喝到放浪形骸，他仍旧不受影响，平静地吃着自己的饭，喝着面前的一杯清水。

夏缨越过人群，在他旁边坐了下来。

倒不是想和他坐在一起，只是觉得他身旁更清静。

戚骁白转头看了她一眼，然后垂眸在自己的盘子上，出于礼貌，拿了根没碰过的鸡翅递给她。

夏缨意外了两秒，随即大方地接下鸡翅，安静地啃了起来。

喧闹的KTV包厢里，只有他们两个在无言地吃东西。

他们两人的格格不入终于引起了别人的注意，作为包厢里唯一的女性，夏缨被他们起哄唱歌。

这时候，夏缨刚好啃完了戚骁白给她的第三根鸡翅，擦了擦手说："那我就给大家唱一首吧。"

戚骁白看着她豁然起立的背影，喉结动了动，心里生出一种无法名状的情绪。

他有点紧张地放下盘子，正襟危坐地盯着屏幕，莫名想知道夏缨准备唱什么。

他知道，很多时候，女生在KTV唱的歌都寄托了自己的思绪。

谷成礼做主把夏缨点的歌提了上来，一分钟后，屏幕上出现五个大字——算什么男人。

夏缨唱歌从来不分心情，最近听什么就点什么，她没什么技巧可言，但胜在深情，抱着话筒一通哀号，反而掩盖了技巧不足的缺陷。

一首歌唱完，男队队员们纷纷给她鼓掌，客套地夸她唱得好，夏缨也不怯，照单全收。

唯独戚骁白，不鼓掌，也不说话。

夏缨瞥了他一眼，有点奇怪，刚刚还好端端的人，怎么现在眉头皱得这么厉害？

她没有放在心上，转头跟叶一鸣聊天去了。

忽然"啪"的一声响，所有人都吓了一跳。

李常喝多了，脸和脖子都涨成了红色，不知道跟旁边的人说起了什么，手里的酒杯都摔碎了。

"女人就应该胸大屁股大，让男人看着赏心悦目，不然还能叫女人吗？"他晃着醉醺醺的身体，口齿不清地跟旁边的人说，"看看我们女队的那些姑娘，大腿肌比我的还发达，一个个都跟男人似的，送我都不爱要！"

夏缨不快地看着他。

谷成礼斥了他一声："李常，别乱说话。"

"我没乱说话，聊天嘛，就是图个放松。"李常厚着脸皮笑道，"谷队，你喜欢什么样的姑娘？等我们拿奖了，出名了，肯定大把的漂亮姑娘投怀送抱，到时候我可得好好挑几个。"

他抬起头，目光迷蒙地扫视了一圈，忽然定在了夏缨身上。

李常龇牙笑了："夏缨啊，长得倒是还不错，就是平时穿着打扮不够性感。你要愿意穿超短裙，哥哥就考虑收了你。"

叶一鸣额角的青筋一跳，从刚才李常说女队开始，他就忍着愠怒，此刻终于忍不住，捋起袖子想上前把他揍醒。

夏缨忽然伸出手，把他拦了下来。

她随手从桌上拿起一个水杯，不卑不亢地冲李常走了过去，果断地倒在了他头上。

哗啦啦的水流沿着头发浇下来，李常难以置信地看着她："你疯了？"

"醒了吗？"夏缨冷漠地看着他，"楼下就是商场，走啊，姐姐买条超短裙送你。自个儿回去偷偷穿，别出来丢人现眼。"

夏缨放下水杯，头也不回地走了。

李常后知后觉，自己居然在公共场合被一个女孩羞辱了？他心里窝火，要去拦她，却被叶一鸣和谷成礼等人钳制住。

夏缨关上包厢门之前，满脸都写着耻笑与不屑，更加刺痛了李常的自尊心。

男队包厢里又掀起了新一轮混乱，戚骁白仍然坐在原处，沉默地看着被夏缨泼光的那杯水。

嗯，是他的杯子，和他喝了一半的水。

他现在没水喝了。

戚骁白忽然站了起来。

混乱的包厢重新安静下来，所有人都屏息朝他看过来，不知道一直降低存在感的人为何突然有了动作。

戚骁白不慌不忙地走到李常身旁，就在大家都以为他是来拿走水杯的时候，戚骁白忽然冒出一句话："不去道歉？"

李常愣了一下："道、道什么歉？"

"向夏缨道歉，向女队道歉。"戚骁白双手插兜，大半张脸隐匿在阴影里，仿佛散发着危险的戾气。

所有人都没反应过来。

经过这一小段时间的相处，他们都知道戚骁白是个不善言辞的人，平时话少，大都是安静又低调地坐在一旁。

可此时此刻，他像变了个人似的，强大的气场压迫在每一个人头上，明明没说什么重话，却令李常忍不住冷汗直冒，仿佛他是个会吃人的魔王。

李常舌头打结，半天没说出话来。

戚骁白似乎耐心耗光，弯腰拿起桌上的水杯，又向李常投去意味不明的一瞥。

"去道歉，听到了吗？"

李常彻底醒酒了，甚至不敢和他深黑的眸子对视，颤抖着"嗯"了一声。

戚骁白拿着杯子重新坐回自己的小角落。

过了一会儿，包厢里才陆续有人说话，但大家都心有余悸，无法忘记刚才短短几分钟内戚骁白的变化。

至此，飞兔男队的车手们总算明白了，这个新来的主将只是不善言辞，但并不代表他没有脾气。

一直到十二点，他们才散场。

回到基地时，整个城市都已经入睡。

叶一鸣冲完澡出来看到戚骁白正盘腿坐在床上发呆，不知道在想什么。

叶一鸣安慰他："李常就是欠，我都差点没忍住揍他，你别把这种垃圾放在心上。"顿了顿，又说，"虽然队里有他这样的智障，但不代表其他队员也这样，你放心吧，飞兔整体素质还是可以的。"

戚骁白仍呈打坐状，没吭声。

"不过夏缨今天可以啊，没想到她细胳膊细腿的还能这么强悍，真是人不可貌相。"

叶一鸣拿余光瞟他，发现他还是置若罔闻，便继续啰唆："怎么说呢，我觉得今天正应了本大爷之前总结出的一个道理，表面温柔的女孩子内心搞不好可以徒手拆车。"

戚骁白的神情终于出现一丝波澜，他眉头蹙起又展开，再蹙起，如此反复好几轮，终于侧过头，眸中闪着微妙的光。

叶一鸣看到他小心地舔了舔唇，正以为他要开启一个意义深远的话题时，就听到戚骁白以无比谦逊的态度问他："女生吃醋了怎么办？"

第三章

秀色可餐

叶一鸣怀疑自己幻听了，但戚骁白认真的神情又不像在开玩笑。

"什么女生，你谈恋爱了吗？"叶一鸣问。

"没有。"

"那你……"叶一鸣欲言又止。

戚骁白生活作息非常规律，平时也没见他抱着手机跟人聊天，据叶一鸣所知，他目前是没有桃花运的。

一个身边没有异性缠绕的运动员突然想探讨感情问题，那就只剩下一个可能……他恐怕跟粉丝产生了越界的联系。

叶一鸣心不在焉地拆了一根棒棒糖："你这个问题很严重啊……"

戚骁白立刻坐到他对面，准备好好聆听一番。

出于对隐私的尊重，叶一鸣放下一颗八卦的心，耐心地说："女生吃醋了，你就得哄啊。"

"怎么哄？"

"首先你去道歉，不管三七二十一，你就承认是自己的错，并表示下次不会再犯了。然后说点好听的话，最好是情话，什么我心里只有你，你才是我唯一的宝贝之类的。"

戚骁白身上起了一层鸡皮疙瘩："很难。"

叶一鸣鄙视地看他："这还难？那你别哄了，就这么着吧，等姑娘哪天忘记你了，就自然而然地原谅了。"

"除了这个，还有没有别的办法？"戚骁白顿了顿，补充道，"不是情侣关系，只是认识而已。"

"只是认识，姑娘就为你吃醋？这得有多痴情啊。"

叶一鸣其实是不信的，但他不打算戳破兄弟的小秘密。

看戚骁白是认真地在和他讨论这个问题，他只能给出另一套方案："老戚，你为什么不直接去跟人家姑娘聊一聊呢？真诚沟通，从心出发。"

说着，叶一鸣在胸口比了个心。

"你别这样。"戚骁白连连摇头，"肉麻，恶心。"

叶一鸣："那你滚吧，自个儿的姑娘自个儿哄去。"

戚骁白拿毛巾慢慢擦着湿漉漉的头发，似乎在思考，片刻后才说："但是，我都不知道怎么跟她开始一段对话，更不要提沟通了。"

时至今日，他也没有跟夏缨正儿八经地聊过天。

"那就是另一个问题了……你们有什么共同话题？或者你挑自己拿手的事情来说，比如……"叶一鸣深吸一口气，对着什么也没有的空气两眼深情，"美女，你会骑公路车吗？不会没关系，我教你啊！"

戚骁白看着他陶醉地自导自演，狐疑地问："你对女队的那位队长也是这么搭讪的吗？"

叶一鸣顿时泄气："别哪壶不开提哪壶行吗？"

秋一冉本身就是公路车运动员，叶一鸣第一次见到她的时候并不知情，跑上去问了这么一句话后，直接被对方拖到路上骑了四十公里。

想想就心酸。

戚骁白看他唉声叹气的模样，忽然怀疑刚才说了那么一大通，不会都在胡扯吧？

周末这天，飞兔给车手们放了半天假，大家可以去市里添置些日常用品。

夏缨和方清如、秋一冉三个人准备去商场，不知怎么，到临出发前队伍由三个人扩成了七个人。

叶一鸣要跟去，非拉着戚骁白一块儿。

顾长平也要去，明明是为了方清如，但他偏要拉上谷成礼当挡箭牌，美其名曰是陪他。

知晓所有内幕的夏缨，偷偷冲顾长平抛去一个鄙视的眼神。

顾长平主动请缨担任大家的司机，开了辆商务车，七个人便浩浩荡荡地从基地出发。

但谁都没有想到，进了商场以后，谷成礼却是最释放天性的那个。

他看到了一个毛毡套装，就此站在店门口走不动路了。

夏缨来得晚，不清楚队里各个人的属性，因而震惊地看着人高马大的谷成礼把毛毡套装抱在怀里，脸上露出了少女怀春的表情。

大概因为她的表情太过震撼，话痨叶一鸣尽职尽责地开起了科普模式："别看谷队外表粗糙，其实内心很细腻，他喜欢做手工，还会做饭，经常在宿舍里给我们开小灶。对了，我们男队所有破掉的袜子都是谷队帮忙缝的。"

夏缨已经完全忘记了表情管理。

谷队，没想到你竟然是这样的谷队。

谷成礼冲进这家店，又买了新的针线盒、一件围裙和几个碗碟，还煞有介事地对戚骁白说："你入队以后，我就琢磨着多买一副餐具，这样晚上加餐就不怕抢筷子了。"

很显然，戚骁白的震惊程度不亚于夏缨，憋了半天才憋出"谢谢"二字。

七个人不方便一起行动，于是按照原计划兵分两路，女生去女装楼层，男生则漫无目的地闲逛。

路过男装店时，夏缨犹豫了一下，跟两个伙伴说："你们先去前面看女装吧，我要进这里看一下。"

方清如知道她有个弟弟，便没说什么，带着秋一冉杀到女装店血拼。

夏缨在男装店里挑了两款卫衣，一件是给夏冲的，另一件她想作为补偿送给戚骁白。

她不知道戚骁白的尺码，只能以夏冲的体型为基础，跟店员比画了半天，才成功买到衣服。

她拎着两个袋子出来，正准备跟两个女生会合，就碰见了落单的戚骁白。

戚骁白好像根本没有逛商场的需求，一个人靠在栏杆上，安静地看着人来人往。

他的侧脸线条非常优越，睫毛又很长，路过的小姑娘都悄悄地多看他几眼。

夏缨走过去拍了他一下："怎么就你一个人？"

"兵分三路了。"戚骁白说，"顾经理不知道跟营养师去了哪儿，叶一鸣跟秋一冉走了，谷队说要去超市再买点东西。"

于是，他就成了谁都不要的"走失儿童"。

夏缨竟然从他黑白分明的眼睛里看出了一点委屈，一定是她看错了！

心一软，她便把手里的一个袋子交给他："喏，这是给你的。"

戚骁白意外地看着袋子里的男士卫衣："为什么要送我这个？"

"之前我弄脏了你一件衣服，一直过意不去，这个就当是赔偿。"夏缨把衣服拿了出来，抖开，"你要不要试一下大小，如果不合适我正好可以去换货。"

戚骁白慢慢把衣服铺平，粗略比画了一下，说："应该是合身的。"

夏缨弯了弯眼睛，笑出两个小酒窝："合身就好。"

戚骁白怔了半天，声音极低地说："谢谢。"顿了一下，他像是想起什么，拿起面前的小提袋，推给她，"这是给你的。"

"啊？这是什么？"

夏缨拆开袋子，发现里面放着一个全新的蓝牙耳机。

一个赔衣服，一个赔耳机，也算是想到一块儿了。

夏缨大咧咧地拍了他一下："哎，其实我那个耳机根本没坏，还可以听，你不用专门买一个新的给我。"

"没事。"戚骁白斟酌了一下措辞，说，"应该赔的。"

夏缨看着他谨慎的神情，忽然来了兴致，歪着头叫他："戚骁白。"

"嗯？"戚骁白谨慎地向她看过来。

夏缨更加确信内心的猜测，向他求证："你是不是不太擅长回应人情？"

戚骁白愣了一下，耳根有点烫，垂眸好一会儿，才回答："是的。"

他本来就是少言寡语的性格，长大后专注骑车，就更加减少了社交的机会。

一开始，他只是懒得应付复杂的社交，但后来因为某件事，他发现自己变得尤为不擅长回应他人的善意。

除了"谢谢"，他不知道还能说些什么回应那些施以善举的人。

可有的时候，很多人传播善意是希望能得到回报的，只说"谢谢"，反而使他们失望。

不知道从什么时候开始，"盛情难却"成了戚骁白最反感的词。

夏缨看着他变幻莫测的表情，除了那个"是的"，他什么都没有再说出来，心想这人最大的症结恐怕是不会表达自己。

夏缨干脆什么都不问了，痛快地收下蓝牙耳机，说："谢谢你送我这个，我最近刚好在看这款耳机，你送得很是时候。"

戚骁白紧绷的神色终于松弛了一些。

夏缨紧接着就把手里另一个袋子放到他手上："这个虽然不是给你的，但我想麻烦你帮我提一下，可以吗？"

戚骁白没说话，但一转眼，夏缨身上的重物全都转移到了他手里。

夏缨抿唇笑了下，没说什么，带着这个"走失儿童"继续逛街了。

她逛了好几家女装店，走到哪儿戚骁白都是店员和顾客侧目的焦点，简直是一个行走的大海报。

路过甜品区，夏缨跑去给他买奶茶，排队的时候问："你喜欢珍珠还是椰果？"

戚骁白皱了下眉，诚实地说："我不常喝这些。"上一次喝奶茶还是学生时代的事。

"那就珍珠吧。"夏缨单方面替他决定。

很久不喝奶茶，戚骁白竟然有些记不起味道，这回他认真吸了一口，仔细地感受甜腻的奶糖和淡淡的苦茶味在嘴里交织，好像也没有记忆中那么难喝。

夏缨一口气喝掉小半杯，发出满足的喟叹，然后跟他说："我请你喝奶茶是因为你帮我提东西了，而且你还让我体验到了回头率高是一种什么样的感觉，很奇妙。"

戚骁白不以为然："回头率高可不是什么好事。"

夏缨噎了一下，要不是他眼中真诚的光，她可能会想把他打死在这里。

"但我就是觉得很新奇，不行吗？"夏缨咬着后槽牙，阴恻恻地说。

不知道哪个字眼戳中了戚骁白的笑点，他无声地勾了下唇角，眼睛里透露出一丝笑意。

原来他发自内心笑起来的时候是这样的，比板着一张脸更好看，夏缨若有所思地盯着他想。

盯了一会儿，戚骁白不自在地摸了摸脸："怎么了？"

"没事。"夏缨吸溜了一大口珍珠，"看看你，有助于我多喝几口奶茶。"

"什么意思？"

"你秀色可餐。"

说这句话时，夏缨刚好把嚼烂的珍珠咽了下去，伴随着缓慢吞咽的动作，她那句话仿佛多了一点别的含义。

戚骁白倏地收回视线，神情复杂地挠了挠耳朵，目光四处飘散，最后像抓住救命稻草一般，指着楼下的一家店说："那是不是你喜欢的玩偶？"

夏缨顺着他的指尖望过去，果然是Cath的品牌店。

"去看看！"她立刻从长椅上站起来，拉着戚骁白的胳膊就往下跑。

Cath家的玩偶都是以猫咪为主题，不同品种的猫咪穿上五颜六色的衣服，戚骁白愣是没看出彼此之间的区别。

从店门口望进去，好像都跟他那个太阳神长得一样。

夏缨在店里转了好一会儿，一会儿抱抱这个，一会儿摸摸那个，嘴里不停地碎碎念："啊，太可爱了……天哪，这个萌化了……"

她随手拿起一个穿着恐龙衣服的猫咪，问戚骁白："这个是不是很特别？蠢萌蠢萌的。"

戚骁白低下头，默默地跟这只猫对视了一会儿，试图找出它的特别之处。

不仅没找到，还越看越蠢，他忍不住低声嗤笑。

夏缨不满地噘嘴："你这个笑声是什么意思？"

"就是……"戚骁白舔了舔牙尖，"挺特别的意思。"

夏缨这才点头："嗯！英雄所见略同！"

她果断买下了这只穿着恐龙衣服的小猫咪玩偶。

离开专卖店时，她还在跟戚骁白讲述这个品牌的起源与发展，以及自己收集每年限定玩偶的心路历程。

戚骁白听着听着，得出一个结论——夏缨真的是这个品牌的忠实粉丝，她之前来借玩偶也是真的冲着玩偶来的，跟他本人一点关系都没有。

这个发现让戚骁白内心有些许动荡，意料之中的轻松并未出现，反而有一丝空洞，像心脏上穿了一个小孔，有风一直往里面吹。

不知不觉到了傍晚，夕阳透过落地窗把余晖铺进了商场，戚骁白放慢脚步，看到夏缨的乳白色毛衣被镀上了一层金光，鬼使神差地出声叫住她："夏缨。"

夏缨怔了一下，转过身来。

这还是戚骁白第一次主动叫她的名字，他的声音本就好听，像被温水浸润过，现下他半垂着睫羽，乌黑的眼珠里蕴含着清亮的光。

"你会骑公路车吗？"

他望过来的眼底隐隐有期待。

夏缨笑了两声："会啊！"

戚骁白："嗯？"

夏缨："我不仅会骑公路车，还会骑摩托车，还会开车……满身都是证，你说我厉不厉害？"

戚骁白刚要扬起的笑容尴尬地凝在嘴边："你怎么会骑公路车？"

"你别误会，我只会蹬蹬踏板而已，骑不出速度和技巧，跟你们的水平也完全不能比，公路车在我手里只是一辆普通的变速自行车。"

没等戚骁白接话，夏缨的电话响了，方清如约她在商场门口会合，一起回基地。

戚骁白闭上嘴，心想叶一鸣的方法果然没用。

七个人重新碰面。

女生们激动地分享今天的战利品，谷成礼也加入其中，一点违和感都没有。

相比较之下，另外三个人就显得特别安静，仿佛都不约而同地受了挫，没人说话。

回到基地后，夏缨悄悄问方清如："你们今天怎样？"

方清如懒洋洋地瞥她一眼："什么怎样？"

"你跟长平哥去哪儿了？我看他回程路上也不说话。"

"不说话就对了。"方清如开了一局手机游戏，被对面反杀，恶狠狠地道，"分手就是分手了，还有什么可说的。缨妹，我跟你说，你以后找男朋友千万要擦亮眼睛，越是好看的男人花花肠子越多。"

"是吗？"

夏缨没来由地想起了戚骁白那张脸。

像他那样半天说不出几句话的人，也会有花花肠子吗？她好像无法想象戚骁白放荡的一面。

手机里又传出一声惨叫，夏缨知道她在游戏里又被杀了。

方清如干脆把手机放到一旁，郑重地交代她："我跟顾长平的事，还是要保密，已经过去的事我不想让大家知道。"

夏缨还在脑补戚骁白到处撩妹的样子，迟钝了一会儿才回过神，忙不迭应下："放心吧，我不会说这个的。"

"乖。"方清如怜爱地揉了揉她的头发，"明天姐姐给你加鸡腿。"

夏缨得了便宜就卖乖，立刻抱着方清如称赞了一番。

方清如像是想起了什么，忽然敛起笑容，正色道："缨妹，你这次回国打算待多久？"

夏缨叹了口气："我也不知道，走一步看一步吧。"

"未来呢？"方清如担忧地看着她，"一年前我就提醒过你了，你要想明白自己以后要做什么，是否还要继续干这一行。如果要改行，一定得趁早。"

"你说得对。"她闷闷不乐地趴在床上，看着自己细长的手指，不知道在想什么。

方清如语气变缓："你要是不想走，也想继续留在这个行业，就去找顾长平把合约调成长期的，到时候就算你爸爸亲自跑来找你，你也有理由留下。"

"我知道。"

夏缨把脸埋进松软的被子里，心里一阵迷茫时，手机忽然振了一下。

"戚"请求加您为好友。

夏缨选择通过，可对方半天也没说话。出于好奇，她戳进戚骁白的朋友圈。

没有自拍，没有对生活的感慨，看不出任何喜怒哀乐，只有几条健身打卡。

夏缨顿时有些羡慕。

像戚骁白这样的天赋型选手，一路都走得那么顺利，应该不会有什么烦恼吧？

这样想着，夏缨一不留神打开戚骁白的对话框。

夏缨："你真好啊。"

消息刚发出去，夏缨感觉有些歧义，于是火速撤回。

夏缨："不好意思，发错了。"

一直没有收到回复，夏缨以为戚骁白没看见。

但事实上，戚骁白都看见了。

他原本捧着手机，正想着怎么打招呼，忽然看见夏缨的昵称变成了"对方正在输入"，他凝神屏气，等到了那意味不明的四个字。

他难以察觉地勾起唇角，笑意还未延展到眼底，这条消息就被突然撤回，取而代之的是一条客套的说明。

叶一鸣正在旁边哭诉秋一冉今天对他有多么冷淡，已经念叨一晚上了。本来戚骁白全都当作耳旁风，此刻突然觉得他聒噪。

"谈恋爱有什么好？"戚骁白无情地打断他。

叶一鸣刚要解释，就看到戚骁白翻了个身，留下一个决绝的背影："好好训练，好好比赛，谁先脱单谁是狗。"

每天都想当狗的叶一鸣心中无语。

第二天，天公不作美，下了场大雨，车队没办法进行室外骑行，干脆就在室内做训练。

基地临近海边，下大雨的同时也会刮大风，吹得玻璃窗砰砰响。

训练馆内，几乎没人注意外面恶劣的天气，所有人都专注在骑行台上，以最快的速度转动脚踏板，同时观察着面前屏幕上的数据。

除了专职教练员偶尔跟队员的一两声私语，没有人说话，屋里只能听见器械的声音和车手的喘息。

戚骁白身下的骑行垫上已经洇了一片汗渍，汗珠仍然不停地从额头上滚落下来。

临近中午，谷成礼那边出了点状况，骑行台不能正常工作，专职教练员赶紧打电话让技术部门的人过来。

来的人是夏缨，还带了另一个技师，那个技师因为体型浑圆，大家都习惯叫他"小胖"。

夏缨一踏进室内训练馆，就被迎面蒸腾的热气震了一下，十几个人统一在这里散发热量，温度比外面高很多。

夏缨把外套放在门口，走到谷成礼旁边，低头检查他这个骑行台。

只是硬件问题，更换一下就可以了，小胖在器械箱里一阵翻找，找到了调节阻力的配件，递给夏缨。

夏缨动作利落，飞快地把硬件更换上去，扳手在她手里灵活得就像是她自己的手。

还差最后一颗螺丝钉，夏缨伸手在地上一摸，什么也没摸到。

"钉子呢？"她嘀咕了一句，坐到地板上找了起来。

小胖也开始检查器械箱，对夏缨说："这里没有，刚才都一并给你了。"

夏缨的注意力还在地板和骑行垫上，忽然察觉头顶飘来一片阴影，一阵熟悉的气息靠了过来。

"是这个吗？"

戚骁白不知何时停了下来，将一颗小螺丝钉递到她面前。

夏缨抬起眼皮望向他。

因为出汗，戚骁白身上的运动衣更加贴合身体，勾勒出肌肉的线条。他随意地抬手，擦了下差点滴进眼睛里的汗，短发的边缘被他蹭得有些凌乱，看上去就像是个自由不羁的运动系少年。

夏缨发呆的时间有点长，小胖在一旁偷偷叫她，她才如梦初醒地接过戚骁白递来的螺丝钉。

"在哪儿找到的？"

戚骁白指了下自己的骑行台："滚到我那儿去了。"

夏缨干笑两声："看来螺丝钉有它自己的想法。"

为了不耽误训练时间，夏缨飞快地把这最后一颗钉子安在骑行台上，再最终检查了一下机器性能，把骑行台交还给谷成礼。

戚骁白已经重新开始训练了，仿佛刚才那段小插曲根本不存在一样，一旦开始就是全身心地投入。

这还是夏缨第一次来到他们训练的现场。临走前，她交代小胖："你先回去吧，我还有点事。"

小胖不疑有他，立刻拎着器械箱跑回了技术部。

夏缨走得很慢，尽力降低自己的存在感，偷偷从窗口望进去。

她在看戚骁白。

他训练的时候跟所有车手一样，并没有什么特别的举动，可不知道为什么，那个画面好似对夏缨有着极强的吸引力，让她忍不住一步三回头。

那是高度的专注，燃烧自己的青春和热血，奋力投入一件事的时候才有的精神状态。

夏缨仿佛能感受到戚骁白此刻心脏的呼啸，虽然没有风刮进去，但他仍在迎风奔跑。

在夏缨的潜意识里，人就应该这样活着，无畏地为自己喜欢的事奋力拼搏。

她情不自禁地在窗边停了下来，没有人注意到她。

然而，过了一会儿，戚骁白像是感受到了什么，忽然动了动头。

夏缨像是害怕被抓住的兔子，立刻跑走。等回到了车库里，她的心脏仍然剧烈地跳动着。

夏缨平复喘息，下意识伸出手，一一拂过面前的金属器械，森严的碳纤维车架连成排，发出隐秘而无声的光辉。

它们那么轻，那么冰凉，却承载了全世界车手们的激情与热血，在风阻里幻化成滚烫的翅膀。

到下午训练结束时，雨才停，但天仍阴着。

戚骁白先回宿舍冲了个澡，才去食堂吃饭，刚好错过了车手用餐的高峰期。

他目光转了转，忽然看到坐在最后一张桌子上的夏缨。

她看上去已经吃完饭了，戴着耳机在看手机上的视频。

她背对着戚骁白，因而对他正朝自己走来这件事毫无察觉。

戚骁白正暗忖着今天聊些什么，忽然看到夏缨的耳机，眸光暗沉了三分。

她没有戴自己送给她的那副新蓝牙耳机，用的还是原先的那个。

戚骁白一屁股坐到她对面，嘴角微微耷拉着，问："你在看什么？"

夏缨飞快地关掉视频，讪然笑道："没看什么。"

不能告诉戚骁白，她正在补他全部的比赛视频。

戚骁白没去打饭，较之白天，现在的他显得有些阴郁。夏缨感觉他似乎想说些什么，但一直没有开口，于是主动问："你是不是有话要跟我说？"

戚骁白抬了抬眼，视线似有若无地落在她的耳机上。

"我给你的耳机，为什么不戴？"他口齿清晰，声音不大，但语气有些僵硬。

"既然是你送的，我就拿来收藏了。"夏缨笑意盈盈，"反正原来的还能用，先凑合用这个。"

戚骁白的神情稍微缓和了一些，他还没说话，就听夏缨摸着耳机又说了一句："而且这个耳机，也是很重要的人送的。"

相顾无言，夏缨莫名觉得周遭的空气都冷了两度。

戚骁白抿了下唇，佯装不经意地问："谁送的？"

夏缨用出了万能句："你猜啊。"

"男的女的？"

"男的啦。"

戚骁白忽然又不说话了。

安静片刻，他才开口："帅不帅？"

夏缨有些奇怪，今天的戚骁白问题好多啊，而且都是些八卦的问题。

但她还是老老实实地答了："虽然我经常嘲笑他，但其实在我心里，他是最帅的。"

戚骁白没吭声，垂眸看着夏缨的手指无意识地在手机屏幕上点着，屏幕一亮，他就能看见锁屏上的照片。

是夏缨和一个男生的合影。

他忽然记起，昨天在商场里，夏缨买了两件男装，还有一件不知道是给谁的，但多半就是送耳机的这个，也就是锁屏上的男人。

戚骁白有一点不爽。

这种不愉快的情绪让人非常烦躁，不知道为何而起，也没有发泄的突破口，他默默地去打了点饭，重新坐回夏缨的对面。

车手们吃的东西跟夏缨这样的工作人员不太一样，他们的食物需要为身体提供易于吸收的能量，而夏缨则在另外的窗口买饭，可以吃些没营养的垃圾食品。

她托腮看戚骁白吃了一会儿，回想起白天在训练馆内看到的画面。

正出神着，戚骁白已经抬起头来了，不死心地问："你今天早上是不是在窗口偷看我了？"

下巴差点从手掌里滑了出去，夏缨内心嘶吼：你居然看到了！

她保持着表面的淡定，尴尬地笑了一声，说："有吗？"

戚骁白："有吧，还看了挺久的。"

夏缨："那你大概是记错了。"

戚骁白筷子顿了一下，说："我虽然没有转头，但还是能感觉到的。你的目光很……直接，我想无视都很难。"

夏缨此刻的梦想就是挖个地洞，当一个永远不露头的土拨鼠。

戚骁白看着她一阵红一阵白的脸色，忽然觉得有些好笑。

他低下头来，假装扒拉米饭，隐去嘴角的一抹笑意。

戚骁白是今天最后一个来用餐的车手，方清如配制完明天的营养食谱就准备下班了。

她出来时看到两个人气氛微妙地坐在那儿，忍不住挑了挑眉："年轻人，吃完早点回宿舍。"

"哎，知道了。"夏缨应道。

方清如停在戚骁白面前，专门问了一句："好吃吗？"

戚骁白跟她不是很熟，那种不善言辞的紧绷感立刻又来了，点了下头说："好吃，谢谢。"

方清如大笑："那麻烦你吃完后把我们缨妹送回去哦。"

缨妹？戚骁白怔了下，朝夏缨望了一眼，随即答应下来："好。"

食堂离寝室其实非常近，基地里也没有外人，本来戚骁白要去跑步的，但在那之前，他真的听话地把夏缨送到了女寝楼下。

夏缨生怕路上遇到其他人，又产生方清如那样的误会，所以一到女寝的范围，她就赶紧跟戚骁白告别，准备上楼去。

戚骁白看着她匆忙的背影，忽然叫了一声："缨妹。"

夏缨如遭雷劈，不可思议地看着他。

戚骁白也有点意外，叫出口后才感觉不对劲。

就好像突然跟夏缨很熟悉了似的，但明明他们只单独相处过那一个下午。

可是，戚骁白觉得这个称呼带给他前所未有的愉悦，干脆破罐子破摔，就这么叫了。

"缨妹，我有个问题要问你。"

"你说。"

"我训练的时候，你为什么看我？"戚骁白的声音传了过来，好像沾着春天夜晚的露水。

"我……"夏缨卡住了，不知道该怎么跟戚骁白解释。

因为对心无旁骛地奋斗的他充满欣赏？

当然不能这么说。

思考了一会儿，她干脆也学着对方破罐子破摔的勇气，说："昨天不是就跟你解释过了吗，因为你秀色可餐呀。"

戚骁白愣了一下。

夏缨以为他会尴尬或是脸红，却忽然看到他翘起了嘴角，慢悠悠地"哦"了一声。

在当代年轻人的用语里，"哦"是个让对方闭嘴的字眼，威力比句号还大，但不知为何，戚骁白这声"哦"却仿佛带着没说完的余韵，悠远绵长。

夏缨出神半天，余光瞥到不远处有人走过来，便含混地说了句"我走了"，然后忙不迭地跑进女寝。

戚骁白两手插兜，微微偏头看着她的背影，阴霾的心情一扫而空。

晚上，他回到寝室时随手刷了下朋友圈，发现夏缨发了个状态。

"原来我是铸造和保护翅膀的人。"

他不知道是什么意思，但随手点了个赞。

春意已经势如破竹地来到近海市，飞兔的外宣团队却无法好好享受这个平静的春天，因为自从官网发布了全新证件照后，关于戚骁白的议论便层出不穷。

戚骁白是公路车选手里少有的女粉丝很多的运动员。

原先他效力于国外的俱乐部时，就有女粉丝豪掷千金专门坐飞机去看他的比赛。现在，他突然转会到国内，无形之中对各方面都产生了影响，包括但不限于俱乐部的商业价值预估、国内巅峰选手的排名等。

众所周知，戚骁白不太爱讲话，对媒体更是很少谈论骑车以外的事，这一次，他同样对自己突然转会的原因闭口不谈。

车友们便开始发挥想象，你一言我一语地在骑行论坛里议论开了。

有人说，飞兔肯定开出了比老东家西索更高更诱人的薪酬条件；也有人说，他可能是恋爱了，为了不跟女友分居两地而回国；还有人说，他纯粹是被西索车队抛弃了。

一时间，论坛首页几乎全是有关戚骁白的帖子，层出不穷。

飞兔的外宣团队忙着联系版主删除一些对戚骁白不利的负面言论，但就像漫过来的水流那样，根本斩不断。

飞兔的技术部仓库里，今天没有任务，以小胖为首的几个年轻男技师上着论坛，热火朝天地八卦起来。

夏缨远远看到论坛里贴出的戚骁白的照片，唇角平直，眉眼淡然

夏缨一声不吭地坐在旁边，小小的金属零部件被她擦拭得锃光发亮。

往往在这种场合里，越是不说话的人，知道得越多。

小胖探头问她："夏缨，你觉得戚骁白转会回国是什么原因？欧洲那个西索车队可比咱们强多了。"

夏缨漫不经心地说："我哪知道？"

"论坛里总结了几种可能性，比如被西索解约、衣锦还乡只为养老之类的……"

"别看了，那肯定不是。"

她的笃定让小胖有些迟疑："你怎么知道不是？"

夏缨连目光都懒得抬："女人的第六感。"

小胖："那么，神奇的夏缨小姐姐，能不能用你的第六感推演一下，他到底是因为什么而离开西索？"

夏缨想到了戚骁白那摸不清悲喜的脾气，随口道："可能就是摔到脑子了需要回国治病。"

话说完，却没有收到任何回应。

夏缨察觉有些不对劲，抬起头来，一个高大的身影正站在自己面前。

戚骁白垂眸看着她，眼神里看不出什么情绪。

第四章

仓库上锁

四目相对，气氛有些肃杀。

这尊大佛什么时候来的啊！走路怎么一点声音都没有！

夏缨内心刮起了龙卷风，脸上干巴巴地挤出笑容，小心地问："有事？"

"换个头盔。"戚骁白把已经坏掉的头盔放在桌子上。

不知道发生了什么，头盔边缘碎得稀巴烂，就如同夏缨接下来的命运。

刚才的话，不知道戚骁白听到了多少。

夏缨带他去后面的仓库，脚步虚浮，试探着问："你什么时候来的？我都没发现。"

"刚到。"戚骁白的神情跟平时没有任何差别。

夏缨松了口气，那应该什么都没听见。

不大不小的房间里，存放的都是服饰类装备，夏缨在箱子里翻找符合戚骁白头围尺寸的头盔。

"头盔坏成那样，你是拿头哐哐撞大地了吗？"

戚骁白说："摔了一跤。"

夏缨立刻看向他："严重吗？"

"没事，我已减速了。"

车手摔车不是稀罕的事情，但如果受伤就不好了，曾经在国际大型赛事中，就有车手因为摔到头部而当场死亡。

头盔的作用就是为了保护车手不再遇到那样的悲剧。

夏缨看到他手肘处有一点擦伤，应该已经在医疗后勤那儿处理过了，身上没有其他伤口，这才放下心来。

"你训练真的很拼，是好事，但有时候自己也要注意一点啊。"夏缨继续翻找头盔。

戚骁白的目光从各类装备上收了回来："怎么这样说？"

"白天训练一整天，晚上还给自己加训，你的时间排得满满当当，一点放松的余地都没有。"夏缨低着头，不经意地问，"你以前在欧洲车队也这样吗？"

戚骁白沉默片刻："不是，我到飞兔以后才这样。"

夏缨微愕："为什么？"

戚骁白没有说话。

他低垂着眉眼，慢条斯理地摆弄着身旁的器械。与其说他身上有一种稳操胜券的沉稳，倒不如说他其实根本没有太强的戾气和战意。

为什么到飞兔以后才这么拼命？飞兔的实力不如西索，有什么让他忌惮的地方吗？

夏缨隐隐觉得，再问下去就触及隐私了。

她找到了头盔，递给戚骁白："你试一下。"

戚骁白把头盔戴起来，调整系带长短。因为是刚拿出来的全新装备，系带拧成了一团，半天也没有整理开。

"哎，不是，往那边……"夏缨在旁边看着干着急，索性道，"我来！"

她上前一步，仰着脸，细致地把缠绕在一起的系带松开。

夏缨的注意力都在手中的带子上，浑然没有察觉两人现在离得很近很近。

戚骁白低着眼眸，不动声色地弯曲膝盖，让她不那么吃力。

小库房上头有一扇小天窗，阳光从上面打下来，刚好照在夏缨的脸颊上。戚骁白视力很好，此刻迎着光，甚至能清楚地看到她脸上浅金色的小小绒毛。

像个干净的水蜜桃——他突然冒出了这个念头。

夏缨帮他把系带调节到最合适的位置，才收回手，问："怎么样，合适吗？"

戚骁白如梦初醒，摸了摸头盔，是合适的，但话到了嘴边，忽然拐了个弯："好像有点小了，还有再大一点的吗？"

"啊？"夏缨不疑有他，立刻在箱子边上重新翻找起来，嘴里下意识地嘀咕，"你的头有那么大吗？我是按照你原先那个头盔的尺寸找的，不应该呀……"

戚骁白没吭声，手指绕在系带上，漫不经心地一圈一圈抚摸。

夏缨很快就找到了大一码的头盔。这回戚骁白自己试了一下，但他没有说合不合适，只是问："你刚才的话是什么意思，能详细说说吗？"

"什么话？"

"你说我一点放松的余地都没有。"

"哦！"夏缨一拍大腿，认真答道，"虽说运动员需要大量的锻炼，但太过也不行，我觉得你要自己把握一下度，别把身体练垮了。成语说得好，张弛有度、劳逸结合，这跟训练一样重要。"

"你说得很有道理。"虽然都是运动员们滚瓜烂熟的理论，戚骁白轻笑，"我决定听你的，今晚少做一组训练。"

"就一组？"夏缨睁圆了眼睛看他，颇有些无奈，"戚骁白啊，你说你的成绩已经这么好了，干吗要这么拼？"

戚骁白没回答。

他将后来这个头盔还给夏缨，说："我还是拿第一个吧。"

夏缨："你不是说那个小了吗？"

戚骁白想了一下，道："现在合适了。"

夏缨高度怀疑自己被戏耍了："那你的头围可真神奇，是在这短短几分钟里缩小了一圈吗？"

"是吧。"戚骁白眼睛弯了弯，轻声道，"毕竟我摔到了脑子。"

夏缨愣住了。

被听见了！绝对被听见了！

关键这人刚刚还真的摔到了脑子，根本分不清他笑的到底是自己，还是她。

好在这时，夏缨的手机响了，她抓住这根救命稻草，赶紧拿起电话避开了戚骁白的目光。

"姐！"电话一接起来，就听到夏冲一声震耳欲聋的狮子吼，"戚骁白真的去飞兔了啊！"

夏缨把手机拿远了点："真的啊，难道你以为我逗你吗？"

"我才看到飞兔发的证件照！我的天！他太帅了！我爱死他了！"

夏缨冷笑："你打电话给你亲爱的姐姐就要说这个？不好意思，挂了。"

"别别别！姐姐息怒，戚骁白只是帅，但姐姐是性感、可爱、美丽、大方集一身的存在……"夏冲吹捧了一通，终于扯到正题，"所以说，戚神真的跟你在一个俱乐部啊！"

夏缨耳朵都快起茧了："你准备求证到什么时候？要不要我把真人拉你面前溜一圈？"

夏冲沉默了。

夏冲居然沉默了！夏缨心里警铃大作："等等，我就是开个玩笑，你别……"

"姐姐！"夏冲突然开始撒娇，仿佛每个字音后面都带着销魂的波浪线，"我可以见到戚神本人吗？我想找他要签名，好不好嘛？"

夏缨真实地认识到了什么叫祸从口出。

她头疼，揉着眉心，小声说："小祖宗，你放过我吧，你家戚骁白是什么人，飞兔的高层现在都得好好供着他，你觉得我叫一声，他会跟我走吗？"

"为什么不会？"

"啊？你在做什么梦？"

"算了。"夏冲委屈巴巴，"刚刚是你亲口说拉真人出来溜一圈的，你一个成年的姐姐，怎么能说话不算数呢？"

夏缨恨不得现在冲去一中对她可爱的弟弟翻个世纪级白眼："夏冲，你一个十六岁的弟弟，怎么能分不清玩笑和真话呢？"

夏冲不开心地哼了两声，忽然灵光一闪："对了姐，你能把我带进你们基地吗？不用把戚骁白叫出来，我就进去参观一圈，万一能偶遇……"

偶尔把家属带进基地参观，飞兔是允许的，更何况顾长平也认识夏冲。

夏缨思考了一下，忽然笑道："可以是可以，但有个条件。"

"什么条件？"

"下次月考考进全班前十。"

夏冲瞬间蒙了，试图还价："二十……二十不行吗？"

"弱者没有商量的余地，你自己看着办。"

夏冲咬牙："如果我考进前十，你真的会带我进基地？"

"真的，这次绝不诓你。"

夏冲又沉默了一会儿，而后谨慎地问："那为了鼓励我好好读书，姐，你这段时间能不能给我拍点戚骁白的照片？"

夏缨眉毛一皱："你让我偷拍？"

"你也可以光明正大地拍啊。"

夏缨笑了："到底是你傻还是人家戚骁白傻。"

"可是，学习真的很枯燥，我就只是想看看偶像，也没什么大不了吧……"

让夏缨去偷拍一个大男人，她是拒绝的，感觉跟个变态似的……可是弟弟的语气听上去实在是太可怜了。

夏缨心一软，应下来："行吧，但你得保证，照片不能外传，不然我就惨了。"

"没问题！"夏冲顿时来了精神，"我觉得我现在就能做完十张数学卷子！"

"那你赶紧滚去写卷子吧！"夏缨掐断了电话，略微忧愁地望着训练场的方向。

戚骁白已经戴着新头盔离开了，此刻正从沿海跑道上骑下去，像一道穿梭的星。

夏缨的心提到了嗓子眼，看看四下没人，飞快地举起手机，对着他的背影一顿"咔嚓"。

李常在聚餐那天侮辱女车手的话传到了女队成员耳朵里，按秋一冉的脾气，势必不会忍让。

事发的时候，大家正在食堂里吃饭。

女队的人刚打好了饭，男队冲她们招招手让过去坐，秋一冉冷笑，目光薄凉地从李常身上略过。

李常被她看得浑身泛起鸡皮疙瘩。

女车手们没过去，姑娘们都一副爱搭不理的样子。

叶一鸣一向跟女队关系好，敏锐地察觉到不对劲，问："怎么啦？小仙女们一个个都这么不高兴，小心生气长皱纹。"

一个女车手冷笑："别小仙女了，在你们男队眼里我们连女人都不是，昧着良心说话有意思吗？"

叶一鸣一个眼刀飞向李常，恨不得把他剐了。

李常顶着压力，讨好地说："我那是夸你们的意思，觉得你们很厉害……"

"放屁！"秋一冉恶狠狠地剜他一眼，打断他的话，"说我们像男人是夸我们？李常你是有多瞧不起女人？你给我听好了，不管我们骑得有多快，长出多少肌肉，也仍然是女性，以前、现在和未来都不需要通过外形'像个男人'来达成那些成绩。"

李常百口莫辩，尿得额头上冒汗。

秋一冉斜睨着他，勾了勾手："你，过来道歉。"

李常半天没动，叶一鸣直接在桌下踹了他一脚。

李常这才慢吞吞地走过去，望着体型健康的女车手们，小声地说："对不起。"

秋一冉冷哼一声，以示回应。

李常刚要坐回座位，就听见戚骁白出声："李常，你跟夏缨道歉了吗？"

所有人都顿了一下，侧目朝他望去。

李常脸色惨白，还没说话，夏缨就跟技术部的同事们一起走进食堂。

她本在与人说笑，突然感觉到剑拔弩张的氛围，迷茫地看过来。

不知道发生了什么，但她不想掺和，果断买了一份饭，打包带回宿舍里。

男队吃完饭后，李常是最后一个离开食堂的。他故意最晚走，避免和其他人一起。

可是当他走出去的时候，却发现刘亚歌正在食堂门口站着，好像在等他。

刘亚歌冲他笑，从口袋里掏出一个东西，递给他："来一根？"

是烟。

飞兔不允许车手抽烟，烟对肺部的损伤会影响高强度的比赛。

李常害怕地望望四周："你不要命了？要是被人看到，你会被开除的！"

"这里就我和你，能被谁看到啊？"刘亚歌搭着他的肩膀，说，"走，去没人的地方抽一根，都不叫事。"

李常鬼使神差地没有挣脱他。

他以前也是抽烟的，练公路车以后就戒掉了，不知道为什么，今天就是心痒痒，好像刘亚歌手里那根烟对他发出了极致的引诱，让他总想来一口。

他们去了个偏僻的角落，李常大口地抽起了烟。

刘亚歌站在一旁，吞云吐雾间问他："今天这事，你能忍？"

李常叹气："除了忍，我能怎么办？女队那帮人凶得很，她们要是跟顾经理说了，还不知道怎么罚我。"

"可她们不是没跟顾经理说嘛。"

李常扭头看他："什么意思？"

"她们既然没说，就代表不打算将这个事闹大，让你道个歉就完事了。"

可是他丢脸啊！李常心有不甘。

刘亚歌仿佛看出了他在想什么，说："你有没有想过，是谁嘴这么欠把这个事告诉女队？"

他在包厢里说那些话的时候，在场的只有男队车手和夏缨。

夏缨刚才没有在食堂吃饭，而是打包带走了，这不是很反常吗？正说明了她心里有鬼。

李常脸色阴沉地说："我觉得夏缨最有可能，其次是叶一鸣，他不是喜欢女队那个男人婆队长吗？"

"就没有其他人了吗？"刘亚歌踩灭了烟头，"不是还有人跟你立场不同吗？"

李常倏地想到了戚骁白。

"不会吧……"他犯嘀咕，"戚骁白看上去不是嘴巴那么碎的人，应该不会这么三八。"

刘亚歌摇摇头："你这个人就是傻，好骗，你知道戚骁白是什么样的人吗？你了解他吗？"

"那你说，他是什么样的人？"

刘亚歌凑了过来："我跟你说个事情吧……"

李常听着刘亚歌的耳语，神色逐渐变了，到最后"嚯"地一下蹦起来："太过分了！他、他居然抢走了……"

刘亚歌"嘘"了一声，说："都是过去的事情了，你也别跟人提起。你说的这些人确实都有可能，自己好好琢磨琢磨吧，省得以后再被人坑了。"

李常郑重地拍了拍他肩膀，安慰道："兄弟，你太惨了。"

刘亚歌眯眼笑笑，没说话。

经他这么一番提醒，李常觉得叶一鸣的可能性小了很多，反而夏缨和戚骁白才是害他今天颜面无存的幕后黑手。

回寝室的路上，他问刘亚歌："我们车队有禁止内部恋爱的条例吗？"

"在不影响成绩的情况下，是不限制的。"刘亚歌想了想，补充道，"但是顾经理对风气抓得很严。"

"风气……"李常迟疑着重复这个词。

夏缨带着技术部的数据去顾长平的办公室汇报，一推开门看到方清如坐在里面，立刻后退一步："我晚点再进来。"

"你等等！"顾长平及时把她叫住，"进来，正在说你的事。"

夏缨看了看他，又看了看方清如，硬着头皮问："说我干吗？你俩天天比我亲爹亲妈还关心我，怎么不自个儿生个孩子去啊？"

方清如白眼一翻："姑娘大了，也傻了，天天净胡说八道。"

顾长平头发梳得一丝不苟，推了下细框眼镜，看上去衣冠楚楚："缨妹，今天你爸爸打电话给我了。"

夏缨立刻安静，站在一旁不出声。

顾长平早些年就和夏缨的父亲有交情，这才连带着和夏缨、夏冲姐弟熟起来。

夏缨虽然有一手好技术，但毕竟年轻，想进飞兔当首席技师还是有不少人阻拦的，全凭顾长平一挥大手，力排众议给她弄了进来。

顾长平和方清如两人曾经是快要谈婚论嫁的关系，只要夏缨在国内，基本都是他俩在照顾。

"不用苦着一张脸。"顾长平转着钢笔的笔端，脸上挂着淡笑，"你爸这次只是问问你的情况，其他什么都没说。"

"哦。"

"他还让我好好照顾你，想吃什么就给你买，不要亏待你。"

"我爸才不会说这种话。"

顾长平："咳……"

方清如拍桌大笑："翻车了吧？"

"所以……"夏缨问，"他到底说了什么？"

顾长平叹了口气："他确实问了问你的情况，最后说，你总要出来历练一下，才会知道他给你铺好的路是最舒服的。"

夏缨"哈"了一声，仿佛听到了什么有趣的事，问顾长平："你都不生气的吗？他这可是赤裸裸地嫌弃飞兔啊。"

顾长平耸了耸肩："我们毕竟还不是世巡赛级别的车队，按道理来说，他确实能把你安排进更好的队伍。"

夏缨没有否认，望向窗外，沉思了一会儿："什么才算好队伍？谁说了算？"

没有人回答，这本就是个没有答案的问题。

UCI（国际自行车联盟）将车队分成了三个等级，只有达到最高世巡赛等级的车队才可以参加环法这类顶级赛事，而这样的车队，全球只有十几支。

夏缨的父亲是国外某家世巡赛级车队的高层，今年还进入了UCI的技术委员会，他看不上飞兔，在场的三人一点也不意外。

方清如说："行了，既然他都同意了，那就放心地待在这儿吧，搞不好你直接在国内谈了男朋友，以后就不回欧洲了。"

"也是。"夏缨立刻笑了，余光偷瞟顾长平，"搞不好我都谈恋爱了，你还没着落呢。"

方清如怜爱地摸摸她的头，安慰道："你说得对。"

一旁的顾长平忽然产生了危机感。

因为他还有会要开，夏缨和方清如各自汇报完工作就回了自己的岗位。

今天技术部是夏缨当值。

晚上，其他人都走了，夏缨还在对十几辆队车进行调整。

戚骁白就是在这个时候来的。

他刚结束训练，身上还穿着骑行服，发梢间挂着汗。

"不好意思，我来晚了。"戚骁白推车进来。

夏缨一眼就看到了车身上的泥："这是怎么了？"

"我也不知道发生了什么。"戚骁白蹲下来，有些无奈地看着自己的私人爱车，"我去食堂吃饭，把它在外面放了一会儿，出来时就这样了。"

今天没有下雨，前几天雨后的积水也早就蒸发干了，哪儿来的这些泥？

夏缨面色严肃："你这个，该不会是……"被人针对了吧？

夏缨没有说出口，她不想让戚骁白产生困扰。

但戚骁白也不是傻子，不用她说自己心里也猜到了几分，看着车身静默不语。

"我现在帮你清洗一下。"夏缨放下手里的活，戴上手套立刻开始用清水冲刷车身。

过了一会儿，车身上的红色喷漆才重见天日，但是诸如轮组和链条这样的细节地方都沾染了不少泥，光用水不能全部冲掉，必须要单独擦拭才行。

夏缨问戚骁白："你知道是谁做的吗？"

戚骁白正蹲在地上跟她一起擦零部件，听到这个问题顿了一下，似乎想到了一个人，回答却是："不知道。"

夏缨见他不想说，便不再追问，反正她也没兴趣掺和车手间的爱恨情仇。

她一边擦洗，一边用眼睛疯狂地观察戚骁白的车，把车身的细节都记在脑子里。

戚骁白忽然凑近了一点，问："你在看什么？"

夏缨飞快地收回视线，却恰好和戚骁白撞在了一起。

他黑漆漆的眼睛里聚着明亮的光，像是一潭水，走在旁边的人只要稍不注意，就会沉溺其中。

夏缨再一次挪开视线，口不从心地说："车子挺漂亮的。"

"谢谢。"

戚骁白看向一旁，一排黑红相间的全新公路车整齐地摆在那里，线条简洁而流畅，车身上有飞兔的标记，在灯光下流淌着光辉。

"那是我们的新队车？"

"对，等全部调整完了就投入使用。"

话音刚落，仓库门口突然传来一声尖锐的"咔嗒"声——原本半敞的门被合起来了。

夏缨和戚骁白对望一眼，心里都有了非常不好的预感。

戚骁白跑到门口，拽了拽门把手，拽不动。

"谁在外面？"夏缨焦急地拍打着门，却无人应答。

戚骁白不敢太用力，门把手会被他拽下来。夏缨看了门缝一眼，眉头紧紧拧着："没用的，门从外面锁上了！"

为了防止进贼，仓库的电子门锁被设定为一旦从外面锁上，内部就无法打开，除非有人在外面解锁。

顾长平第一次带她来这个仓库的时候，还挺得意地跟她炫耀这个设定，显示仓库的安全等级高。现在夏缨只想把他从家里挖出来暴揍一顿。

戚骁白的目光也阴沉了下来。

仓库里明明灯光敞亮，外面却被上了锁，这必然是一次人为的"恶作剧"。

他脸色极差地掏出手机，打了个电话给叶一鸣，问他现在在哪儿。

叶一鸣那边背景音有些嘈杂："我在寝室呢，准备跟大家一起看比赛视频，你人呢？"

戚骁白问："都谁在你那儿？"

"很多人啊。"叶一鸣逐一给他点名，最后点到了刘亚歌。

戚骁白眉头拧了一下："刘亚歌也在？"

"对，吃完饭我们就聚在他寝室了。你赶紧回来一起啊，是上一届的环法视频呢。"

"叶一鸣，有件事，你现在能不能……"话说到一半，戚骁白忽然停住了，低头看夏缨。

她是女孩子，如果被那么多人知道晚上跟一个男选手单独锁在仓库里，对她的名声……似乎不太好。

叶一鸣在那头嚷嚷："什么啊？老戚，你话说清楚一点，我这边吵。"

"没什么。别等我了，我不看。"戚骁白匆匆掐断了电话。

技术部的仓库离寝室比较远，现在又不是训练时间，这附近空空荡荡，几乎没什么人。

夏缨透过门缝看着外面无人的空地，有些绝望地问："我们现在怎么办？"

戚骁白皱着眉思忖了一会儿，才问："今天管理部门值班的是谁？"

夏缨下午去过顾长平的办公室，依稀记得门口的值班表："我不知道名字，那个地中海胖大叔。"

"外宣部的李翻译？"

"对，就是他。"

"他好像是李常的亲戚。"戚骁白眸光变幻莫测，似乎想到了什么，"我们必须得想办法出去，而且要快！"

夏缨立刻紧张起来。

她得罪过李常，在KTV给对方泼了一脸水，自那之后他看她的眼神就有些仇视，李常如果想要报复她，完全说得通。

但为什么要把戚骁白牵连进来？

戚骁白已经锁定了一扇窗户，虽然开的位置偏高，但对他来说不是难题。

他把窗户打开，向外看了看。

夏缨问："你要从这里跳出去吗？这外面都是杂草，还有很多石子，跳下去可能会崴脚。"

戚骁白打开手机电灯，仔细地观察了一下地面的情形，心里有了把握："没事，我试试。"

他长腿一伸，敏捷地翻出窗户，稳稳地站在地上，然后看着夏缨，那目光好像在说"该你了"。

夏缨迟迟没有动，被墙遮住的手正为难地扯着裙边。

她今天没穿裤装，真是个天大的失误。

她假装平静地说："你先走吧，我把你的车子洗完再走。今晚车子就先放在这里吧，你明早来取。"

戚骁白看了她两眼，然后"嗯"了一声。

夏缨回到车子边上，开始做清洁的收尾工作。

车身很快变得一尘不染，就像一辆全新的公路车。夏缨满意地看着自己的杰作，然后坐在椅子上对车发呆。

她真的要翻那扇窗户吗？但是对她来说有点高了，她蹦不下去。而且她穿着裙子，就算蹦下去了，被人看到也非常丢脸。

难道要把方清如叫过来开锁吗？可是她今天晚上好像被顾长平叫去外面吃饭了。

实在不行就麻烦秋一冉吧，总不能真在这里坐一宿。

夏缨正思索着，忽然又听到了戚骁白低沉的声音："洗好了？"

夏缨震了一下，看到他正靠在窗口边，夜风吹得领口来回摆动。

"你怎么又回来了？"

戚骁白说："我没说要走。"

"那你……"

难道刚刚都在那里默默地盯着她吗？！

戚骁白仿佛知道她在想什么，说："我去周围转了转，确认没有人。"

"然后呢？"

"所以，你不用担心翻窗被人撞见。"

夏缨心思一动，但看了看有点高的窗户，还是很犹豫："我可以麻烦女队的人来帮我解锁。"

"如果可以这样，我刚刚就直接帮你开门了。"

"对哦……"

"那个电子锁好像被改了密码。"

夏缨的小脸顿时垮了下来，一半脸上写着"不开心"，另一半脸上写着"我要打死锁门的孙子"。

戚骁白忍不住低低笑了一下，他拍拍窗框，说："缨妹，你过来。"

夏缨心情不好，也懒得跟他计较称呼的问题，老老实实地走了过去，看着他。

"我刚刚把这下面的碎石都清理掉了，不用担心。"

"但是我……"她话还没说出来，戚骁白忽然伸出了手。

夏缨看着他的手掌，没反应过来什么意思，只听见他在耳边说了句："对不起，冒犯了。"

声音像电流，酥酥麻麻地传进大脑，就在夏缨死机的刹那，戚骁白凭借身高的优势，忽然将她从里面横抱起来。

夏缨差点发出一声惊叫，被他及时制止。

"嘘，别出声。"

干净清爽的气息裹挟着男性荷尔蒙的味道，扑面将夏缨笼罩。她的耳朵靠在戚骁白的胸膛上，清楚地听到了他说话时的胸腔共鸣。

夏缨仰起脸，看见他利落的下颌轮廓，真的很好看。

她的目光不敢太明目张胆，缩在他怀里，也不说话。

戚骁白手臂很稳，一将她抱出来，就妥帖地放在地上。

夏缨刚站稳，他便迅速抽回手臂，退回刚刚好的距离，再一次道歉："抱歉，这是没办法的办法。"

"没事……是我要谢谢你。"夏缨感觉自己的脸颊快熟了，还好是夜晚，戚骁白应该看不见她从头皮一路红到锁骨的窘样，"我给你添麻烦了，李常可能要针对的是我。"

戚骁白看了她一眼："也有我。"

"嗯？"夏缨没明白，"什么意思，你得罪他了？"

戚骁白没回答，沉吟了一下说："走吧，现在回去，不过我们最好不要一起走。你先走，我在后面跟着。"

"哦。"经过刚才的事情，夏缨觉得戚骁白不是单纯的运动系少年，他其实很聪明，想问题也周全。

她走在前面，刚到女寝楼下，忽然想起了什么，面如死灰地回过头："戚骁白，跟你说件事。"

"什么？"

"我好像没关仓库的灯。"

戚骁白无语了，望着她的眼神十分无奈。

他们没有回去关灯，用夏缨自己的话说，反正烧的是顾长平的电费。

其实就在他们两人离开后不久，仓库那儿发生了小小的骚动。

李常以聊天为借口把今天值班的外宣部李翻译约了出来，两个人叙了叙远房亲戚情，不知不觉就走到了仓库附近。

李常眼睛一眯，疑惑地说："仓库还亮着灯，现在还有人值班吗？"

"技术部今天值班的是小夏。"李翻译看了眼手表，"但这个点，也应该下班了。"

李常说："会不会是忘记关灯了？我们去看看。"

李翻译不太想去，毕竟技术部的事他也说不上话，但李常非要拉着他，他只好跟着去瞧一眼。

仓库大门紧闭，看上去人已经把门锁了，但从门缝里确实透露出一点光亮。

李常趁他不注意，悄悄打开电子锁，顺便把密码改了回去。

李翻译进去转了一圈，出来后跟他说："还真被你猜中了。"

李常内心一阵窃喜，就听到李翻译继续道："估计小夏走的时候忘记关灯了。"

李常一愣："没人？"

"没人啊。"

他冲进去绕了几圈，所有的角落包括小库房都转了个遍，连个人影都没有。

李翻译在外头叫他："你找什么呢？赶紧关灯回去吧。"

"不应该啊！"

"什么不应该？"

李常指着敞开的窗户："这儿刚刚肯定有人，叔叔你看，窗户还开着，人应该刚走。"

李翻译觉得他说的有道理，便仔仔细细地在仓库里又检查了一遍，但没发现少东西。

"难道是进贼了，还没来得及偷东西就走了？但是一个冷冰冰的仓库有什么好偷的东西啊。"李翻译嘀咕道。

李常顺着他的话说："会不会就是来偷车架和金属零件的？拿出去也能卖不少钱。"

"嗯，有道理。"李翻译把窗户关好，"我会跟顾经理反馈一下的。"

李常眸光闪烁，平静地说了句："还好没丢东西。"

第二天，顾长平就知道了这件事，连带传到他耳朵里的，还有"听说昨晚戚骁白和夏缨单独夜会仓库"的传闻。

顾长平按捺住心中的欣慰，在脑子里好好审视了一下戚骁白。

作为妹夫来说的话，可以及格。

顾长平把夏缨叫到办公室，准备好好跟她聊一下这件事。

谁知道，夏缨一上来就打破了他的幻想。她冷漠地把手机推到他面前，说："长平哥，你都不看朋友圈的吗？"

夏缨昨晚发了个去秋一冉寝室里蹭吃蹭喝的合影，再往下刷几条，就看到戚骁白在宿舍里的健身打卡。

这两人分别在各自的寝室里度过了美好又充实的晚上。

顾长平隐隐有些泄气："那昨天晚上是怎么回事？仓库的灯为什么亮着？"

夏缨答："就是我跟戚骁白走的时候忘记关灯了。"

顾长平："说人话。"

于是夏缨详细地把经过跟顾长平说了一遍，省略了她被戚骁白抱出窗户的那一段。

顾长平脸色逐渐严肃："你是说，有人故意把你们锁在里面？"

"对。戚骁白的车子沾满泥，应该也是那个人做的。"

顾长平问："你觉得是谁？"

夏缨垂下眸，没有回答这个问题，反问道："仓库门口有监控吗？"

"原本是有的，你来之前坏了，一直忘记修了。"

"赶紧修，监控比你装的那个什么破锁管用多了。"

"行，我马上叫人来修。"顾长平安慰地笑笑，"你放心吧，我一定会查个水落石出，给你和戚骁白一个交代。"

夏缨点了下头，顾长平外表看着斯文，实则是个笑面虎，精明得很，这件事既然交到他手里，夏缨就一点也不担心了。

她从顾长平办公室出来的时候，刚好碰见了男队的几个人，李常也在其中。

为首的刘亚歌冲她走过来，关切地问："怎么了，顾经理一大早就把你叫去谈话，发生什么事了？"

夏缨的目光不动声色地在他身上打量了一圈，故意叹了口气，说："唉，还能因为什么……"

"难道是传闻的那个……"刘亚歌皱眉，"我们都知道不是真的，顾经理没批评你吧？"

夏缨摇摇头，看上去有些难过，没说话。

刘亚歌又好言好语地安慰了她几句。

但很快，夏缨被顾经理批评的事就在车队里传开了。

当天晚上，夏缨主动在微信上戳了戚骁白。

夏缨："你跟刘亚歌是有什么过节吗？"

戚："怎么突然问这个？"

夏缨："我觉得他不怀好意。"

许久没收到回复，她追问了句："我猜得对吗？"

戚："放心吧，他针对的只是我，不会把你怎么样。"

夏缨的八卦之魂熊熊燃烧。

夏缨："你俩之前到底有什么过节呀？"

戚骁白又不回复了。

夏缨："那我换个问题，你跟李常又是怎么结下梁子的？"

戚："你问题好多。"

夏缨："你是在凶我吗？"

她放下手机，钻被窝准备睡觉。

本来以为戚骁白不会再回复了，没想到过了一会儿，手机又振了一下。

戚："晚安，缨妹。"

第五章

纷争开端

　　周末下午休息的时间，夏冲独自一人在飞翔公路自行车专卖店看店。

　　现在没有客人，他推出姐姐给他组装的车子，自己又检查了一遍。红色的喷漆，至少外观上看着跟戚骁白那辆一模一样。

　　夏冲窃喜不已，迫不及待地想骑着它出去兜风。

　　这时店里来了人，夏冲赶紧过去招呼："您好，想看哪方面的呢？"

　　这个人好高，脸上戴着口罩，头发很短，但露出来的一双眼睛非常漂亮。夏冲忍不住多看了几眼，总感觉这双眼睛有点熟悉。

　　戚骁白今天下午休息，他没什么计划，干脆独自来市区逛一圈。

　　他在路边看到了这家自行车专卖店，出于好奇，就走进来看一看。

　　其实他也没什么目的，车手的车子一般都由车队提供全部配件。

　　戚骁白粗略地在店里扫了一圈，目光忽然落在后面那辆红色的车上。

　　"这辆车……"他抬起眼，刚准备问问店员，忽然顿住了。

　　店员的这张脸他见过，在夏缥的锁屏上，和她亲密合照的男人就是他。

　　夏冲接话："您要问什么？"

　　戚骁白浑身紧绷，感到前所未有的压力。

　　这个少年，起码看着比他年轻很多，而且没怎么受过挫折的样子，皮肤白嫩，五官清秀，大概就是现在女孩子都喜欢的"小鲜肉"。

　　但也有些稚嫩了。

"我就随便看看。"戚骁白垂下头,慢慢在店里走着。

路过镜子时,他假装不经意地瞄了一眼,跟这个少年相比,他黑一些,体型也更精壮。

他们两人明显是截然不同的类型。

戚骁白的心情莫名低落,干脆也不打什么草稿了,直接指着那辆红色的车说:"这车怎么跟戚骁白的那么像?"

夏冲愣了一下,随即两眼发光,像看到亲人似的:"你认出来了?你也喜欢戚骁白吗?天啊!我是他的'脑残粉'!"

等等,这发展不太对。

"你喜欢戚骁白?"他问。

"对啊!我超级喜欢他,他是我唯一的偶像,我的目标就是成为像他那样的车手!"

"这么说,这辆车是你自己的私人车?"

"没错!"夏冲骄傲地挺起胸膛。

戚骁白蹲下来,仔细看着面前这辆车,连细节都仿得很到位,可以说,完全就是他那辆车的低配版。

"挺厉害的。"他夸赞了一下,"这是我见过的仿得最像的一辆。"

"那是,这是我姐姐给我装的。"

"你姐姐?"

"对。"夏冲凑到他耳边,小声说,"看你识货,我悄悄告诉你,我姐姐是飞兔的首席技师,是戚骁白的同事。"

戚骁白倏地扬起眉毛:"你是夏缨的弟弟?"

夏冲怔了下:"你知道我姐姐?"

戚骁白立刻低头看车,搪塞道:"我看过飞兔这赛季的全体证件照。"

"怪不得,那你应该也是戚骁白的粉丝吧?我这段时间开心炸了,没想到戚骁白真的回国了,还跟我在同一个城市里,我快幸福死了。"夏冲用手撑着腮帮,一脸"迷弟"的微笑,"你说,我会不会有一天跟戚骁白偶遇啊?"

"或许吧。"

心中的阴霾一扫而空,戚骁白摸着面前这辆车,忽然感觉连空气都亲切起来。

"你是夏缨的亲弟弟吗,你叫什么名字?"他主动问。

"我叫夏冲,是亲弟弟。"

戚骁白颔首:"你姐姐很厉害。"

"那可不。"夏冲扬扬得意,"虽然飞兔很强,但是我姐姐之前可是ACK车队的人哦。"

"ACK？"戚骁白微愕。

那是一个达到世巡赛等级的老车队，哪怕是他之前效力的西索，也只是在最近一年才刚刚达到这个级别。

夏缨从来没有提起过自己的这段履历。她年纪这么小，就已经效力过那么强的车队，哪怕在被质疑时也只字未提……

戚骁白有些感慨，许久不说话。

夏冲完全把他当成了戚骁白后援会的同好，滔滔不绝地倾诉着自己对戚骁白的崇拜之情。

戚骁白听得哭笑不得，说："他如果知道你这么喜欢他，应该会很高兴。但我猜，他并不希望你成为下一个他。"

夏冲懵懂地眨着大眼睛："什么意思？"

戚骁白伸出一个指尖，轻轻在车上划过："你就是你，不是任何人的复制品。你不应该成为下一个戚骁白，而是第一个夏冲。"

夏冲呆在原地。

戚骁白拍拍他的肩膀，打算离开，走到门口时，又回头对他说了句："加油。"

直到他的身影消失了，夏冲才反应过来，冲出去张望了一圈，街道上却已经看不到那个高大而修长的背影了。

夏冲心脏狂跳，好像浑身的血液都被他的一句话点燃了。

戚骁白很快就回去了。

飞兔的基地虽然在海边，但离海滨浴场比较远，大门口只有一条常年空旷的沿海公路。

他在路口下了车，准备跑完剩下的路程。

戚骁白非常喜欢这样独处的时光，可以什么都不想，也可以什么都想，踩着海浪拍岸的声音跑步，好像全世界只剩下自己。

跑了一半，他忽然在公路旁看到一个熟悉的身影。

夏缨两只手提着裙子，光着脚丫踩在礁石上，正低着头不知道在看什么。

她的鞋子就放在公路的护栏边上，也不怕被人拿走。

戚骁白看了眼那双杏色的小皮鞋，走过去叫她："你在找什么？"

"我想找几只小沙蟹。"夏缨看了看他，又专注地低下头。

夕阳在海面上洒下一整片碎金，像是一个永恒的梦境。夏缨踩过一小汪水，碎金浮动又凝聚，好像将她整个人都染成了温暖的金色。

戚骁白坐在护栏上，安静地看着她瞎忙活。

过了一会儿，夏缨似乎才反应过来戚骁白还在旁边，转脸向他："你下午去哪儿了？"

"去市里逛了一圈。"

"哦。"她没细问，"那你现在要不要过来帮我一起找沙蟹？"

"不了。"

夏缨撇了撇嘴，嘟囔道："你坐那儿光看着不无聊吗？"

"不啊。"戚骁白眸光带笑，"帮你看鞋子。"

夏缨不再说话，挪动到下一块礁石处。

可是不要说沙蟹了，这一片连海蛎都看不到，夏缨沮丧地走过来，一屁股坐到戚骁白旁边："是不是都被人逮完了？"

戚骁白欲言又止。

夏缨捶了下手掌："我知道了，公路半道上有家海鲜餐厅，肯定都被他们弄走了。"

"缨妹。"戚骁白侧过头，认真地看她，终是忍不住提醒，"沙蟹，顾名思义，要在沙滩里挖，不是礁石上。"

海风吹乱了头发，半晌后，夏缨尴尬地"啊"了一声。

她默默地弯腰穿鞋，仿佛终于想到了什么，又突然直起腰板，理直气壮地问："那你刚才为什么不提醒我？你是不是故意看我笑话？"

她脸蛋上还有浅浅的红晕，语气却非常强硬。

戚骁白憋笑，慢悠悠地说："对啊。"

"你……"夏缨欲要爆发。

"对不起，我错了。"戚骁白立刻态度诚恳地低下头，"脑袋在这里，给你打一下泄愤吧。"

他一低头，好像就能让人闻到洗发水的清香，夏缨看着他一头清爽的短碎发愣了神，竟然产生了想揉一下的冲动。

她迅速回神，一步跨到公路里，假装不在意地拍拍手："算了，饶你一命。"

"好，那我就谢主隆恩了。"戚骁白跟在她后面。

夏缨哼了两声。

这时，夏冲的电话打了进来，夏缨跟他聊了两句，问了问学业的情况。

夏冲今天的情绪有点激动，说话铿锵有力，像是多吃了两碗饭，浑身都是劲。

夏缨忍不住问："你今天到底怎么了？"

夏冲："咳咳，我下午在店里遇到了一个客人……"

戚骁白竖起耳朵。

夏冲在电话里把那位客人鼓励他的话语重述了一遍，然后无比兴奋地说："我觉得他说得太对了！太振奋我了！让我心底对公路车的热情又重新燃烧了起来！姐，你说棒不棒？"

夏缨半天没说话，好像也被震慑住了。

戚骁白暗暗挺直了脊背，他指了指自己，打算跟夏缨坦白身份，没错，鼓励了你弟弟的人就是我。

"棒……棒个锤子！"夏缨突然说，"夏冲，你应该好好学习，现在不是把热情都放在公路车上的时候。如果让我抓到给你灌鸡汤的人，我一定要把他的脑袋卸下来看看里面都是什么，瞎误导什么呀……"

她把夏冲训斥了一顿，然后掐掉电话，余怒未散地看了戚骁白一眼："你刚刚是不是要跟我说什么？不好意思，我讲电话，没听清。"

"我……"戚骁白垂手，咬牙道，"我觉得你说得很对。"

夏缨心情好了一点，冲他莞尔一笑："谢谢，我也觉得。"

晚上，戚骁白在寝室里发了半天呆，突然拿起手机，噼里啪啦地打字。

叶一鸣咬着棒棒糖凑过来："你在干吗啊？"

"发微博。"

"嚯，你还知道自己有微博呢？"

戚骁白早年就建立了一个加V认证的微博账号，但几乎不怎么更新。

叶一鸣看到他飞快地打下一串文字："青少年粉丝你们好，看比赛和学车都是次要的，好好学习才是重中之重。加油读书吧。"

"你改行当人生导师了吗？"

戚骁白黑着脸，脱口而出："为了讨好人生导师。"

"什么？"

"没什么。"他叹了口气，锻炼去了。

一周后，顾长平宣布了一个决定：车手李常禁赛一年。

这个通知来得太突然，像炮仗一样，很快在车队里炸开。

早晨训练时，顾长平把戚骁白和夏缨叫走，让李常当面向他们道歉。

众人这才知道，李常曾趁戚骁白不注意，将他的车子涂满泥。

仓库门前的监控虽然坏了，但是食堂附近的没坏。

更重要的是，管理层在李常的背包里找到了一包烟。

侮辱女性、破坏队友的车子、违例抽烟……这些罪名加在一起，飞兔不能容忍，但考虑到李常效力飞兔两年，没有功劳也有苦劳，再加上李翻译求情，顾长平最后只让他禁赛一年。

李常又悔又怕，道歉的时候差点哭出来，夏缨看着他的样子也不知道该说什么。

表面上看，禁赛一年是从轻处罚，但仔细一想就会发现端倪。

李常的年纪不小了，本来成绩就不太耀眼，等到了一年后，又有新的年轻车手涌现，飞兔不一定会和他续约。等于这一年他白白浪费了，还要面临未来没有队伍要的风险。

这其实比直接开除他还要狠。

夏缨对于这个结局不算意外，这才是顾长平的风格，这人只是表面斯文，剖开内心绝对是黑的。

只是她有些好奇，刘亚歌跟这件事就真的一点关系都没有吗？

当天下午，夏缨单独去找了顾长平，因为顾长平正准备去外面开会，所以带她去车上详谈。

夏缨开门见山地说了自己对刘亚歌的猜疑，顾长平似乎一点也不意外。

"李常这个人胆子其实很小，也没什么主意，他能做这些事我挺震惊的。"顾长平说，"我一直觉得是不是有人在背后煽动了他，你说的刘亚歌是有这个可能的。"

"那为什么不查查他？"

顾长平耸肩："不是没查，是没证据。不要说刘亚歌了，李常这个事情里没有其他任何人参与的线索，导致我也不能确信他是不是真的被当枪使了。"

夏缨沉默了。

"而且，刘亚歌跟李常有个最大的不同。"顾长平补充道，"他的成绩比李常好太多。"

夏缨明白他的意思。

车队内部想要处罚车手，多少会考虑他的成绩和贡献，同样的事情如果发生在刘亚歌身上，可能他只会被禁赛三个月。

"还有个问题。"夏缨忍不住说，"刘亚歌和戚骁白的关系好像不太好，你知道是为什么吗？"

顾长平顿了一下，说："你最好去问戚骁白本人。"

"他要是会告诉我，我今天也不用问你了。"

顾长平意味深长地道："哦，也就是说，你已经问过戚骁白了。"

"是问过，怎样？"

"居然敢问这么尖锐的问题，说明你们的关系还不错吧？"

夏缨抓错了重点："这问题很尖锐吗？没有吧。"

顾长平笑笑，没有说话。

夏缨确信他肯定知道些什么，不由得皱起眉来，难道这个问题真的这么尖锐，连顾长平都不方便告诉她？

顾长平急着去开会，就把夏缨赶下了车。

她刚推开车门，就看到几个青队的小伙子。很显然，他们惊慌失措。

小伙子们只是刚巧路过车库，却没料到会碰见新来的女技师从顾经理车上下来的一幕……

无人的停车场，孤男寡女，一辆车。

绝对有不可告人的秘密！

夏缨感觉他们好像误会了什么，清了清嗓子，正准备解释一下，就听到那群小伙子惊悚地说："我们什么也没看见！"然后就跑走了。

夏缨有点窘迫，回头看了一眼，发现顾长平毫无察觉，已经把车开走了。

事实证明，这世界上就没有不透风的墙。

夏缨和顾经理关系亲密这一大谣言很快就在基地内走红，充实了车手们无聊的饭后茶余生活。

似乎觉得不过瘾，在传播的过程中还有人给他们添油加醋了一番，说夏缨一个年轻的女孩子能进飞兔当首席铁定是顾长平开后门了。

这个传言方清如也听到了，笑得在床上连打好几个滚。

看到她幸灾乐祸的嘴脸，夏缨立刻感觉自己就是个人形挡箭牌，恨得牙痒痒，不想搭理她。

当然，男队也知道了这个事。

叶一鸣啧啧称奇地跟戚骁白分享了这个八卦，戚骁白神情滞了一下，什么都没说。

叶一鸣没有察觉，继续在一旁来回提夏缨和顾长平的名字。

终于，戚骁白忍无可忍，丢了个毛巾到他头上，没好气地说："臭死了，滚去洗澡。"

刚洗过澡的叶一鸣委屈地闭上嘴，抱起小毛巾瑟瑟发抖。

夏缨对于乱七八糟的传闻的处理方式就是不闻不问，等它自己过去。

尽管这段时间，在基地里，很多人看她的眼神意味深长，但并不妨碍夏缨的日常工作和休息。毕竟传闻里的男主角是顾长平，没人敢拿到台面上来说。

天气逐渐转暖，近海市的花都开了，终于有人看到了夏缨的履历。

关于戚骁白转会的讨论维持了一段时间，大家都乏了，开始转移视线寻找一些新鲜的信息。于是某一天，在骑行论坛里，出现了这么一则帖子，标题叫《震惊！飞兔新首席女技师竟然有这样的背景》。

夏缨挂在飞兔后勤保障部门的照片被截图放大，然后对比了一张去年ACK车队的照片。

很明显，完全就是同一个人，除了头发长了一点。

帖子的作者问："骑友们帮我看看，这真的是同一个人吧？"

评论里炸锅了。

很多人揪着她的年纪不放，才二十三岁，怎么可能在ACK任职？

然后就有了解行情的人证明，年龄没错，履历也没错，夏缨是在欧洲读的书，读书期间就在ACK兼任了。

这个消息很快席卷了各大相关论坛和网站，包括飞兔。

中午吃饭的时候，叶一鸣一边扒肉，一边看手机，突然"嗷"了一声，嘴里的肉差点喷了出来。

刘亚歌坐在他对面，恶心地端走盘子，斥他："叶一鸣，你注意点！"

"咳咳咳，对不起，怪我太震惊了。"叶一鸣赶紧把手机拿给大家看，"你们看看这个帖子，夏缨以前居然在ACK担任技师。"

"什么？"

"给我看看！"

大家开始传阅着叶一鸣的手机。

戚骁白没有参与，闷头吃自己的饭。

他早就知道夏缨的过去，当有人说她是凭借顾长平的关系才进入飞兔时，他只觉得可笑。

除了年龄小一点，她的履历进飞兔绰绰有余。

这时女队成员来到了食堂。

叶一鸣转过头，眼睛发光："一冉，你看骑行论坛了吗？我们队的夏缨居然是……"

"ACK的前技师。"秋一冉利索地卷起袖子，开始打饭，"我知道啊。"

叶一鸣奇怪："你怎么知道的？"

秋一冉今天心情不错，耐心地回答他："夏缨跟我们住在一起，能不知道吗。"

"那你怎么没告诉我？"

秋一冉斜他一眼："为什么要告诉你？"

叶一鸣噎住了，跑过去帮她打汤，换了个话题："晚上我请你吃饭吧！"

"不吃。"秋一冉果断地拒绝。

"你考虑考虑嘛,吃什么都可以。"叶一鸣黏着她,"你想吃辣也可以,我就点些不辣的。"

秋一冉觉得好笑,逗他:"可如果店里都是辣的呢?"

"那我就看着你吃。"

他目光灼灼,看得秋一冉心头一怔,随即低下头来:"晚上没空,再说吧。"

"没事,你有空的时候告诉我。"叶一鸣长相阳光,笑起来很甜,让人一眼便想起网上形容的"小奶狗"。

"你看我们多有缘,我叫叶一鸣,你叫秋一冉,名字都是组合套装。"

旁边的人"哧哧"地捂嘴笑,这样的话叶一鸣说了无数次,耳朵都起茧了。

"不知道叶一鸣什么时候能把秋队攻略下来。"男队也有人在看热闹,"等他成功的那天,就是我追夏缨之日!"

"你说什么,你要追夏缨?"

"不可以吗?"

又有一人加入讨论:"你闪开,我也想追,排队好吗?"

"夏缨什么时候变得这么吃香了?"

"小姑娘长得挺漂亮的,白白净净,笑起来两个小酒窝别提多醉人了,受欢迎很正常吧?"

"醒醒吧。"刘亚歌忽然在一旁冷笑出声,"忘了夏缨是谁的人了吗,轮得到你们?"

大家立刻不说话了。

差点忘了,夏缨跟顾经理还有说不清道不明的关系呢。于是,话题又悄悄转移到了绯闻上。

戚骁白觉得很烦闷,最后一口饭都没吃完,拎着手边的东西,沉默地离开了。

回训练场的时候,戚骁白路过技术部仓库,下意识看了一眼。

夏缨正在跟其他几位技师聊天,不知道说起什么,笑容满面。

戚骁白忍不住仔细看了看队友说的能醉人的酒窝,还好,他们太夸张了。

连沙蟹在哪儿打洞都不知道,漂亮有用吗?

这时,夏缨转过头来,一眼看到了他,笑着招了招手。

戚骁白内心立刻喊出了一个字:有!

想走已经来不及了,他听见夏缨问:"你来寻求技术支持吗?"

当然不是,他只是路过。

但戚骁白不受控制,朝她走过去,并一本正经地说:"给我一份补胎工具包。"

夏缨疑惑:"你要补胎?推车过来我们帮你补。"

"我车胎没坏。"戚骁白垂眸看着地面，没有看她，"以防万一，我想备一份。"

"行。"夏缨直接从抽屉里找了一份工具包，检查了里面的东西后，递给他。

工具包上还有她的手温，戚骁白下意识地捏紧。

"谢谢。这个给你。"他弯下腰，把手里一个小提盒放在她的脚边，然后不等夏缨说话就径自离开了。

夏缨好奇地打开盒子，看到上面的一行字：地道特产沙蟹酱。

飞兔全新的队车已经检查完毕，发放给每位车手后，还要根据他们的习惯来进行细节调整。

发车当天，顾长平安排夏缨给全体车手开一场讲座。

所谓讲座，其实就是讲一些基础的维修技巧，因为公路车比赛中有太多的不确定性，当出现小故障而队伍维修车不在附近的时候，车手可以自己对车子进行微调。

男女双队加上青队成员，挤满了一整间大会议厅。

要当着这么多人的面"讲课"，夏缨其实有点紧张。她以一辆备用队车为例，浅显易懂地讲解维修步骤，并实际操作给车手们看。

即便这样，还是有很多人昏昏欲睡。

夏缨往台下看了一眼，忽然发现戚骁白坐得笔直，认真地听她说话。

这个讲座，其实他可以不用来，老车手早就对这些东西烂熟于心，比赛中都实践过无数次了。

他会出现在这里，夏缨其实有些意外。

所以不管有多少人睡着，哪怕只有戚骁白一个人听，她也要讲到最后。

讲座结束时，青队的孩子耐不住寂寞，迫不及待地跑去外面放飞。

戚骁白走过来，叫她一声："夏老师。"

夏缨说："别这样叫我。"

戚骁白笑笑："好的，缨妹。"

"也别这么叫我……"

戚骁白不理会她的抗议："讲得不错，至少我都听懂了。"

夏缨郁闷地垂下眼睫："但是好多人睡着了。"

"那是他们的问题，不是你的，你做得已经很好了。"

夏缨感动地点点头："谢谢你，有安慰到我。"

戚骁白又鼓励了她几句，然后赶紧回训练场和其他车手会合，继续训练。

夏缨收拾东西的时候，会议室里还剩下一个人。

这是一个让夏缨差点没看出性别的少年，五官过于清秀，个子也不高，皮肤近乎苍白，在一众车手里，因为身材孱弱而显得格格不入。

夏缨打量了一下，目测是今年青队的新成员。

他在台下犹豫了好一会儿，最后才走到她跟前，指着笔记上的一处问："你好，这个地方我没太听明白。"

夏缨吃惊，居然有人做笔记，还在课后来提问！这不是专业的老师才有的待遇吗！

她心头一热，仔仔细细地跟这个少年又讲了一遍。

少年咬了咬笔杆，快速地在笔记上补充。

夏缨看着他柔顺乖巧的头发，忍不住问："你叫什么名字？"

少年怯了一下，才说："岑良。"

"是今年青队新来的成员吧？以后有什么需要就直接来找我。"

岑良脸色红了一下，小声地说："我不是青队的。"

嗯？青队收的是十八岁以下的运动员，他不是青队的，就只能是精英队的。

可夏缨对这个人几乎没什么印象。

岑良大概也知道她在想什么，说："队里人很多，我实力差，注意不到我是正常的。"

他一点怨念都没有，甚至有些麻木，仿佛早就已习惯了这件事。

夏缨说："岑良是吧？我会记住你的。"

"谢谢。"他垂眸，"但是不用了。"

"嗯？"

真是奇奇怪怪的人。

岑良没有多说，记完笔记就走了。

夏缨收拾好东西，在会议室门口遇见了顾长平。

"那个岑良，是精英队的？"

"是啊，看着不像吧？"顾长平说，"岑良是精英男队里最奇怪的孩子，性格内向，跟大部队融不进去，成绩也一般，很多比赛都选不上他，今年估计是最后一年了。"

夏缨说："可是他很认真。"

"竞技体育，不是光认真就行的，还是得看成绩。公路车这个项目，是团体赛，也是个人赛，配合与实力缺一不可。"顾长平摇了摇头，"其实他单是爬坡成绩还是可以的，但就是其他段落没有配合，顶尖的车手不愿意跟他组队。"

在公路车比赛中，每位车手除了要在自己擅长的段落里取得好名次，还要负责把队伍里的主将车手送到终点。在终点冲刺来临之前，他们是矛，也是盾，要为身后的主将劈开一道风路。

岑良身材瘦小，又不爱说话，跟大家都不熟，飞兔里有比他更合适的爬坡手。

夏缨有些唏嘘。

她刚才真的看到了岑良眼里对公路车绽放的光芒，虽然转瞬即逝。

队车投入训练后，车手们偶尔有来技术部调整细节的。

这天下午，夏缨不当值，到了下班点就准备开溜。

今天夏冲没有晚自习，姐弟俩约了一起吃饭。

刚一出门，刘亚歌忽然出现，把她堵在了维修仓库的门口："小技师，帮我修一下车呗？"

夏缨指着里面："今晚小胖当值，你可以找他，我有点事，现在要走了。"

"那我不同意。"刘亚歌把车一横，挡住她的去路，嘴角还挂着吊儿郎当的笑，"我就想让你修，你技术好嘛。"

夏缨心里产生了不适，微微蹙眉。

她学车很久了，自己独当一面后听到过无数次夸奖"你技术真好"，但这几个字从刘亚歌嘴里说出来，却莫名带着轻浮的意味。

她对这个人的观感非常不好，也不想跟他计较，与其纠缠，不如赶快解决。

夏缨脱下外套，看着车子问："什么问题？"

"调节一下座椅吧，小技师。"

调节座椅……夏缨嘴角抽了抽，这根本不需要专门拿给她来弄，路边随便抓一个大爷可能都会。

夏缨虽然烦躁，但没说话，利落地处理起来。

刘亚歌漫不经心地跟她聊天："小技师，你以前在ACK工作？"

夏缨停下手里的动作："别叫我小技师，直接叫夏缨。"

刘亚歌挑了挑眉，不置可否："ACK车队不好进吧，你是怎么进去的？"

夏缨笼统地答："我爸以前在那儿。"

"哦，你爸爸也是ACK的工作人员？"

夏缨答非所问："调整好了，你试试。"

刘亚歌却跟没听见似的，盯着她细白的手腕，继续问："你一个小姑娘，怎么会想起来学公路车的维修？"

"想学就学了。"夏缨看着对方，有点没耐心了，"你到底想说什么？"

刘亚歌笑了，夏缨比他想的要聪明。

"我其实就想问问，你在ACK还有人脉吗？他们什么时候来中国招选手？"

"你想进ACK？只要是在大赛上表现优秀的选手，无论国籍，他们都会关注。"顿了顿，夏缨补充道，"只要有实力。"

“实力？”刘亚歌露出好笑的神情，“小技师，你真的觉得那些车队招人只看实力吗？”

“不然呢？”

“这么说，你也是靠实力进我们飞兔的？”

夏缨奇怪道：“这话什么意思？”

刘亚歌鼓了鼓腮帮，笑而不语。

夏缨被他惹得不快，正准备走，听见他道：“三年前，要去西索车队的本来应该是我。”

夏缨愣住，怔怔地看向他。

“西索车队来招人，看中了我和戚骁白，让我俩比一场。最后我赢了，戚骁白输给了我，但是他拿到了西索的名额。”

夏缨微愕，原来是这么一回事。

刘亚歌十分满意地看着她的神情，问：“现在，你还觉得那些车队招人只看实力吗？”

夏缨一时间不知该怎么回答。

她斟酌了一下，遵从自己的内心，说：“或许车队有别的考虑。”

“你说得对。”刘亚歌眯了眯眼，“戚骁白家庭富裕，能带来的经济效益更大。”

“我说的不是这个。”夏缨深吸一口，缓缓道，“我不知道西索当时选拔的标准是什么，但如果你现在仍然很在意这件事的话，与其抱怨，不如努力去把属于自己的赢回来，这才是打开未来的正确方式。”

话音刚落，刘亚歌敛起了笑容，有些不悦地看着她。

夏缨略微局促，她好像触动到对方的自尊心了，但她说的都是真心话。从小跟着车队长大的她，丝毫不觉得西索那么强的一个队伍，仅仅因为戚骁白的家世背景更好就录取他。

要知道，车队的幕后老板一般都是某个地区甚至国家级的顶尖富豪，会在乎车手家里的那点钱吗？

反观刘亚歌，话里话外都有意无意地针对戚骁白，绝对不是一个强者应该有的风范。

“我要走了，下次再聊吧。”夏缨不想跟他说话。

刘亚歌又叫住她，语不惊人死不休地问：“小技师，你从ACK那样的车队转入飞兔是为了方便谈恋爱吗？”

“啊？”夏缨彻底凌乱了，“你在说什么啊？”

“没什么。”他的笑容隐隐带着恶意，吹着口哨离开了。

夏缨望着他的背影，半天才缓过神来，暗暗骂了句："神经病。"

竞技体育里，除了赛场上堂堂正正的输赢，其他算计都是徒劳。

自从那天起，夏缨一直有个预感，刘亚歌和戚骁白的矛盾像一颗定时炸弹，一天不解决，就会离爆发更近一步。

但她没想到，这个爆发来得那么快。

起因是在一次训练中，戚骁白忍无可忍，指出了刘亚歌训练态度不端正的问题。

刘亚歌生性傲慢，平时谷成礼的话都不怎么听，更别提戚骁白了。

两人发生争吵，刘亚歌毫无顾忌地嘶吼，说戚骁白是贼，抢走了本该属于他的前往西索车队的名额。

这件事一说出来，所有人为之一震，看向戚骁白的目光变得有些复杂。

戚骁白的脸色也瞬间沉了下来，但他没有替自己辩解，只是重复强调着刘亚歌刚才训练中失误的地方。

刘亚歌越听越不服气，当即爆发，直接把自己的车摔到了地上。

谷成礼作为队长，生气地斥责了一句："这么有精力，那干脆比一场好了。"

他只是随口一说，两个人却都听了进去，立刻约了个时间，准备进行一场往返沿海公路的训练赛。

只比输赢不够痛快，刘亚歌非要比点大的——输的那一方，主动退出接下来三个月的比赛，相当于自我禁赛三个月。

戚骁白同意了。

上头原本想把这件事压下来，但不知道是谁走漏了风声，比赛前几天，很多粉丝和骑行爱好者都知道了这场带有赌注意味的训练赛，提前来到沿海公路周边蹲点。

顾长平头疼，这场比赛无论输赢，都已经押上了飞兔的声誉。

第六章

一场比赛

双人训练赛的日子很快就来了。

这一天天气格外晴朗，海边的风吹着都没了凉意，离基地大门最近的沿海公路入口，热情的粉丝们把这里围得水泄不通。

因为这场突如其来的比赛，夏缨也被迫比平时早起了一个多小时。

早上，夏冲给她发了消息。

夏冲："姐，今天我家戚神和刘亚歌比赛，你去看吗？"

夏冲："啊啊啊为什么在周五，我好想去！根本没心思上课！"

夏冲："姐，你到底去不去看啊？"

夏缨咽下最后一片烤面包，噼里啪啦地回了一条。

夏缨："我不仅要去看，我还得跟队。"

夏冲："好姐姐，你要记得你答应我的，拍照！如果可以的话，录像也行哦！爱你！"

夏缨："OK，你专心上课，否则无事发生。"

把手机放回兜里，夏缨站在后勤保障车前，仰头打了个哈欠。

等她睁开眼时，就发现戚骁白正站在不远处看自己。

她立刻闭上嘴，尴尬得要死，不知道刚才的样子被他看到了多少。

戚骁白穿着骑行运动短裤，上身套着一件黑色帽衫，神情里似有笑意。

"早啊。"她笑容艰涩地冲他打招呼，"我都没看到你在这儿……对了，沙蟹酱很好吃，谢谢你。"

戚骁白歪了歪头："两瓶都吃完了？"

"那倒没有。"斟酌了一下，夏缨说，"我还留了一瓶，既然是你送的，准备拿出来跟你一起分享。"

戚骁白也没客气，点着头说："我随时有空。"

"无功不受禄，你下次别送我东西了，我挖沙蟹只是玩玩，不是为了吃。"

夏缨忍不住又打了个哈欠，这次用手捂得严严实实，但眼角还是溢出了一点泪珠。

戚骁白看了一眼，说："抱歉，害你不能睡懒觉了。"

"没关系，这是我的工作。"她看见戚骁白身后的车，问，"都准备好了？"

"嗯。"戚骁白慢条斯理地脱下外面的帽衫，露出里面的红色骑行服。

戚骁白身材很好，即便隔着衣服，也能隐约看出肌肉的轮廓。

夏缨飞快地挪开视线。

车手她接触得太多了，可不知道为什么，唯独不敢一直盯着戚骁白看。

她片刻的紧张落在戚骁白眼里，却被会错了意，戚骁白主动说："不用担心，我也不是第一次和刘亚歌比赛了，我们俩无论谁输，都对飞兔没有影响。"

"我没担心那个。"夏缨葡萄一样圆的眼珠滴溜溜地转。

戚骁白："想说什么就直说。"

夏缨斗胆道："听说以前有次双人计时赛，你输给刘亚歌了。"

"对。"戚骁白痛快地承认，"就是西索来中国签车手那次，我输给他了。"

竟然是真的！

夏缨又问："那为什么西索最后选了你？"

戚骁白垂眸看她，迟迟不语。

夏缨以为自己问错话了，赶紧想要转移话题，戚骁白却忽然伸出修长的食指，在她脑门上轻轻弹了一下，低声说："我也想知道。"

力道很轻，一点痛感都没有，夏缨却觉得脑门上那一点开始灼热发烫。

戚骁白推着车子往外走，一道大门之隔，外面就是不一样的天地。

如潮水般的粉丝把起始点周边围得水泄不通，大概是这条偏僻的沿海公路上第一次有这么多人聚集，附近管理办都出动了警务人员协助飞兔维持秩序。

戚骁白走入人群视线的时候，呼声一浪高过一浪。

一个女粉丝钻过人群，跑到前面来，红着脸给他打气："戚骁白！加油！我会永远支持你的！加油加油！要赢哦！"

戚骁白愣了一下，僵硬地道谢。

好在这位女粉丝很快就被保安大叔"请"了出去。

夏缨站在后面目睹了这个画面，觉得有些奇怪。

戚骁白虽然看着没什么不寻常，但她能明显感觉到，他不似刚才与她说话时的自然放松，开始紧绷起来了。

他好像是抗拒周围的欢呼与呐喊的。

戚骁白低头戴上手套和护目镜，目光自然地垂下来，从夏缨的角度看，却没有丝毫光亮。似乎他对这场比赛不期待，也没有灼热的斗志。

戚骁白曾承认，他不知道该怎么回应人情和善意，难道在他心中，粉丝替他加油也属于这个范畴吗？

夏缨鬼使神差地走了出来，叫住他。

"那个……"

戚骁白回头看她。

夏缨咬了咬牙："加油。"

她说的声音特别小，以为戚骁白不会听到，没想到一阵风吹来，恰好把她的声音送入他的耳中。

就在夏缨觉得自己也要收到一个僵硬的"谢谢"时，戚骁白勾了勾唇角，上挑的眼角微微弯着，藏匿了一束光："比完请我吃沙蟹酱吧。"

"好！"夏缨松了口气，露出嘴角两个明晃晃的酒窝。

戚骁白去起始点了，夏缨悄悄举起手机，对着他的背影，飞快地按下快门键。

"哟……"

一阵意味深长的声音突然从背后响起，夏缨吓了一跳，手机差点甩出去。

顾长平两手插兜，踱到她旁边，目光戏谑。

夏缨非常尴尬，连忙解释："不是我！是夏冲，他让我拍的！你知道的，夏冲是戚骁白的粉丝啊。"

顾长平不说话，一脸笑意。

"顾长平，你别笑得这么奸诈，我说的都是真的！"

顾长平道："急什么？我们车队又不反对队内恋爱，只要不影响他的成绩。"

"我都说了不是那样！"夏缨咬牙切齿，"下次把夏冲带过来，让他亲自跟你解释！"

"好好好，你还拍吗？当着他的面，不方便拍照吧？"顾长平体贴地问，"要不要我过去帮你分散他的注意力，你再拍一张？"

"不用这么麻烦了，我把这些传给夏冲就够了。"

"没事，刚才那么着急，肯定都拍糊了。"不等夏缨阻止，顾长平已经大步走了上去，一边叫住戚骁白对他说了几句话，一边暗中给夏缨比画了个"OK"的手势。

夏缨无可奈何，只能拿出手机，对着前面拍了一张。

然而，她并不知道，按下快门的那一刻，叶一鸣刚好从她身后经过，震惊地张了张嘴，没发出声音。

比赛就要开始了。

沿海公路的尽头，人群站在拉线外，呼叫声此起彼伏。

正中心，戚骁白身穿红色骑行服，刘亚歌身穿绿色骑行服，蓄势待发。

刘亚歌好像说了句话，但戚骁白没有注意听，他把头盔拿在手上，沉默地看了一会儿。

刚才夏缨问他，为什么西索选的是他，他回答说"我也想知道"。

他没有撒谎，他是真的想知道。

那时候刘亚歌风头正盛，外界最看好的也是他，可为什么在他赢了那场比赛后，西索却签了输掉的自己？

能进西索是好事，可他因此和曾经交情不错的朋友交恶，还背负了猜忌和质疑。

他曾向西索打探过原因，可高层只说没有弄错，要签的一直都是他，因为他是更强的那个。

明明输了比赛，强在哪儿？

戚骁白自己都弄不明白，就更没办法对外解释了。

指腹从头盔上慢慢摩挲过去，戚骁白忽然产生了一种久违的情绪——他想赢，他想证明，自己的确是更强的那个。

戚骁白的眼神逐渐坚定，他戴上头盔，调整好大小。

在他身后，后勤车已经开了出来。

总共四十公里，不需要准备太多补给，夏缨只带了一些工具和配件。

比赛只有两人，随车却有四人，谷成礼负责开车，副驾驶的顾长平录像，夏缨作为技师和看热闹的叶一鸣坐在后面。

这是一场计时赛，两位车手同时从起点线出发，规则简单，往返用时最短的人胜出。

在一声清脆响亮的哨声中，这场引发大家热烈围观的双人训练赛，轰轰烈烈地拉开了帷幕。

两个人似乎都抱着巨大的决心，一发车就以极快的速度冲了出去，像两支离弦的箭，向着海岸线发射。

谷成礼赶紧踩下油门跟上。

叶一鸣来了精神："一上来就这么拼命，这两个人都没准备给返程保留体力吗？"

公路车比赛充满了奇迹和不确定性，它既考验运动员的耐力，又考验在冲刺时的爆发力。

比赛过程中，运动员要克服很多意外状况，比如天气、风阻、意外跌倒的路障、不确定什么时候冒出来的野生动物等。

为了更好地完成后面的比赛，选手们大都会在刚出发时保存脚力。

可是戚骁白与刘亚歌，似乎完全不做这样的打算。

叶一鸣探头到前面："顾经理，你怎么看他们的这种骑法？"

顾长平专注录像："爱怎么骑怎么骑！"

行，你是领导你说了算。

叶一鸣转头看谷成礼："谷队，你呢？这可跟你平时强调的长线战术截然相反啊。"

谷成礼一点也不意外："我们平时总在这条公路上训练，刘亚歌对此应该很熟悉。戚骁白虽然今年才来，但他努力，天赋也高，应该早就把路线熟记于心了。"

夏缨竖起耳朵听。

"既然两个人都熟悉路线，那就不需要别人指点他们怎么骑。从发车的那一刻开始，他们自己就已经做好了体力分配。"

夏缨扭头向右边的赛道望去。

目前，戚骁白和刘亚歌几乎处于持平状态，广阔的大海在他们身后延展开，仿佛一个泛着粼粼波光的巨大赛场。

夏缨观察着两人面部和肌肉的状态，忽然咧嘴一笑，小声地说："不，还没拼命。"

叶一鸣听到她的话，立刻问："什么意思？"

"戚骁白还没拼命，他的确在保存脚力。"

"你说什么？"叶一鸣伸头看了一眼车上的表盘，抽了一口气，"这才刚发车，风阻又那么大，已经四十公里的时速了，你说他还在保存脚力？"

"你看他的表情，根本没绷起来，说明还没加到全速。"

叶一鸣疑惑地看了她一眼："你是怎么知道的？"

夏缨："我看过他的比赛视频啊，他拼尽全力时不是这样的状态。"

"等一下。"叶一鸣嗅到了八卦的味道，"你为什么要看戚骁白的比赛视频？"

夏缨忽然反应过来，正好看到了前方顾长平的后脑勺，仿佛明晃晃地写着"背锅侠"三个字。

她甜甜一笑，说："顾经理让我看的。"

顾长平：我没有，你别乱说。

叶一鸣百爪挠心，一副非常想打探八卦的神情，斟酌了一下，挑了个安全的问法："夏缨，你跟顾经理是不是认识挺久了？"

"对。"夏缨觉得没什么好隐瞒的，"认识有十年了吧。"

叶一鸣震惊，十年前，夏缨才十三岁！

顾长平飞了个眼刀过来，叶一鸣不敢大声讨论，只好悄悄凑到夏缨耳朵边，说："我有个问题，你们女孩子是不是都喜欢这种经济实力强劲的斯文大叔？"

夏缨以为他说的"女孩子"指的是秋一冉，回想起秋一冉有一次确实说过，比起小鲜肉，她更喜欢沧桑大叔。

夏缨怕伤他心，委婉地答："应该是吧。"

叶一鸣转了转眼珠，笑容狡黠地坐回一旁。

夏缨有点奇怪，他怎么一点难过的样子都没有呢？

就在这时，穿梭在赛道上的两个身影骑成了并排，靠得很近，谷成礼察觉他们在交谈，顿时有些紧张。

顾长平就在车上，如果这两人一言不合跳下车打架，大概会直接吃到禁赛的处罚。

还好，他们只是说话。

海边风大，尽管摇下了车窗，车上的四人也只能听到呼啦啦的风声，听不清他们到底在说什么。

但很明显，刘亚歌并不愉快。

在听完戚骁白说的话以后，他的脸色就变得很难看，肌肉紧绷，踩踏的频率也开始变高，逐渐领先戚骁白几米。

"老戚挑衅他了吗？"叶一鸣忍不住猜测，"老戚平时不说话，什么时候学会垃圾话的？"

"也不一定是挑衅。"顾长平说，"刘亚歌现在不太稳定，很容易就会被点燃。"

叶一鸣嘻嘻笑道："经理说得对。"

他撕开一个棒棒糖含在嘴里，伸头向前："谷队，其实我们一直都以为，你才是最看不惯老戚的那个。"

谷成礼不解："我为什么要看不惯他？"

"因为……因为……"叶一鸣抓了抓头发，没好意思说。

谷成礼接话："因为他一来就占据了主将的位置，我作为队长也只能配合他，是吗？"

叶一鸣点了点头。

谷成礼笑了一下，虽然黑黑的脸上不太能看得出在笑："你们想太多了，其实在我看来，身份不重要，戚骁白是个强者，如果跟在他后面能让我进步，我又有什么好抱怨的呢？竞技体育，看的就是强弱与否，既然他比我强，就理应这样。"

"哇，不愧是队长！"

顾长平亦点了点头："选你当队长是我的主意，你比任何人都适合。"

叶一鸣感叹："要是刘亚歌有你这样的觉悟就好了。"

过了十五公里的路标，再有五公里就要进入返程赛段，意外状况是在这个时候发生的。

戚骁白突然减慢速度，任刘亚歌在前面拉开更大的距离。

他慢慢靠到后勤保障车这边，对夏缨说："我的前轮好像有问题。"

夏缨伸头看了一眼，居然爆胎了。

在计时赛里，选手无论是停下等队友、维修车辆，还是处理意外路障，都不会影响比赛的进行，也就是说，所有的时间都会算在选手的总计时里。

如何在不停止的时间里最快解决意外状况？这不仅是对选手的考验，更是对技师的考验。

夏缨当机立断，决定更换戚骁白的前车轮，这是目前最省时的方法。

谷成礼刚把车子停下，夏缨就迅速跑下车，以其他几人从未见过的速度，仅仅在几秒钟之内就把前车轮摘除出来，然后立刻将新车轮装了上去。

她的手指灵活地在车架与轴承之间来回穿梭，快到戚骁白根本看不清动作轨迹。

只是几个眨眼的工夫，夏缨就完成了一次前车轮的更换。

谷成礼看了眼秒表，难以置信："十秒。"

顾长平回放录像，果然只用了十秒。仅仅十秒，夏缨重新为戚骁白争取了追击的可能。

技师铺好路，接下来就要靠车手扳回一局。

戚骁白立刻骑上车，加速向刘亚歌追了过去，势要赶上停车时拉开的这段距离。

而刘亚歌，也在此刻犯了一个巨大的错误。

他回头看到戚骁白和后勤保障车都停了下来，大概猜测到是设备出了问题，飞快地在心里计算了一下，维修设备需要耗费一段时间，他不用再这么着急。

潜意识里的安全感一旦作祟，他就不由自主地放慢脚程，给自己一个喘息的机会。

他压根没有想到，夏缨只用了十秒，就将戚骁白重新推向了赛场。

当戚骁白带着巨大的压迫感逼到身后时，刘亚歌一瞬间愕然，导致他在接下来的比赛中速度分配全部错乱。

比赛进入返程的后半段。

戚骁白始终领先一个身位的距离，并且保持着这样的优势领跑大半程。

离终点越近，聚集的粉丝越多，他们呐喊的声音在耳边不断放大。

明明只是混乱的尖叫，或是高呼飞兔的口号，可在刘亚歌听来，却像是只喊了戚骁白一个人的名字。

凭什么？

三年前，出现在西索官网主页上的应该是他，身披荣耀在国外赛场上引人注目的也该是他，到底为什么，全部都错了？

刘亚歌心里压抑多年的不满和愤恨释放出来，他加快踩踏的频率，目眦欲裂，要在冲刺的最后几公里中血洗自己的耻辱。

可是，那道红色的身影始终在自己前方，追不上，超不过，无论他多么努力地踩踏板，都只能看到对方的背影。

像是一个巨大的阴影，永远笼罩在他头顶。

冲刺进入白热化，在沸腾的喊声中，戚骁白忽然开始抽车——他从坐垫上站了起来，扶住车把，身体前倾并左右摇摆。

他和车子融为一体，速度比之前快了太多。

刘亚歌也不甘示弱，牢牢咬在身后。

顾长平立刻坐直身体："他们抽车冲刺了，谷成礼，跟上。"

"交给我。"谷成礼踩下油门，时速升到七十公里。

夏缨心跳得快要蹦出来。

她看过无数次公路赛，这一次却无与伦比地紧张，抽车冲刺是公路车运动员通过将肉体压迫到极致来追求极限的速度，是对爆发力和耐力的双重考验。

她牢牢盯着戚骁白快速轮转的腿部肌肉，仿佛能看到皮下血管跳动的频率。

最后两百米时，戚骁白还在加速！

本来只是一个身位的差距，转眼就被他拉开一个轮距，然后越来越远……

最后，在刘亚歌不甘心的嘶吼中，戚骁白率先通过终点线！

他赢了，人潮里爆发出巨大的欢呼。

负责提供补给的队员冲了上来，给车手提供水和毛巾。

戚骁白说了声谢谢。

刘亚歌随后过线，一把将车扔下，粗暴地推开补给，将水打翻在地上，头也不回地进了基地。

夏缨下车时看到的就是一地狼藉。她皱眉看着地上摔倒的车子，和顾长平对视了一眼，然后慢慢将其扶了起来。

车队的工作人员开始疏散围观人群。

夏缨推着刘亚歌的车子回基地，看到戚骁白正站在赛前他们对话的那棵树下。

他发尖挂着晶莹的汗珠，仰头喝了一口水，水从嘴角流了下来，一路越过喉结，没入锁骨，胸腔随之鼓动。

荷尔蒙爆棚的画面。

他喝完水，侧过头，刚好对上了夏缨直视的目光。

相顾无言，一下子还有些尴尬。

夏缨迅速移开视线，小心地掩饰慌乱，一脸镇定地说："恭喜你！"

"谢谢。"

因为太热，戚骁白将剩下的水直接浇在了头上，这也是公路车车手在比赛过程中常有的举动，但他做起来总感觉不太一样。

夏缨低头看着脚尖，说："我先回仓库放东西。"然后小跑着走了。

戚骁白还想跟她说话，刚张了张嘴，她的身影已经消失在转角处。

还没来得及对她的"十秒换胎"道个谢，这姑娘怎么就跟躲他似的走掉了？

是因为刚比完赛，他身上有汗味吗？

戚骁白低头闻了闻自己，他平时很注意个人卫生，就算训练出了大量汗也没有什么味道。

叶一鸣经过时看到戚骁白在自己身狂嗅，调侃道："你是狗吗？"

戚骁白困惑地皱着眉："叶一鸣，你过来闻一下，我身上有汗臭味吗？"

叶一鸣震惊："这样不好吧，我只把你当兄弟，而且我有喜欢的女孩了，万一被秋一冉看到，我说不清……"

"滚。"他就不该搭理这个智障。

回到寝室，戚骁白先去冲了个澡，出来后，看到桌上有根棒棒糖。

叶一鸣说："恭喜你赢了比赛，我请你吃根棒棒糖吧。"

是桃子味的。

戚骁白莫名就想到了夏缨，转着棒棒糖的棍子发呆。

叶一鸣跟他说话："对了，今天我亲眼见证了八卦现场，你要不要听？"

戚骁白没说话，叶一鸣就当他同意了。

"夏缨跟顾经理果然有关系啊，刚刚你们比赛前，我看到她偷拍顾经理了，刚才她也亲口承认，顾经理是她喜欢的类型。"

戚骁白豁然抬头，眉头拧巴在一起，目露凶光："瞎说揍你。"

"我没瞎说！"叶一鸣委屈，"是我亲眼所见，亲耳所闻！"

"顾长平比她大了十岁。"

"那又怎样？"叶一鸣觉得，戚骁白的恋爱观实在不够与时俱进，"顾经理正值壮年，事业有成，一表人才，现在很多小女生就喜欢他这款，既不用等成长期，还有成熟男人的魅力。"

戚骁白冷漠地扯了下嘴角，那表情仿佛在说"你放屁"。

"真的，除了有点笑面虎，顾经理也没什么缺点啊。人家在市里还有不止一套房产，其中有个两三百平方米的豪宅，夏缨要是跟了他，以后就是阔太太，多好……"

坚硬的棒棒糖砸在叶一鸣的脸上，打断了他的话。

"你干吗？这是我给你的。"

戚骁白语气凶巴巴的："不想吃了。"

比赛结束的当天下午，训练继续，刘亚歌没有参与，哪儿都找不到他的人，谷成礼叹了口气，给他记了个缺勤。

早上看完比赛的人已经在骑行论坛里讨论起来，因为刘亚歌最后摔车的举动没有避开人群，网上对他的评价一面倒地差。

戚骁白能赢并不意外，但因为刘亚歌之前说他抢走了西索的名额，车队内很多人不清楚究竟谁对谁错，氛围有些怪异。

训练时，没有人说话，夏缨小跑过来的脚步声就格外明显。

她问谷成礼："刘亚歌没来？"

"没来。"

"顾经理呢，他来过没？"

叶一鸣立刻笑容暧昧，抢答："顾经理没来过这里，你找他？"

"对。"夏缨说，"发短信不回，打电话也不接，如果顾经理来你们这儿了，麻烦帮我转告一声，我找他有事。"

叶一鸣笑嘻嘻地问："什么事呀？"

夏缨故作神秘："就不告诉你。"

戚骁白终于停下手里的训练，微微侧头，深邃的眼眸里看不出什么情绪。

她风风火火地来，又风风火火地走了，自始至终没有多看他一眼。

戚骁白垂下眸，长长的睫毛覆盖住他眼底的一抹郁色。

他想起了比赛前，夏缨对他说"加油"的时候，春风撩起她的发梢，温柔得不像话。

他轻轻舔了下唇角，心脏里有种酸胀的情绪在发酵。

下午训练结束，叶一鸣拉着谷成礼、秋一冉和戚骁白几个人去公路半道的那家海鲜餐厅吃饭。

戚骁白本来不想去的，但耐不住叶一鸣在他耳边碎碎念，最后还是同意了。

一进餐厅，他们就看到夏缨和顾长平正坐在一张桌子旁吃饭。

不知道在聊什么，有说有笑，看着很开心。

看来她是找到顾长平了。

叶一鸣赶紧拽着几个人去后面的包间，还比画了个"嘘"的手势，体贴地说："我们不要打扰他们。"

四个人坐下来，开始点餐。

戚骁白没什么胃口，随便点了个菜，就将菜单传给下一个人。

另外三人聊天，从今天的比赛聊到最近的国际赛事，气氛很热烈，唯独戚骁白始终低头玩着筷子，一言不发。

叶一鸣连叫他几次，他才兴致索然地加入话题，过了一会儿，又安静下来，继续缩回壳里跟筷子对峙。

他在脑海中，把和夏缨认识这一路以来的事情都串联了一遍。

她想要看看太阳神玩偶，是因为她真的在收集那个东西；她找借口借车子，是因为要帮弟弟组装一辆一模一样的；那么，她当时想要走那件卫衣，也真的只是想再洗一下而已吧？

一连串的误会解开后，他才发现夏缨其实从来没有明确地说过喜欢他。

自始至终，都是他在自作多情。

"啪"的一声，戚骁白把筷子按在了桌上。声音太大，导致冷场，旁边的三个人都用关切的眼神看他。

"没事，你们继续。"他闷闷不乐地说。

与此同时，餐厅外面，方清如洗完手回到桌边，说："我刚才好像听见叶一鸣的声音了。"

"是吗？"顾长平回头望了一眼，一个熟人也没看到。

"可能去里面的包间了，应该不止他一个人。"方清如慢条斯理地剥了个虾，岔开话题，"刚刚聊到哪儿了？"

夏缨说："聊了刘亚歌这个选手的性格问题。他赛后扔车，到现在车还在我那儿放着。"

"哦，对。"方清如说，"我跟他接触不多，但是从医疗部那边听说过一些事。"

"什么事？"

"说他有一次身上带着烟味。"

顾长平微微眯起眼。

年轻的男孩喜欢抽烟，这在当下是很常见的事，但为了车手的职业生涯考虑，顾长平是坚决杜绝飞兔队员抽烟的。

夏缨嘀咕："前有一个李常，后有一个刘亚歌，难道他们是烟友？"

"刘亚歌的成绩在飞兔还算可以，我不知道他这么自毁前程是为了什么。"

"可能就是不服，想发泄吧。"夏缨分析，"因为当年西索签了戚骁白，没签他……"

"哟呵。"顾长平笑了下，"戚骁白告诉你了？"

"是刘亚歌告诉我的。"

"嗯？"

夏缨把刘亚歌来找她那天的对话复述了一遍，顾长平听完以后直笑："他想进ACK？他不知道ACK高层我们都认识吗？"

"谁知道他怎么想的。"夏缨耸了耸肩，低头看了眼手机。

出来吃完饭前，她在微信上又给戚骁白说了声"恭喜"，但戚骁白只回了句"谢谢"，其他什么都没说。

隔着屏幕，夏缨直觉这声"谢谢"是紧绷着的那种。

她问："你心情不好吗？"

戚骁白又回了两个字："没有。"

对话止步于此，夏缨有些尴尬。

一整晚她都在看手机，想着对方会不会良心发现主动发点什么过来，但并没有。

吃饭的时候，夏缨稍微留意了一下，不让自己吃得太饱，决定一会儿就去找戚骁白开第二瓶沙蟹酱。

当天晚上，外宣部的剪辑师就把白天的比赛视频做好，上传到了网上。

夏冲看完录像，激动到跟夏缨视频时还在手舞足蹈。

"戚骁白太帅了，真的太帅了！最后加速冲刺的时候我心脏都要跳出来了，没想到直接碾压刘亚歌啊！"

夏缨掏了掏耳朵，有点聒噪。

"我把比赛录像拿给我们班上的男生看，他们都被圈粉了。姐啊，戚骁白现场是不是比录像里还要帅？"

夏缨头都没抬："还行吧。"

"你怎么能说还行呢？"夏冲不乐意了，"帅就是帅，哪有还行这个选项？"

夏缨敷衍："是是是，帅帅帅。"

"看吧，你终于承认他帅了。"

夏缨："你看不出来我是被迫的吗？"

"我不管，全世界的车手中戚骁白最帅，哪怕你是我的亲姐，反驳也无效。"

"好好好，你说得对，戚骁白最帅。"

夏冲心满意足地写作业去了。

挂了视频，夏缨看了眼时间，给戚骁白发了条消息："你现在在宿舍吗？方便下楼一趟吗？"

戚："怎么了？"

夏缨："你下来就是了！"

戚："好。"

他答应了，夏缨立刻穿上外套，抱着沙蟹酱和面包下了楼。

她到男寝楼下时，戚骁白已经出来了，穿着宽松的运动衣，两只手插在兜里，静静地站在路灯下。

夏缨小跑着过去，叫他："戚骁白。"

戚骁白回头，看她几眼。

夏缨只在浅色睡裙外面罩了个外套，露着一截光滑的小腿。他皱了下眉："你穿得太少了。"

"没事，我不冷。"她举起手里的东西晃了晃，眉眼弯弯，"我来找你吃沙蟹酱。"

戚骁白愣了一下，就为了这个？

夏缨拉着他坐在台阶上，问了句："你吃晚饭了吗？"

"吃了。"

"那没事，加餐。"夏缨拧开沙蟹酱，鲜香的味道扑鼻而来。

戚骁白问："直接吃酱？"

"当然不是。"夏缨从怀里拿出一袋切片面包。

戚骁白傻眼了："沙蟹酱……配面包？"

这是什么中西结合的奇怪食物？

夏缨："不能吗？我去网上查过了，沙蟹酱可以配万物。"

戚骁白："好的，没问题。"

夏缨拿小勺子把沙蟹酱铺在面包片上，递给戚骁白："吃吧，趁现在多吃几口，等过段时间比赛了，就不能随心所欲地吃东西了。"

戚骁白觉得她说得有道理，随即咬了一大口。

口感有点奇怪，但味道还是不错的，沙蟹的鲜味涌入口中，刺激着味蕾，再被面包的敦厚口感中和一下，呈现出刚刚好的美味。

他傍晚在海鲜餐厅其实吃得很少，三人点了一桌子海鲜，好像都不如夏缨的这个沙蟹面包来得舒服。

他吃完一个，又要了一个。

没过一会儿，他们两个居然吃掉了半袋面包。

夏缨饱了，擦了擦嘴，满足地说："下次我买点馒头来，配这个应该更好吃。"

她说下次。

戚骁白微微垂了眼，看着面前的花圃，说："还是不用了。"

"怎么了？"夏缨望向他，"你不喜欢吃这个酱吗？"

"不是。"他顿了片刻，认真地说，"我们两个不适合在晚上单独见面。"

夏缨有点诧异，但又觉得他说得没毛病。

孤男寡女在晚上单独见面确实不妥当，但他们只是合力消灭了一瓶沙蟹酱和半袋面包的关系。

她思考了一下，说："那下次，我把东西带去食堂，我们直接在食堂吃。"

"那更不行。"

这也不行，那也不行，戚骁白到底是几个意思？他已经站起来了，夏缨看他需要仰着脖子。

"谢谢你跟我分享沙蟹酱，但如果被人看到就不好了。"戚骁白背过身，说，"这是最后一次。晚安。"

他就这么走了。

夏缨在原地站了半天，才慢吞吞地走回女寝。

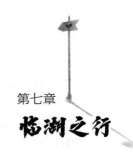

第七章

临湖之行

刘亚歌在翘了几天训练后出现了，眼睛下挂着重重的眼袋，训练时也没什么精神，估计在某个酒吧混了几天。

这下不需要任何高层插手，逃避训练加酗酒，禁赛三个月的事直接板上钉钉。

他消停了一阵子，车队内恢复了平静，天气也越来越暖和。

四月草长莺飞，飞兔举办了一次青队招募赛，地点仍在沿海公路，总共几十个青少年车手参加，但最终入队的名额仅有一个。

夏缨今天不跟队，早早在半道上占了一个绝佳的位置。

顾长平在她身旁转了一会儿，说："缨妹，今天叫你来看这个比赛，其实是有原因的。"

"什么原因啊？"夏缨抓了一把瓜子开始嗑，开玩笑地说，"你别告诉我是因为夏冲也在。"

顾长平沉默了，片刻后道："没错。"

她豁然从小凳子上站起来："你说什么，夏冲真的报名了？你们怎么都不告诉我？"

"就是怕你生气，他才央求我别说。"顾长平揉了揉眉心，"比赛已经要开始了，让他弃权是不可能了，你消消气，好好看比赛再说。"

"不是，这……"夏缨凝望了一眼面前的公路赛道，忧心忡忡，"他平时都在学校里上课，没多少时间训练，怎么跟人家比？"

"输了不是正合你意吗？他就可以安心学文化课了。"

"但是他很要强，我怕他为此一蹶不振……"

"行了吧，比赛还没开始，你就在这儿唱衰，哪有这样当姐姐的？"顾长平拍了她一下，"你在这儿看，我去前面布置工作了。"

"好，你去吧。"夏缨重新坐回小凳子上，瓜子都不想嗑了。

惆怅地叹了口气后，她抬起眼，看到了马路对面的戚骁白。

虽然孤男寡女，但这又不是晚上，夏缨直接叫住他："你也来看比赛？"

戚骁白目光发深，点点头。

他刚过来，也想在这个地段围观，但刚巧看到顾长平拍了夏缨一下的画面，便觉得自己不该过去了。

夏缨屁股下的板凳仿佛是套娃，变戏法似的又抽了一张出来，邀请他坐："我还有瓜子，一起来嗑吧。"

或许真的是瓜子的魅力太大，戚骁白跨过公路，坐到了她的旁边。

夏缨准备得很齐全，除了瓜子和水，还自备垃圾袋。

戚骁白看东西这么全，不嗑几个有点对不起她的努力，于是，两人间默契得只有嗑瓜子的声音。

这样的沉默让戚骁白不自在，他主动挑起话题："刚刚顾经理跟你说了什么？感觉你没有很开心。"

"唉。"夏缨满面愁容，"刚刚他才告诉我，我弟弟也报名参加比赛了。"

"夏冲？"

"咦，你怎么知道我弟叫夏冲？我跟你说过吗？"

戚骁白立刻移开视线，佯装镇定："好像说过。"

夏缨没细想，信了："夏冲没告诉我，也不让顾经理告诉我，说是怕我生气，我是那种蛮不讲理的人吗？"

戚骁白："应该……不是？"

夏缨瞪他："自信点，把'应该'去掉。"

"哦。"戚骁白又抓了一把瓜子。

"我其实是怕他输了比赛，自信心受打击，学习也提不起热情了。"夏缨解释。

"那如果他赢了呢？"

"啊？"

"如果你弟弟拿了第一名，可以进飞兔青队了呢？"

夏缨还从没想过这个可能，她张了张嘴，半天没说出话来。

会有这个可能性吗？她只知道夏冲每天挤时间练车，但到底练成什么样，她也不是很清楚。毕竟姐弟俩分开了十年，虽然感情好，但见面的次数不多。

正思考着，前方传来发车的号声，夏缨紧张地伸头看。

公路尽头，隐隐可见由几十人组成的车手大集团开始出发，大家穿着各种不同颜色的骑行服，戴着不同颜色的头盔，像彩虹一样冲了过来。

夏缨的心都提到了嗓子眼，下意识地拽着戚骁白的袖子来回晃："来了来了……"

戚骁白手里的瓜子都被她晃掉了，低头看着被扯起来的袖管，非但没抽出，反而不动声色地把手臂向前伸了伸，让她晃得更轻松些。

车队离得越近，她使的劲就越大，戚骁白干脆放弃了那只手，只用单手嗑瓜子。

"戚骁白！"夏缨忽然叫他，"先行部队来了！"

戚骁白这才抬起眼睛看向赛道。

虽然是青少年组，但速度还是很快的，先行的两名车手差距很小，正在胶着，夏缨一眼就看到了熟悉的亮黄色头盔。

她愣了一下，反复确认骑过来的身影，瓜子脸，白皮肤……

"是夏冲。"戚骁白忽然出声。

"啊——"夏缨一声尖叫，也顾不上计较戚骁白怎么认出夏冲的这件事，像个粉丝一个疯狂地呐喊，"夏冲加油！夏冲加油啊啊啊！"

夏冲应该是听到了，咧开一个大大的笑容，更加奋力地踩着踏板。

"你看到了吗，那是我弟弟！那是我弟弟！"夏缨更加剧烈地晃着戚骁白的手臂，脸蛋因为太激动都红了。

"嗯，他很厉害。"戚骁白说着，目光落在两个车手身上细细打量。

夏冲虽然年轻，训练的时间也不算很多，但骑得又快又好，目测是典型的天赋型选手。

而另一位……当这两个少年从他们面前飞驰而过的时候，哪怕仅仅一两秒，戚骁白还是感觉有些不对劲。

另一个少年无论从神情还是状态上来说，都有些奇怪，似乎，过于亢奋了……

夏缨没看出来有什么问题，兴奋地问戚骁白："这么看，我弟弟真有可能赢啊。戚骁白，你是专业的，你觉得最后谁会拿第一？"

戚骁白低下头，对上她因为期待而熠熠发光的双眸。

他承认夏冲实力很强，但如果对手状态不正常，他很难拿第一。

"我觉得……"戚骁白顿了顿，委婉地说，"我才是第一。"

夏缨："你说什么？"

"不管哪个进了飞兔，成绩都不会超过我，所以，第一是我的。"

"你一个精英级跟他们青少年级较什么劲哦。"夏缨嘀咕了一句，但可能因为太开心，她反而说，"不过你说的有道理啦。"

她坐回凳子上，兴奋地等待回程。

她有点担心夏冲刚才发力太足，一会儿脚力不够。

果然，不出她所料，夏冲在回程时虽然保持在先前部队，但是落下另一名选手大约两米的距离。

夏缨立刻又紧张了起来，向夏冲加油打气了一番，眼看着一前一后的身影从面前骑走。

她隐隐有不好的预感，声音低落："戚骁白，我弟弟落后了，他可能只能拿第二名。"

戚骁白沉默了一下，说："在这场比赛中，拿第二名已经很厉害了。"

夏缨摇头："你不了解他，他骨子里其实很要强的，让他以一点点的差距输掉这场比赛，对他来说可能打击更大。"顿了顿，她又道，"其实他想加入飞兔主要是因为你，他是你的忠实粉丝。"

戚骁白站起身："马上要出结果了，我们回去吧。"

"好。"

在他们回到终点线之前，这场比赛的胜负就已经出来了。

顾长平发来微信，夏冲以极其微弱的差距位居第二名。

夏缨一颗心立马沉进海里，她加快脚步赶到基地门口，夏冲果然坐在车子旁，头埋进手臂里，郁郁寡欢。

获胜的那名青年选手站在另一边，耀武扬威地给自己的朋友们打电话。

夏缨心一软，立刻过去安慰弟弟："没事的，等到下一次青队招新我们再来。你才十六岁，以后还有很多可能。"

"我知道。"夏冲轻轻说，他抬起头，眉眼里都是沮丧，"我跟他就差了一点点，就一点点啊，如果我骑得再快一些，我就可以赢了……"

夏缨不停拍着他的后背，难过得说不出话来。

她一直希望弟弟可以走文化课的路子，等到了大学再开始练车，这样可以拿到运动员和文凭的双保险，但没想到，真到了夏冲输掉比赛的这天，她却那么难过。

可能是受到了上一辈的影响，夏冲是真的喜欢这项运动，他们姐弟俩都注定要跟这个项目"纠缠"下去。

夏冲慢慢摘掉手套，握紧在手里，忽然面前出现了一块干净的湿毛巾。

夏冲抬起头，赫然看到了他无比熟悉的一张脸。

"戚……戚……戚……"激动到结巴，夏冲半天后才吐出他的名字，"戚骁白啊！"

戚骁白蹲在他面前，脸上挂着淡淡的笑容："你已经骑得非常好了。"

夏冲愣了一下，总觉得这个声音有点熟悉，好像在哪儿听过，但又想不起来。

管他呢，这可是偶像啊！

他紧张地咽了口唾沫，立马变乖巧："我做得还不够好。"

"我听你姐姐说，你没有受过系统的训练，每天骑车的时间也很有限，在这种情况下，能骑出这样的水平，已经非常厉害了。"顿了顿，戚骁白补充道，"应该比我十六岁的时候要强。"

夏冲脑子里仿佛炸出了烟花，刚刚因为沮丧而冷却的血液重新沸腾起来，眼睛里发着光，小鸡啄米似的点头："谢谢戚神，那个……我真的很喜欢你，请问你可以给我签名吗？"

"可以，签在哪儿？"

夏冲内心"啊啊啊"了一通，假装淡定地摘下头盔，问："签这上面可以吗？"

"好。"戚骁白转头问夏缨，"你有笔吗？"

夏缨摇头。

眼看夏冲的期待就要落空，戚骁白对他说："那你等我一下。"

他起身，找到工作人员，耐心地问了好几个人，终于借到了笔。

他抱着夏冲的头盔，在上面签下了自己的名字，然后又找了一处空地，写了个"加油"。

头盔还回夏冲手里时，仿佛有千斤重，夏冲把它抱在怀里，一副死也不会撒手的表情。

戚骁白又说："对了，要不要到基地里参观一下？"

夏冲惊呆了，今天虽然输了比赛，但老天开眼，让戚骁白一而再再而三地眷顾他！

他不敢草率答应，问了句："我可以进去吗？"然后悄悄看了眼夏缨。

夏缨无奈地点了下头："今天算戚哥哥带你进，你下次考到全班前十我再带你进一次。"

"太好了！"夏冲高兴得快疯了，"谢谢戚神，谢谢姐！"

戚骁白恍了下神，没注意他说了什么。

刚刚夏缨叫他什么？戚哥哥？

戚骁白忍不住弯起唇。

顾长平那边登记了第一名车手的信息，那少年似乎还有别的事要做，登记完信息就准备离开了。

走之前，他来找戚骁白，笑着说："戚骁白，你好，我一直是看着你的视频学习骑车的，今天见到你很高兴。"

那种紧绷感立刻上来了，戚骁白脊背微僵，微微颔首："谢谢你的支持。"

少年眸中跃跃欲试，问："你觉得我今天表现得怎么样，有什么需要改进的地方吗？我想争取下次骑得更快。"

戚骁白沉默了两秒，说："不好意思，我可能给不了你什么建议。"

少年离开后，戚骁白直接带着夏冲进了基地，夏缨陪在弟弟身旁。

这是夏冲第一次参观飞兔，全程都很激动，看到什么都要大惊小怪一番。

大约一个小时，才把飞兔上上下下转了个遍，戚骁白甚至邀请他去男寝里看了看。

夏冲瞻仰了一下戚骁白的宿舍，听闻他的舍友是近几年崭露头角大获好评的叶一鸣，更兴奋了。

他虔诚地摸了摸宿舍里的瑜伽垫，情不自禁地说："我要是能进飞兔该多好，我真想跟你们做队友。"

"你是有很大的希望的。"戚骁白说，"你骑得其实很好，如果能接受系统科学的训练，会更上一个台阶，估计到时候青队就容不下你了，你可以提前进精英级。"

"真的吗？"夏冲眼睛亮了一下，随即又黯淡下去，"但是我已经错失了这次机会。"

戚骁白拍了拍他的肩膀："不要放弃，总有一天你的名字会比我的更加响亮。"

夏冲困惑地歪了下头："戚神，我总感觉你鼓励我的方式很熟悉……"

"有吗？"戚骁白淡定地望天，"大家好像都是这么安慰人的。"

"哦。"夏冲不疑有他，又问，"戚神，刚刚第一名那个车手来找你指点，你说没什么能建议他的，是因为他已经非常好，好到你挑不出错了？"

戚骁白笑了一声："怎么可能？"

夏冲迷茫地看着他。

但戚骁白没有解释，只是轻巧地岔开了话题："走吧，你姐姐还在楼下等着。"

因为夏冲还有作业要写，不能在基地久留，跟戚骁白和夏缨道别后就走了。

夏缨望着弟弟骑远的背影，胳膊肘碰了碰戚骁白："你对我弟弟还蛮好的，跟对第一名的那个少年不一样。"

戚骁白问："怎么不一样？"

"就是……"夏缨想了一下，说，"你跟第一名说话的时候，感觉就是我们刚认识时的状态，不放松，不自在，但你对夏冲就没有这么戒备。"

戚骁白提了提唇角，反问："这样不好吗？"

"呃，好啊……"

"夏冲是个好孩子，也是个好苗子，值得栽培。"

"你能这么想，他一定高兴坏了。"

戚骁白忽然转头看向她，话锋一转："对了，你刚才在夏冲面前是怎么称呼我的？"

"啊？"夏缨没反应过来，"什么怎么称呼？"

"不是。"戚骁白舔了下嘴唇，引导她回忆，"你跟夏冲约定下次进基地的时候……"

夏缨猛然想起，脱口道："戚哥哥？"

戚骁白立刻翘起嘴角，眸中闪着水光。

夏缨脸颊顿时有些燥热，解释道："我那是站在夏冲的立场叫的。"

"嗯。"他的声音有几分低沉，"我知道。"

但夏缨觉得，他并不知道。

气氛一下子变得有些诡异，夏缨心神不宁，找了个借口回技术部了。

戚骁白看着她的背影，又自顾自笑了一会儿，才转身去管理办。

顾长平正好在办公室里，戚骁白敲门进去，开门见山地问："顾经理，你觉得今天第一名的车手怎么样？"

顾长平答："挺不错的，这个成绩放在现在的青队也是拔尖的。怎么了？"

"我倒是有个建议。"戚骁白两手插兜，一字一顿地说，"对他做一次检查吧。"

"什么检查？"

话刚说完，顾长平就反应过来了，眉头皱得厉害。

青队招募不是正式比赛，赛前不设置关于兴奋剂的检测，更何况都是些孩子，顾长平想当然地以为不会发生那样的事。

但戚骁白是专业的车手，他既然这么建议，想必是感觉到了什么。

顾长平重新拿起选手的资料看了下，第一名的少年已经辍学了，证件照上的笑容有些痞气。

"我知道了。我会去查一下的，谢谢你的提醒。"

戚骁白正要走，顾长平又把他叫住："对了，下一次比赛的时间出来了，假期后需要你和谷成礼协助工作人员，确定上场的阵容。"

"好。"戚骁白应下。

顾长平说干就干，火速安排第一名的选手做了检测。

结果跟戚骁白料想的一样，他服用了兴奋类药物。

与此同时，顾长平还暗中对这名选手的个人作风问题进行了调查，发现他辍学后就时常出入娱乐场所，抽烟打架喝酒，这些未成年人不应该干的事他一样都没落下。

顾长平很干脆，直接取消了他比赛的名次，青队招募赛的第一名就顺位到了夏冲身上。

顾长平对夏冲的品德很放心，但到底要不要让其进入青队走上半职业化的道路，他拿不定主意，因为夏缨姐弟俩的家庭实在有些特殊。

在通知夏冲本人之前，顾长平先跟夏缨聊了一下。

从管理者的角度来说，他是非常希望夏冲能入队的，因为在对手服用兴奋剂的情况下，他能把差距控制在微弱范围，对车队来说是求之不得的人才。

并且，夏冲如果入队，也不影响他考大学，飞兔可以帮他争取到体育生的名额。

那么现在的问题就在于，夏冲的家人同不同意他入队？

听完顾长平的阐述，夏缨坐在咖啡店的椅子上，沉默了好久。

"其实这几天我一直在思考这件事。"夏缨开口，"如果夏冲真的有天赋，我作为姐姐，不应该干涉他选择自己的人生道路。"

"缨妹，在我这里，你从来不是个问题，问题在于……"顾长平顿了顿，说，"你们的母亲。"

夏缨缓缓沉着眸："我妈妈不喜欢公路车这项运动。"

"我知道。"

"我觉得她……可能不会同意，而且还会歇斯底里地反对。"

"我明白，但这不是她的错。"顾长平说，"你爸爸走得太决然，她有抵触情绪可以理解。"

夏缨撑着腮，看着面前的咖啡犯难。

顾长平提议："马上要到假期了，夏冲不是要回去嘛，让他自己先去沟通一下，实在不行，你也跟你母亲说一说，正好我要去一趟临湖市，可以顺路送你们。"

夏缨摇了摇头："我妈未必会听我的。"

"别太担心，已经过去十年了，她也已经再婚了，观念或许早就不同于以往。"

夏缨没说话，但顾长平知道她听进去了。

剩下半杯咖啡已经冷却，夏缨漫不经心地用小勺搅动，看着咖啡划出浅色的波纹。

"长平哥，要是我妈怎么都不同意，你是不是准备顺位招下一名进来？"

顾长平笑了笑："说实话，如果真的错过夏冲，我大概率会心情不好，下一名只能看我的心情招不招。"

"行吧，你是经理，你有资格任性。"夏缨吐了吐舌头，又问，"如果夏冲读完高中，考上了大学，还能入队吗？"

"到时候夏冲应该快十九岁了。十九岁起不再属于青少年级，是精英级，入队要求会变高。"

夏缨明白，如果走这条路，即便将来可以入队，夏冲也会比同龄车手少几年的系统训练。

　　顾长平说："教练组分析过，按照夏冲的天赋和条件，只要他勤奋训练，几年后绝对可以到达戚骁白现在的水平。"

　　停顿了一下，顾长平有些唏嘘："也不知道该怎么形容，可能真的是你爸爸的基因太强大了，你们姐弟俩在公路车上都有各自的天分。"

　　夏缨讪笑，转头看着窗外街道上的行人。

　　良久后，她问："长平哥，你说我爸当年执意把我带走是为什么呢？"

　　顾长平怔了一下，说："父亲带走孩子，这能有什么理由？"

　　"我想……应该是有的吧。我从小摆弄器械，他特别高兴，手把手地教我。"夏缨有些心不在焉。

　　顾长平心里不是滋味，安慰她："我相信他是因为爱你才带你走的。"

　　夏缨始终看着外面，一个小孩刚买的冰激凌球掉到了地上，引得小孩一阵大哭，把她看笑了。

　　"或许吧。"很久之后，她才发出这样一声叹息。

　　晚上，戚骁白结束训练，看到手机里有夏缨发来的消息。

　　夏缨："在不在？我有问题想咨询你一下。"

　　戚骁白飞快地回道："问。"

　　夏缨："你当年转职业车手的时候，你父母是支持还是反对啊？"

　　戚："支持。"

　　夏缨："车队要收你的时候，你犹豫过没？"

　　戚："没。"

　　夏缨："我怎么感觉我跟记者似的……"

　　戚骁白看着手机屏幕上的对话，轻笑了一下，不由自主地放慢了回宿舍的脚步，给她发了一长串文字。

　　戚："我练车的时候父母一直很支持我，我入队的时候也没有犹豫，因为那是我想了很久的事情，我很坚定自己的心意。夏记者还有什么要问的？"

　　夏缨："那，你是怎样平衡训练和学习之间的关系呢？"

　　戚："我请了家教。"

　　夏缨："哦……"

　　戚："我的成绩本来就可以上一本。"

　　夏缨："什么？！"

　　戚："我只是为了专心训练才走的体育生。"

夏缨："天哪……"

戚："以上，可能都不适用于夏冲。"

夏缨："对不起，我不该问你，是我的错。"

戚骁白可能自己都没发现，他嘴角扬起的弧度越来越大。

他摩挲了一下手机壳，主动发了个问题过去："你假期什么安排？"

夏缨："跟我弟回老家。"

戚："哦，我可能也要回老家。"

夏缨："嗯，路上注意安全。"

戚："你也是。"

对话就进行到这里。

戚骁白走到宿舍附近，抬起头先看到了女寝的小楼。

二楼正中间的窗户没拉窗帘，亮着朦胧的灯，他下意识停下脚步，在原地站住。

过了一会儿，他忽然反应过来，自己这是在干什么？执着地望着那扇窗户，是在期待看到谁吗？

他自嘲地笑了下，正要抬脚离开时，夏缨忽然靠到了窗户边，刚要拉窗帘，一低头恰好就看到了他。

两个人都有些诧异，呆呆地对望了一会儿，夏缨才如梦初醒地笑笑，嘴角两个酒窝，甜得像是他刚刚喝的蜜桃味果汁。

夏缨冲他挥了挥手，用嘴形说了个"晚安"，然后把窗帘拉了起来。

吹着春日的晚风，戚骁白心情愉悦地回了宿舍。

他进屋第一件事，就是拿起手机给夏缨回了"你也晚安"四个字。

夏缨应该是已经睡了，没有再回，戚骁白冲了个澡，准备休息。

叶一鸣刚打完一局手游，兴冲冲地问："老戚，假期一起去临湖市玩吗？"

戚骁白："不去。"

叶一鸣："别啊，听说那里风景很好，还免费，坐大巴车一两个小时就到了。"

戚骁白翻了个身："我可能要回家。"

"才几天假，回家可能来不及，还不如去周边的旅游城市好好玩一玩。"

"不去不去。"

"那算了。"叶一鸣叹了口气，喃喃道，"夏缨的老家就是临湖的，她说特别美，我还想着叫上你一起……"

话音未落，戚骁白"噌"地一下从床上坐了起来，表情复杂地看着叶一鸣。

叶一鸣被他吓了一跳："你……你干吗？"

"我刚才想了一下，觉得你说得很有道理，时间太短，回家来不及，不如在周边转一转。"戚骁白的眼神无比坚毅，"我报名，就这么定了。"

假期第一天，戚骁白和叶一鸣一行人出发去临湖市。

因为戚骁白是最后买车票的，座位不跟其他人在一起，他一个人坐在最后一排。

上车后，戚骁白戴上耳机把自己隔绝在独立的世界里，时不时点亮手机屏幕。

他想问问夏缨出发了没，但发现自己根本找不到这么问的立场。

发车之前，上来一个年轻的女乘客，在他旁边坐下。戚骁白下意识往里面坐了坐，跟对方保持一定的距离。

他一直看着车窗外的风景，并没有发现女乘客在悄悄看他。

总共一个半小时的车程，车上的人睡了大半，女乘客终于忍不住，跟他搭话："你好，你也是在临湖下车吗？"

戚骁白疑惑地看了她一眼。

这趟车跑的是近海市和临湖市之间的往返线，他不在临湖下，还能在哪儿下？

女乘客又问："你是临湖人吗，还是去玩？"

"去玩。"

声音很好听！女乘客压住心中的激动，问："那你是在近海市工作？"

"差不多。"

"巧了，我也是。你是第一次去临湖吗？"

"嗯。"

女乘客笑了："我是临湖人，要不然我给你介绍一下我们家乡的景点吧？"

突如其来的好意，让戚骁白不太自在，他手指僵硬地蜷曲着，没有说话。

女乘客便以为他是默认，开始从临湖的历史讲起，景点、美食一样都不落下。

戚骁白并没有认真听，虽然出于礼貌，他已经摘下了耳机，但心思并不在这上面。

女乘客还在滔滔不绝，戚骁白的手机忽然振了一下。

夏缨："听说你不回家，跟叶一鸣他们一起去临湖了？"

戚骁白终于露出了一丝笑容，有种守得云开见月明的感觉。

戚："对。"

女乘客看到他笑了，以为是自己说得有趣，便更得劲了。口干舌燥地讲到最后，她留了个心眼，提起勇气说："至于我说的最好吃的那家饭店，位置很偏僻，不好找，要不你留个电话给我，有空的话我带你去。"

戚骁白的目光终于抬了起来，茫然地在她脸上聚焦，说："谢谢，但是不用了，我不是去吃东西的。"

女乘客尴尬极了："那你主要就是看景点？我们临湖的风景很好。"

戚骁白垂眸，看着手机屏幕上的"夏缨"二字，忽然赞同地"嗯"了一声——临湖，确实有人间胜景。

女乘客见他没有交友的意愿，只能作罢，悻悻地睡觉去了。

夏缨在手机里告诉他，自己也正在去临湖的路上，夏冲今天才知道自己被顺位第一的事情，激动到一路都在号叫。

聊天中间，夏冲还把手机抢了去，给戚骁白发了语音，但因为他太高兴，戚骁白也没听明白他到底想说什么。

夏缨夺回手机后，继续给他发文字。

夏缨："你们计划去哪些景点呀？"

戚："我也不知道，叶一鸣安排的。"

夏缨："要不要我给你介绍一下临湖的景点和美食？"

戚骁白看着这句话顿了顿，眼睛里浮出笑意。

戚："那就辛苦你了。"

夏缨给他发了一路语音消息。

最后，她好像困得快睡着了，话都说不利索，也就没有然后了。

到了临湖市车站，戚骁白一行下了车，准备打的去订好的酒店。

刚在路边站定，眼尖的叶一鸣立刻看到熟悉的身影，把他们几个叫过来："你们看，路边是顾经理吗？"

几个人定睛一瞧，还真是。

顾经理站在自己的车子边，好像是中途下来抽根烟。

叶一鸣胆子最大，直接叫他："顾经理！你也在这儿啊？"

顾长平回头，扫了眼他们的这个阵容："你们刚下车？"

"对啊。"

"接下来去哪儿？"

"准备去酒店，你带我们一程呗，我们正好四个人，坐得下。"

顾长平抱歉一笑："坐不下了，夏缨和她弟弟在我车上。"

这句话说完，气氛顿时有些诡异。

几个队员面面相觑，有种撞破领导"奸情"的心虚感。

戚骁白则目光直直地落在车上，神色发黯。

叶一鸣最先反应过来，轻快一笑："顾经理，你专程把夏缨他们送回来的啊？"

"不是。"顾长平说，"我正好来临湖有点事，顺路送他们。"

"哦……"尾音拖得很长，画外音是"别解释，我们都懂"。

顾长平跟几人聊了下接下来的游玩计划，唯独戚骁白不语，径直走到他车前，使劲敲了敲玻璃。

夏缨睡眼惺忪地摇下车窗，她旁边，夏冲睡得东倒西歪。

看到戚骁白的时候，夏缨愣了一下，第一反应是推醒夏冲："你偶像！"

夏冲立马睁眼，眨巴眨巴看着戚骁白，好像根本不相信自己的眼睛。

戚骁白没有心情跟他们开玩笑，脸色铁青地问："顾长平车开得稳吗？"

"稳啊。"

"你睡得好吗？"

"挺好的呀……"

"好就行。"

丢下这句话，他转身回了叶一鸣那边。

夏缨一头雾水。

夏冲在一旁呆呆地问："怎么感觉戚神不开心？姐，你得罪他了吗？"

"我怎么会得罪他？我……"话戛然而止。

夏缨猛然想起，自己说要给人家介绍临湖的风景名胜，但介绍到一半就睡着了。

她拿起手机，回看了一下聊天记录，还真是，最后一条消息定格在戚骁白那里，他问："没有了吗？"

而她，临湖不知名小睡神，在没打一声招呼的情况下，整整睡了四十分钟。

难道是因为这个，戚骁白生气了？

头探向车窗外，她又看了看戚骁白，犹豫着要不要下去道个歉。

叶一鸣约的车来了，他们四个直接上了车，夏缨最后看到的是戚骁白微沉的睫毛和抿紧的唇线。

第八章
一碗燕麦

叶一鸣订的是一家快捷酒店，位置临近老城区，他和戚骁白住一间，秋一舟和另一个女生住一间。

晚上他们找了家饭店吃特产，湖鱼味道鲜美，戚骁白却吃得不多。

饭后，四个人逛了下临湖市的夜景才回宾馆。

因为白天舟车劳顿，叶一鸣很快就睡了，戚骁白看了眼时间，悄悄换上鞋子出门跑步。

刚才散步时，他大致记下了周边的道路。临湖是个小城，晚上比较安静，道路平稳，非常适合夜跑。

跑步过程中，戚骁白始终想着顾长平开车送夏缨姐弟回家这件事。

原来他们的关系已经亲密到了这种程度吗？看上去夏冲也接受了顾长平……

这是好事，顾长平似乎是个值得托付的男人，他应该为她感到高兴。

戚骁白停下休息，长长叹出一口郁气，弯腰活动着腿上的肌肉。

"这就跑不动了？"一个清脆的声音忽然在背后响起。

戚骁白难以置信地回头，看到夏缨笑意盈盈地站在路灯下。

她身上也穿着运动服，头发在脑后扎了个丸子头，脸上有一层薄薄的晶莹的汗珠。

"你……"突然见到了一直想着的人，戚骁白语言系统有点卡，"你怎么……"

"我也出来跑步，早就看到你了，一直悄悄跟在你身后。"夏缨伸展了一下胳膊，说，"你太能跑了，我抄了近道才跟上。"

"怎么不早点叫我停住？"

夏缨撇嘴："是你说晚上不要单独相处的。"

戚骁白哑口无言，看了看她四周没有别人，问："你自己出来的？"

"对啊。"

"走吧。"他系好鞋带，"我现在送你回去。"

夏缨眼睛一弯："你确定吗？"

戚骁白有种搬起石头砸自己脚的感觉，随口道："现在是休息时间，我们不是同事关系，算朋友。送朋友回家是天经地义的。"

"你也知道是朋友啊。"夏缨小声嘀咕。

两个人原路返回，吹着清凉的夜风。

安静了一会儿，夏缨才问："下午在车站门口见面的时候，你是不是心情不太好？"

戚骁白沉默了一瞬，坦诚说："有一点。"

"是不是因为我给你介绍到一半就睡着了？我跟你道歉，我不是故意的，实在是太困，没注意就睡着了。"

夏缨眼睛很亮，在黑夜里熠熠闪光。

戚骁白被她看得心里发烫，原本想问的关于顾长平的问题都抛到了脑后，话到嘴边变成了："你现在可以继续吗？我还想再了解一点。"

夏缨欣然同意。他们步伐不快，每走过一个建筑，她就不厌其烦地给戚骁白介绍，让他了解临湖的风貌。

戚骁白听得很认真，一侧头瞥见她衣领间挂着的蓝牙耳机，还是最开始被他踩了一脚的那个。

等夏缨停下来了，他才问："你这个耳机，是顾长平送的？"

"嗯？"话题跳转太快，夏缨摸了下耳机，才说，"不是啊，这是去年我生日，夏冲攒零花钱买给我的。"

戚骁白倏地停下脚步："夏冲送的？"

他怎么有点激动？

夏缨迷茫地眨眼："是啊……怎么了？"

"没什么。"戚骁白两手揣兜，心虚地避开她的目光，"你跟你弟弟感情很好。"

"我们虽然分离的时间很长，但这十年里每天都联系，夏冲很听话，我们姐弟俩没有隔阂。"夏缨说这个的时候一脸骄傲。

戚骁白问："你们为什么分开？"

话刚出口就有些后悔，万一是难言之隐呢？

但夏缨大方地回答："父母离婚，我爸要去国外发展就把我带走了，夏冲留给了妈妈。"

"后来，你就进入ACK车队了？"

"对，因为我爸爸在ACK，我没毕业就进去了。"

戚骁白点头："在国外学习了技术，回来报效祖国，挺好的。"

夏缨还没说话，就听他接着说："我也一样。"

夏缨扑哧一笑："你还挺会给自己脸上贴金的。"

一轮弯弯的小月牙挂在夜空上，空气里都流动着暖春的气息。

走到一个小区门口，夏缨指了指里面一栋楼："我妈妈就住在那里，五楼，夏冲跟她一起。"

戚骁白问："夏冲的学籍应该在这里吧，为什么去近海市上学？"

"近海一中是省重点高中，比临湖的学校都好，家里想了点办法，让他去那边读书，争取以后考个好大学。"

提到考大学，夏缨的神情黯了黯，她不知道夏冲回家跟妈妈沟通得怎么样，她一直在等夏冲的信息。

夏缨迈着步子，继续往前走。

戚骁白疑惑："你不进小区吗？"

"啊？"

"已经很晚了，不要在外面乱走，赶紧回家。"

"我不住这里。"夏缨说，"我住前面的快捷酒店。"

戚骁白愣了一下，跟他是同一家酒店。

"你都到家了，为什么还住在外面？"

夏缨故弄玄虚："你猜猜啊。"

戚骁白脑中冒出很多念头，猜了几个却都被夏缨否定了。

最后，她只是神秘地笑笑，说："因为我喜欢。"

戚骁白跟她一起回酒店，在电梯里互道晚安，然后各自去了不同的楼层。

尽管进屋时轻手轻脚，但叶一鸣还是醒了，他坐起来喝口水，睡眼惺忪地问："你去哪儿了？"

"夜跑。"

"你还真是热爱锻炼。"叶一鸣抓了抓鸡窝一样的头发，苦口婆心地劝他，"教练说的话都忘了吗？假期适当训练，劳逸结合懂吗，懂吗？"

"嗯，明天我就不练了。"

"废话，明天要去两个景点暴走，运动量本来就是够的。"叶一鸣打了个哈欠，重新躺回被窝里，"我继续睡了，你记得关灯。"

戚骁白忽然想起还没有跟夏缨说明天的安排，于是打开微信，准备再跟她聊一会儿。

他看到顾长平发了朋友圈，便随手点了进去。

"又来临湖了。"

定位就在这家快捷酒店。

戚骁白的心脏像是一下子被人按进沼泽地里，握着手机的指节逐渐发白。

夏缨也住在这里，她说是因为"喜欢"……一个猜想在他脑海里不可遏制地放大、盘旋，仿佛抽离了氧气，让他头晕目眩。

戚骁白放下手机，沉默地在窗边站了一会儿，然后打开电视，找一个喜剧节目。

叶一鸣很快就被电视的声音吵醒，发牢骚道："大半夜看电视，还让不让人睡觉了？"

戚骁白没说话，只是沉默地把音量调小了一点。

叶一鸣觉得他现在的气场很奇怪，靠近看了眼，吓了一跳。

哪有人看小品的时候还端着一张低气压的脸啊！屏幕里的观众都快笑岔气了，戚骁白怎么还能纹丝不动？

"哥们儿，你还好吗？"叶一鸣忧心地问。

戚骁白转头看了他一眼，面无表情地说："不好，我心情很差。"

由于戚骁白心情不好，第二天逛景点时，叶一鸣特别照顾了一下他。

比如他在山里发现了一群猴子，激动地要冲上去合影时，会猛然想起他那个不知因为什么而郁郁寡欢的舍友。

叶一鸣立刻把戚骁白推了过去，说："你先拍。"

戚骁白怏怏地蹲在猴子旁边，听从叶一鸣的指挥，比了个剪刀手。

叶一鸣把拍好的照片拿给他看："你看旁边的猴子多可爱啊，睁着水灵灵的大眼睛望着镜头，还那么配合你，而你……"

猴子旁边的戚骁白一脸僵硬，一副想笑却笑不出来的表情。

叶一鸣对着他这张脸实在吹不出来，只能干巴巴地说："而你也依旧将冷漠保持到了照片上。"

戚骁白垂眸："不是冷漠，就是笑不出来。"

"我知道，你的老毛病了。"叶一鸣跑过去，也拍了张一模一样的合影，笑容很大很阳光。

他回看后感觉满意，才接着问："老戚，我其实特别好奇，咱们车队拍照的时候你有一张笑得挺自然的，那是怎么笑出来的啊？"

是因为夏缨，她当时的嘴形似在说"我喜欢你"，他就笑了。

虽然现在仍不知她到底说了什么，但已经能确定，绝不是那四个字。

想到这儿，戚骁白心里那种酸胀的情绪又弥漫开来，让他烦闷。

叶一鸣看到他脸色的变化，就知道他心情又不好了，只能推着他往前走："你既然不想说，那就千万把情绪藏得好一点，万一哪天被我知道，你是因为无足轻重的事才沮丧，我铁定揍你。"

戚骁白惨淡地笑了笑。

与此同时，临湖的另一边。

夏缨终于接到夏冲的电话，听他在那边说："姐，你现在可以过来一下吗？"

夏缨忐忑地问："是不是妈不同意？"

"也不是，她同意了。"夏冲犹犹豫豫地说，"但她同意得太快太平静了，我怕啊姐！"

夏缨穿好衣服，出发去旁边的小区，到酒店楼下时顺便续了一天房钱。

临湖现在进入旅游旺季，宾馆价格贵，她不像顾长平那么土豪，同样的单人间一晚好几百块，顾长平眼都不眨一下，但她还是会肉疼。

到小区门口，夏缨被保安拦住了，最近这一带总有年轻女孩上门推销产品，引发户主连番投诉，保安见到像她这样的生脸就要盘问一下。

"你好像不是住在我们这里的，你来干吗？"保安戒备地看着他。

夏缨老实答："我妈妈和弟弟住在这里。"

"在哪一栋楼？姓什么？"

夏缨愣了一下。

妈妈一家是去年刚搬进这个小区的，夏冲跟她说过门牌号，但她没记住。

"我妈妈姓盛，弟弟叫夏冲。"

保安追问："门牌号呢？"

"我给弟弟打个电话问一下。"

"还要问？你自己家的门牌号都不知道，要我呢？"

夏缨手心出汗，正要解释时，夏冲小跑着出来了，大声叫她："姐！"

夏缨松了一口气，指着夏冲对盛气凌人的保安说："那就是我弟弟。"

夏冲他们还是眼熟的，来回打量这对姐弟后，保安给夏缨放行，嘟囔了句："没听说这家还有个姐姐啊。"

夏缨身形微滞，但没有回头，仿佛没听见一样。

夏冲扯了扯她的袖子，说："姐，你别听他们胡扯，他们什么都不知道，就爱在背后议论八卦。"

夏缨望着比她高了不少的弟弟，笑了笑："没事。"

"今天周末，陈叔叔也在家。"夏冲提醒了一句。

"好的。"

这还是夏缨第一次来到他们刚搬的新房子，比之前宽敞了很多，盛婷已经在门口等着了，神情有些局促。

她们母女俩见面，总是有些局促，夏缨习以为常，喊了声"妈"，就算打招呼了。

陈叔叔客气地和她寒暄了几句，就非常识趣地进了书房，让他们三人好好聊。

夏缨从包里拿出一个小礼盒给盛婷："妈，这是我给你带的礼物。"

"你这孩子，说多少次了，回来就回来，别老想着带东西。"盛婷有些心疼地看着盒子上的LOGO，她知道这是个挺贵的牌子。

夏缨笑笑："最近一两年也带不了什么了，我都回国了。"

盛婷看着她："你这次回来要长待吗？"

"我跟车队签的合同是一年，起码一年内不会走。"

"那挺好的。"

彼此安静了一会儿，盛婷才想到新话题："你刚回国还习惯吗？"

"习惯的，我最喜欢中国的食物，我们车队的食堂又便宜又丰富，我一回国就胖了几斤。"夏缨说着，捏了捏脸上和肚子上的肉。

盛婷被她逗笑了，气氛才稍微缓和一些。

这房子里，夏冲的辈分最低，他安静地坐在一旁，一声不吭。

夏缨慢慢把话题转移到他身上。

"车队招募的那场比赛我看了，夏冲比我想象的还有实力，最难能可贵的是，他有天赋。车队经理说，如果不把他招进来，就是对人才的浪费。"顿了顿，夏缨又补充，"进车队也可以考大学，只要在接下来的比赛里拿到名次，就可以走体育生通道。"

盛婷颔首："我知道，这些夏冲都跟我说了，我也同意了。"

夏缨一下子有些愣，确实跟夏冲说的一样，母亲平静得有些不自然。

"妈。"她惴惴不安地开口，"你有什么想法尽管说。"

"我没有想法啊，我已经同意了。"

夏缨和夏冲对望一眼，夏缨道："那我……"

话还没说完，就看到盛婷垂下眼睛，淡然地说："我的女儿要来带走我的儿子，我除了同意，还能怎样？"

夏缨声音发涩："不是带走，近海市很近，夏冲可以经常回来，以后我也可以经常回来。"

她无法对这样的母亲感到着急或是愤怒，她知道盛婷和陈叔叔没有孩子，就为了一心一意地抚养夏冲长大。

盛婷不是重男轻女的人，如果把夏冲换成她，也一样会这么用心，只不过当年是父亲先选择了她。

"你能回来，我就已经很满足了。"顿了一下，盛婷无奈地叹息，"但我不知道该开心还是难过，你们姐弟俩最终都要走上这条路。"

夏缨沉默不语。

盛婷像是被岁月磨平了棱角，说话永远轻声慢气："其实在几年前，夏冲迷上公路车开始，我就想到过某一天会有车队的人登门拜访。早些年我跟着你们的父亲，也看过不少比赛，夏冲骑得怎么样，我一眼就能看出来，说真的，我那时候很害怕。"

一旁的夏冲坐直身体，有些紧张。

"我怕夏冲跟你们的父亲一样，为了这项运动一走了之。但我又很清楚，除非他一辈子不碰车，否则这一天的到来无法避免。"

姐弟俩都低下头去，像任母亲责罚那般听话。

"我做了很久的思想斗争，最后跟自己达成了一个约定，你们想不想知道？"

两人飞快地点头。

"我答应自己，如果多年后，是夏新越要来带走夏冲，我绝对不会同意。但如果是其他人，我就可以考虑答应。"盛婷温柔地一笑，"但我没想到，来的人居然是我的女儿。"

她摊摊手，似乎有些苦恼："他带走了我的女儿，现在我的女儿要带走我的儿子，我虽然舍不得，但能怎么办？我好像没有拒绝的理由。"

夏缨震动了半天。

盛婷没有歇斯底里，因为这么些年，她早就把满腔的情绪一点点糅成了体谅。

夏缨突然觉得，她来劝说的这一趟太自私了，对盛婷很不公。

她哽了哽，道："妈，你是夏冲的监护人，你有权利拒绝，只要你坚决，夏冲也不能反抗。"

盛婷的目光转向夏冲。

夏冲抿着唇，眼巴巴地看着母亲。

盛婷微微一笑，摸了摸儿子的头："你们的父亲走的时候跟我说，如果是鹰，终究要翱翔在天空上，我当时觉得非常可笑，这根本就是不负责任的借口。"

顿了顿，她叹息道："但是现在，我有一点相信了。我也想看一看，我们夏冲到底是不是鹰。"

夏缨被留下来吃饭，和夏冲一起在厨房里给盛婷帮忙。

得到盛婷的应允后，夏冲才恢复话痨本质，喋喋不休地跟母亲聊飞兔，还提起了戚骁白。

"妈，你是不知道戚骁白真人有多帅，我感觉我就没在生活里见过这么帅的人，车也骑得好，人也很低调，身价很高但一点架子都没有……最关键的是，他看好我啊！嘿嘿，我受宠若惊……"

盛婷认真听着，时不时询问两句，似乎对儿子口中的这个天才车手也很感兴趣。

夏缨在旁边一直没有插嘴，摆在桌上的手机忽然振动。

盛婷离得比较近，扭头看了一眼，微愕两秒说："戚骁白。"

夏缨赶紧擦了擦手，在母亲和弟弟灼热的注视下，走到门外接电话。

戚骁白应该在外面，背景比较嘈杂："你现在在哪儿？"

夏缨说："在家里……我妈这边。她同意夏冲加入飞兔青队了。"

"那太好了。"

说完，两人不约而同地沉默一会儿。

戚骁白也不知道自己为什么鬼使神差地给她打个电话，可能就是单纯地想听听她的声音。

而夏缨，在等他说话。

半天没等到，她主动问："你打电话过来，是有什么事吗？"

"嗯……"戚骁白那边停顿了一下，"你还有没有推荐的饭店？"

夏缨立刻给他说了一个饭店的名字，每年她回临湖都要去吃一顿。

戚骁白大致记了下地址："我们准备今天晚上就回基地，你什么时候走？"

"我跟我弟明天早上出发。"

"你们怎么回？"

"我买了明早八点的大巴车票。"

戚骁白安静了一下，好像不经意地问："顾长平不送你们吗？"

"他好像有点事，已经回去了。"夏缨忽然轻笑，"戚骁白，你有没有发现，你这段时间不叫他顾经理了。"

"叫什么不都一样。"

夏缨听到那边叶一鸣喊他上车的声音，说："你们快去吃饭吧，有空可以去我说的那家饭店尝尝。"

"好。"戚骁白说，"那就基地见。"

挂了电话，夏缨望着手机发了片刻，转身回屋。

夏冲已经不在厨房了，厨房里只有盛婷，夏缨继续帮她择菜。

难得母女俩独处，夏缨寻思了一个话题，开口："我们基地附近有家味道很不错的海鲜餐厅，改天你去飞兔参观一下，我带你去吃。"

"好。"盛婷穿上围裙，反手够在后面。

夏缨立刻上去，帮她系背后的带子。

盛婷笑了下，说："还是女儿好，细心，我就是够十分钟，夏冲都想不起来帮我。"

"我一会儿就去说说他，太不细心了，以后连媳妇儿都讨不到。"

盛婷笑意更深，话锋一转，问："缨缨现在有男朋友了吗？"

夏缨赶紧摇头："没有。"

"谈过恋爱吗？"

"也没有。"

"那可以考虑交个男朋友了。"盛婷说，"一定要找那种有责任心的，顾家的，平时不太忙的最好。"

"咳，我知道啦。"

盛婷笑意促狭："有心仪的人选了吗？"

"没有，我每天都挺忙的，顾不上这件事。"

"唉。"盛婷叹了口气，喃喃道，"你要是能在这一年找到男朋友就好了。"

她的想法跟方清如一样，都希望夏缨在国内找个男朋友，然后就此留在中国。

夏缨假装没听见，低着头切土豆，耳边的长发垂下来，遮住微微发红的脸。

假期结束，基地恢复热闹，车手们重新投入训练。

下一场比赛越来越近，除了被禁赛的车手，每个人都铆足了劲，希望能够得到上赛场的机会。

自从临湖回来后，戚骁白和夏缨几乎没有交流，两个人各自在自己的位置上连轴转，只是偶尔会在公共区域里侧身而过。

一天晚上，戚骁白正要进食堂，夏缨迎面出来，脖子上挂着耳机。

戚骁白停下脚步，朝她看去——是他送的那副耳机。

夏缨没有看到他，和方清如说着话，结伴离开食堂。

戚骁白这才抬起脚，盛好饭坐到叶一鸣对面。

叶一鸣看到他的神情，觉得有些怪异："你怎么了？"

"什么怎么了？"

"你的嘴角。"叶一鸣比画了一下，"一直是扬起的。"

"哦。"戚骁白淡淡地说，"我在笑。"

"你莫名其妙笑什么？"

"心情好，就笑了。"

叶一鸣以为自己听错了，愣半天才说："你这人怎么回事？一阵心情好一阵心情不好的。"

"有吗？"戚骁白低头吃了几块鸡胸肉，不置可否。

叶一鸣已经吃完了，坐在对面盯着他。

戚骁白终于感觉不自在，抬头问："你看什么？"

"我猜，你之前心情不好和今天心情好都是为了同一件事吧？"

戚骁白懒得回答。

叶一鸣继续说："我再猜，是感情上的事。"

戚骁白顿了顿筷子，挑眉道："你要不要再吃点？"

"别企图用吃来堵住我的嘴，你越是这样，越能代表我猜对了。"

"要是不吃，你就先回去吧，不用等我。"

叶一鸣充耳不闻，压低声音问："姑娘是谁？有照片吗？给我看看，我保证绝对不会告诉别人。"

"一般说这种话的人，转头就会告诉别人。"

"不好意思，我不是一般，我是一鸣。"叶一鸣笑眯眯，"老戚，这段时间你的情绪跟坐过山车似的，我一眼就能看出你感情生活的跌宕起伏。"

"那你挺厉害的，希望你能早日追到……"女队就在旁边不远处，戚骁白面无表情地做了个口型。

等戚骁白吃完，两人一起回了寝室，门一关上，叶一鸣不再控制音量地说："快快快，跟我说说，你们从认识到现在是什么进展，把来龙去脉交代清楚。"

戚骁白似有些无奈，跟他解释："不是你想的那样，也没有任何感情上的进展，只是比较重要的普通朋友。"

叶一鸣问："女性朋友？"

"是。"

"所以，你为了一个重要又普通的女性朋友，天天都在变脸，还觉得是纯友谊？"叶一鸣盘腿坐在床上，拍了一下大腿，"老戚，你这个思想有问题啊。"

戚骁白怔了一下，站在衣柜前，沉默地换掉运动衣。

叶一鸣还要发言，忽然听见他闷声说了句："她有男朋友。"

叶一鸣立刻向他投去同情的目光，想传授给他的经验都吞回了肚子里。

这个话题似乎就到此为止了。

戚骁白趿拉着拖鞋往浴室走："我先洗澡了。"

"好的。"叶一鸣视线里充满安慰，在他关门之前，轻声说了句，"算了，改天哥哥给你介绍漂亮妹子，你以后别跟粉丝走得那么近，容易惹麻烦。"

浴室刚关上的门被猛地拉开，戚骁白站在门口凉凉地看着他："不是粉丝，别瞎想。"

"不是最好……"叶一鸣嘀咕了一半，忽然停住，想到了什么。

不是粉丝，那就是生活里认识的女性朋友。

戚骁白的社交很单一，跟老同学几乎不联系，这段时间也没见他跟以前的国外同事联系过，难道是……飞兔车队的人？

车队里，适龄的已经有男朋友的女性，似乎只有夏缨一个。

基地里新到了一批心率监测器，车手们要用它来计算自己的心率分区，根据正确的分区进行锻炼，更加有针对性。

戚骁白晨起第一件事就是将心率带系在胸口下方，得到静息心率，然后跟着大部队一起，被拉到了一个有坡度的小山脚下。

他们在这里进行了一场用尽全力的爬坡冲刺，最终得到自己的最大心率。

戚骁白看着心率带上的显示，明白自己的体能比上一次监测时更进一步，接下来的分区训练也要稍微做一些调整。

他在手机备忘录里记下自己的数值，返程路上不知道抽了什么风，不受控制地把数值复制粘贴给了夏缨。

光秃秃的一串数字，但夏缨看懂了，回了个"厉害"的表情。

戚骁白这才觉得有些唐突，思考了一下，决定稍微解释一下。

戚："让夏冲努力训练，早点超过我。"

夏缨："谢谢，但是他要过几天才能签约呢。"

戚："没事，他是好苗子，可以早点激励。"

夏缨没有再回复。

戚骁白望着旁边的风景，心不在焉，越发反思自己是不是太唐突了。

公路车是一项需要耐力的运动，车手的体能往往非常好，他也不知道为什么刚才突然就想把数值发给夏缨看。

没什么特别的意思，但又隐隐想要炫耀，想要得到一句夸奖。

教练让集合，戚骁白把手机放进兜里，跟着大部队上了车。

返回基地这一路他睡着了，醒来后又是一个静息心率。

下了大巴车，戚骁白看到夏缨站在大门口，好像在等快递，正好跟他们碰上。

她站在阳光下，目光从手机上抬起，直接落在他身上，然后冲他轻轻笑了一下。

夏缨的皮肤白里透红，眼睛弯成月牙形，嘴角的酒窝像是脸上开的两朵小花，里面盛着最甜的蜜。

戚骁白一动不动，看她朝自己的方向走了过来。

"我刚刚把你发的消息贴给夏冲了。"她的声音悦耳，在耳边放大，"但他没有回，放学才能看到。"

戚骁白喉咙里"嗯"了声。

"你的乳酸阈值真的好高，以前在ACK，我只见过顶尖车手有差不多的阈值。"

他又"嗯"了一声。

夏缨似乎并不觉得他的反应无趣，反而更加肯定地点点头："说明你真的是很强的车手。"

戚骁白张了张嘴，却突然不知道该说什么才能配得上她的夸奖。

"啊，我的快递来了。"夏缨的目光越过他，接下包裹，"那我先回去了。"

"哦。"

戚骁白立在原地，直到她的身影消失不见，才慢慢拉开骑行服的拉链。

心率带上，数字疯狂蹿升。

在此之前，戚骁白没有经验。

他打小就不是很爱交朋友，骑车、跑步、游泳、篮球……一切体育运动都是他最好的朋友。

开始专业练习公路车后，他就像是找到了一方净土，怡然自得地长居在这里，哪怕孤身一人也从不曾觉觉寂寞。

可是现在，他的世界破开了口子，有穿堂风吹进来，带着温柔的香气，让他一身钢筋铁骨都化成了水。

原来除了骑车，这世间真的还有另一件事，能让他心跳加速。

确认自己是真的喜欢上夏缨的那天夜里，戚骁白辗转反侧，始终睡不着。

他翻着夏缨的朋友圈，把她一年来发过的动态全部看了一遍。

在毕业之前，她就是个半工半读的学生，无法协调车队和学校时间时，她也会乱七八糟地吐槽一通。

每每看到这样的状态，戚骁白就忍不住扯起嘴角，想象着夏缨烦躁炸毛的样子。

他从未对一个女孩子感到心动，也从未如此渴望过一个人。但是，无论他的感情有多浓烈，到头来都是多余。

夏缨已经有顾长平了，他不能向前，唯有原地踏步，且不让任何人知道。

为了避免这种多余的悸动，戚骁白开始有意识地避着夏缨。

他会选择夏缨不在的时候去技术部仓库，选择她不在的时候去食堂吃饭。即便真的碰面，他也会神情淡然地站在一众车手中间，孤独地听着自己的心跳声。

久而久之，夏缨似乎也察觉到了什么。

有一次在车队按摩室，戚骁白约了时间去调养，没想到夏缨正在里面跟按摩师聊八卦，戚骁白立刻向后退了一步，说自己还有点事，改天再来。

夏缨直接跟了出去，把他叫住："你这几天是不是在躲我？"

戚骁白看着地面，说："没有啊。"

夏缨指了指他："你也不穿我送你的衣服。"然后指了指自己，"可我都戴了你送我的耳机。"

跟个小学生似的，非要拿这种无聊的事比较友情。

戚骁白有点想笑，但憋住了，撒了个谎："穿了，你没看见而已。"

"什么时候？在哪儿穿的？"她执着地问。

"在宿舍里，穿到外面怕弄脏了。"

"好吧。"夏缨点头微笑，"那你晚上回宿舍拍张照给我看，我要亲自过目。"

戚骁白迟疑："这样不好吧？"

"怎么不好了，又不是让你拍裸照。"

戚骁白呼吸加重，说："被人看到就不好了。"

夏缨奇怪："清如姐吗？不会的，你别看她一副少男杀手的样子，其实心里早就有人了，你就算发裸照来她也不爱看的。"

戚骁白沉默了一瞬，鬼使神差地说："那我真想试一下了。"

夏缨没反应过来："试什么？"

"没什么。"戚骁白转身就走。

没过一会儿，夏缨从后面三步并作两步地追上来，脸上带着兴致盎然的笑容，问他："哎，你刚刚说的'试一下'，是指发裸照吗？"

夏缨在国外长大，并未觉得这个玩笑有什么问题。

戚骁白脚步一顿，咬着后槽牙，挤出两个字："不是。"

"啊？但我回忆了一下当时的语境，就是要发裸照的意思吧……"

不远处有脚步声，戚骁白立刻把她拉到视线死角，一手捂住她的嘴。

"有人来了，别说这个。"他声音压得极低，目光越过前面的遮挡物，谨慎地看着工作人员走近又离开。

等彻底听不到脚步声了，他才意识到，自己的掌心正擦着夏缨的唇。

他像着火似的猛地抽回手："抱歉……"

夏缨有点发愣，脸颊上染着两朵浅浅的红晕，水水的眼睛望着他，半天没说出话来。

戚骁白懊悔不已，根本不敢看她，火速离开了。

外面的风也不能令他冷静，戚骁白紧紧攥着那只拳头，掌心里好像还残留着她唇上柔软的触感，像小虫子一样爬遍筋骨。

戚骁白像个无头苍蝇一样，看见食堂的门开着就往里躲。

食堂现在没有人，他靠在柜子前说："有没有……"话到一半就卡住了，他也不知道自己想要什么。

应该是想要一杯酒，喝掉就能失去记忆的那种。

最后，戚骁白只是有些丧气地说："随便什么，给我来一点。"

食堂的师傅还在休息，只有方清如在，给他弄了点蓝莓燕麦。

"怎么现在跑来找东西吃？"方清如坐在对面，好奇地问，"你没去训练吗？"

"我今天约了按摩师。"

但是没按成，现在腿上的肌肉还有点酸痛，戚骁白望着面前的燕麦，话只说了一半。

方清如"哦"了一声，说："吃完还有。这是我专门去找人收的非精制燕麦，血糖指数不高，可以缓慢释放能量，改善体力和耐力。"

戚骁白其实不饿，但还是挖了几勺塞进嘴里。

他们两个都不说话。过了一会儿，戚骁白那种习惯性的紧绷感才渐渐消失。

"清如姐。"戚骁白开口道，"我可不可以问你一件事？"

"问吧。"

他斟酌了一下语言，谨慎地说："我有一个朋友，他喜欢上一个女孩，但是那个女孩有男朋友了，我该怎么劝朋友放弃这段感情？"

方清如表情玩味："我突然想起一个词——无中生'友'。"

戚骁白被她盯得不太自在，仿佛被看穿了似的，低头吃掉燕麦上的蓝莓。

他的神情被方清如看在眼里，再联想到他和夏缨在一起时的状态，大概明白了什么。

方清如忍着笑："首先，你确定那个女孩有男朋友？"

"确定。"

"别那么自信。"方清如点了点桌子，"我就觉得她没有。"

戚骁白目光动了下："我朋友说有，我也不清楚。"

方清如更想笑了。戚骁白大概是第一次心动，居然有种跟外表截然不同的纯情。

"你去……让你朋友再确认一下，如果真的有，再考虑放弃也不迟。"

"那到底该怎么放弃呢？"

"多吃一碗燕麦？"

戚骁白眨了下眼，把碗往前一推，佯装淡定地说："好，我会这么转告他的。"

方清如笑："你不再吃一碗了？"

"我就不了。"戚骁白穿上外套，停顿了一下，说，"留给他吃吧。"

第九章

一名人选

当天下午，夏冲签约。

虽然姐弟俩百般邀请，但盛婷还是没有来基地，由夏缨作为夏冲的代理监护人签字。

等把他的事情全部安排好了，夏缨才回宿舍，一推门，发现方清如正好整以暇地看着她笑。

夏缨摸了摸脸："怎么了？"

方清如坐正了问她："你觉得戚骁白怎么样？"

夏缨倏地想起下午戚骁白擦过她唇边的掌心，像是落下的树叶在湖面上掀起一点涟漪。

她心里有些慌乱，低头换鞋时，含糊地说："挺出色的一个运动员。"

"这个大家都知道，我问的是其他方面。"

"其他方面……"夏缨撇嘴，"他人品也不错，刚认识的时候我觉得他不太好接近，但其实没什么架子，只是不善言辞而已。"

"那长相呢？"

"你问这些干什么？"夏缨慢条斯理地换上睡衣，没正面回答。

方清如眯着眼睛笑："你就说他长得怎么样吧。"

夏缨默默腹诽：这个问题还用问吗？

公路车这么一个冷门的运动，戚骁白却拥有无数女粉丝，为赞助商拍的广告里，直接把一同出镜的男明星都秒杀了。

据说，曾经有主办方高层激情澎湃地说，这项运动或许不能打动女性，让她们在公路边站上数个小时只喊不动，但戚骁白能。

为了看一眼戚骁白，女粉丝包机包酒店都不是新闻了。

所以，方清如这个问题非常没有技术含量。

夏缨猜不到她的用意，干脆不说话，洗了个苹果切成两半，分给她一半。

方清如咬了一口，说："其实戚骁白长得是真不错，个子高，身材也好，再加上你前面说的那些优点，这个人活该抢手。"

夏缨笑她："怎么，你准备放弃斯文败类，换运动系试试了？"

"别瞎说，我不喜欢比我小的。"方清如瞪她，"倒是你，就没有考虑过找个戚骁白那样的男朋友吗？"

"找他干吗？买一送N，附赠数不清的情敌？"夏缨背对着她，打开电脑，搪塞道，"我要看资料了，回头再聊吧。"

方清如越过她的肩，看着半天没动一下的屏幕，若有所思地勾起了唇角。

因为刘亚歌禁赛，下一场环近海市公路赛需要重新选择车手，戚骁白这些天一结束训练就跟谷成礼一起，找教练员和竞赛主管谈话。

目前，他们两个加上叶一鸣，是已经确定会参赛的车手，根据团队配置，还需要一位爬坡手。

飞兔最稀缺的就是爬坡型车手，几个人讨论了好些天也没选出合适的人。

谷成礼建议从老车手里选一个爬坡相对较好的，戚骁白却不赞同，他想让基地里所有能爬坡的车手统一比一回，再来决定到底谁可以得到这个名额。

他们俩的提议并不冲突，教练员笃定，就算展开一场选拔赛，最终也是老车手胜出。

周五下午，一群人去了上坡型公路赛道，同行的还有夏缨。

包括青队十九岁以上的成员，总共十位车手，要在这个三十公里的上坡路上角逐一个名额。

出发前，夏缨看到了那个叫岑良的瘦弱车手。

爬坡车手一般不会特别壮硕，但他的体格有点过瘦，看上去不像个运动员，当车手们在出发点一字排开时，他直接被挤到了最边上。

站在最边缘，岑良也没有什么不忿。他低头盯着车上的表盘发呆，毫无斗志的样子让夏缨怀疑他可能都没有好好热身。

哨声响，十位车手出发，一辆小型后勤保障车跟在他们身后，里面刚好坐下四个人，夏缨还是负责必要时的技术支持，并且今天她兼任司机。

戚骁白、谷成礼和教练员三人手里都拿着本子和笔，要观察每位车手的情况。

他们时不时低声交换想法，氛围比戚骁白和刘亚歌那场训练赛更加紧张，夏缨也不敢贸然插嘴。

前面的车手似乎也很重视这个机会，全都铆足了劲，把它当成一次正式的较量。

在第二个弯道处，发生了一个不大不小的意外状况。

最前面两个车手因为操之过急，撞在了一次，随即双双摔车。

他们两人倒地，会对后面的车手造成影响，有的车手眼疾手快转了弯，勉强从他们旁边绕过，但也有几个车手没那么幸运，没绕过去一并摔在地上。

岑良就在其中。

后勤保障车赶紧停下，几个人冲下去看看情况，好在没什么大碍，车手们身上也几乎没有剐蹭的伤口。

但最初摔车的两个人并不高兴，他们都觉得是对方的责任，你一言我一语地争辩了起来。

谷成礼高大壮硕的身躯往他们中间一站，两人才闭上嘴，扶起地上的车子。

就在这个过程中，摔车圈的最外围，已经有个人迅速整理好一切，重新出发了。

戚骁白的视线凝聚在那人一声不吭的背影上，然后在资料表里翻找。

夏缨在一旁提醒："岑良。"

戚骁白很快就定位到了他的资料，过往成绩平平，身高体重平平，各方面都很中庸，怪不得他印象不深。

但是刚才，在车手们互相推卸责任，怨天尤人的时候，只有他始终沉默着，站起来上车，再出发，一气呵成。

这是一种高度专注的表现，好像他对能不能拿到这个名额都不在意，他要做的，只是尽自己所能，最快速地跑完这个赛道。

几人重新回到车上，戚骁白终于有了些期待，问夏缨："能跟上最前面的部队吗？"

"可以。"夏缨一脚踩下油门。

戚骁白屏息，凝神看着路上的每一处景物。

谷成礼猛然想到了什么，问："刚才是不是有个摔车的队员冲出去了？这路上怎么没看到他？"

没人回答，大家似乎有点不敢相信，但又不约而同地在等待一个答案。

又过了一个弯道，终于看到了先前部队的车手们，也看到了岑良的身影。

谷成礼松了口气："他居然追上来了。"

戚骁白点头，说："他果然追上来了。"

岑良追上来了，所以刚才一路都没看到他的身影。虽然不在最前面的位置，但距离第一名也不是很远。

谷成礼扼腕："他要是能反超到第一位就好了。"

"那是电视剧里才有的情节。"教练员感叹，"其实，他能追到这里已经很不错了。这个孩子对公路车好像没什么热情，训练也不积极。说实话，刚刚我以为他要申请放弃呢。"

戚骁白没吭声，又开始翻阅岑良的资料。

"合约时间仅剩一年。"他皱眉，"岑良要解约了吗？"

"不是解约，是车队不想跟他续约了。"教练员解释，"明年还会有新鲜的血液进来，他不是不可替代的。而且……"

顿了一下，他才接着道："听说岑良的父母并不是很支持他练体育。"

戚骁白问："他父母是干什么的？"

"好像是个体户，家里开小超市的吧，总让他回去看店……怎么，你对他有兴趣？"

戚骁白的笔在他的资料空白处打上一个圆圈，说："我觉得他可以考虑。"

"不行吧？"教练员面露难色，"你也看到他的成绩了，真的很一般。而且他的体格也不太适合做这项运动。"

戚骁白抬起头，盯着前方岑良的背影。

跟旁边几个车手相比，他的腿很细，看起来软弱无力，仿佛随时都可能因为精力耗尽而退出比赛，但又始终神奇地一遍遍地催使车轮转动。

他看起来很累，表情也不怎么开心，好像一点也不享受骑车的这个过程，但又执着地跟在最前方的几位车手身后，拉开不太大的距离。

最终冲刺过线时，阵型基本没有变化，岑良虽然也加了速，但还是位列第三名。

在公路车的比赛里，只要不是第一名，就没人会记得，更何况是第三名。

比赛结束后，岑良独自坐到一旁喝水。

戚骁白忽然出现他面前，递了根能量棒过去。

岑良抬起头，有些愕然地看着他。

"岑良。"戚骁白叫他的名字，"我有个问题想问你，可以聊聊吗？"

岑良微微点了下头。

戚骁白坐到他身旁，低声问："刚刚这场比赛，你尽全力了吗？"

岑良有些诧异，半天后才答："当然。"

戚骁白眯了眯眼，看着另一边休息的车手们，说："但他们看着都比你累。"

岑良转过头，他还从来没有注意过别人比赛后的情况。

他以为戚骁白是指责他消极比赛，便有些着急地强调："但我真的尽力了。"

"没事，我不是批评你，就是问问。"戚骁白拍拍他的肩，不置可否。

夏缨坐在旁边的凉亭里，耳朵竖起来，偷听他们的谈话。

因为听得不是很清晰，她便下意识向那边倾了倾身体，使劲伸长脖子。

戚骁白走过来时就看到了这样的画面，失笑道："你想听什么？我可以直接告诉你。"

夏缨立刻坐直身体，泰然地说："没有啊，我什么都没听。"

"哦。"戚骁白似笑非笑，"那就算了。"

怎么办，还是很想知道啊。夏缨绷着小脸，硬是没问出来。

戚骁白也不主动说，反问她："你觉得岑良这个车手怎么样？"

"嗯……他应该还有潜力没发挥出来。"

"你之前就认识他吗？"

"嗯，不算认识。"夏缨简单地把那次讲座后跟岑良相识的过程说了一遍，"他当时给我的感觉就很矛盾，他好像是喜欢公路车的，眼神骗不了人，但有时又好像不喜欢……直到今天，我仍然没看出答案。"

戚骁白抵着下巴，似乎在思考她的话。

夏缨问："你想用岑良？"

"有点想。"

"但其他人可能不会同意。"夏缨看了眼三三两两休息的车手，叹道，"毕竟他只拿了个第三，不能服众。"

戚骁白指尖轻点着石头桌面："应该说，他摔了一次车，追上前头部队后以不太大的差距拿下了第三。"

"但是你也别忘了，如果没摔车，原本领先的人可能依然在前面，他的名次就不好说了。"

夏缨很希望岑良能得到这个机会，但关乎车队荣誉的正式比赛，他们必须要尽量客观地分析，再做判断。

所有条件都已经剖开，全摆在了戚骁白面前，接下来的决策就不是她能参与的了。

然而令她没有想到的是，戚骁白居然坚持要把岑良带上赛场，甚至在跟教练员激烈争执过后，也依然不改变想法。

他不知道用了什么方法，说服了谷成礼和顾长平，过了几天，岑良作为爬坡手出战环近海市公路赛的通知就发了下来。

车队内很快议论纷纷。

大家都知道，岑良在那场临时的爬坡赛里只拿了第三，过往也没有亮眼的成绩。

更何况，他一直与大家格格不入，有时候就算被欺负了，也唯唯诺诺不吭声，久而久之，他仿佛是一个零存在感的人。

爬坡赛中前两名车手意见最大，合伙去质问戚骁白。

因为心中有怨气，他们的态度不是很好，把戚骁白拦在训练场外面的时候，像是在堵他约架。

夏缨从仓库窗口刚好能看见他们的身影，心里一紧，悄悄绕到了训练场后面，离得近一点。

她感觉很不耻，最近怎么老爱偷听，真的很不对。但她就是控制不住，想知道戚骁白对于这件事到底是怎么考虑的。

墙拐角处，戚骁白比他们两个都高，脊背挺得很直，气场上丝毫没有怯懦。

"你们问为什么选岑良？"他手上拿着一块小毛巾，擦了擦脖子上的汗，平静地说，"岑良适合比赛当天的配置，也有很大的进步空间。"

第一名的车手不乐意了："你这意思是，我们就不适合了吗？"

"都是训练很多年的车手，你们没有不合适这一说，只是这一次，岑良确实比你们更合适，抱歉了。"

"我搞不懂，比赛不就是看成绩吗？他的成绩不如我们，却比我们合适，这是哪门子道理？"

"耐力、爆发力、应对突发状况的心理素质等，都是我考虑的因素。"戚骁白顿了顿，接着道，"我选岑良，并不代表你们不优秀，恰恰相反，你们两个都是飞兔精英级里优秀的爬坡手。上一次训练赛结束后，我对你们有了全新的认识，从你们身上也学到了很多东西，以后一定有机会一起比赛。"

他很诚恳，眼神干净，完全没有主将的架子，三两句话堵住了这两名车手的嘴。

夏缨站在墙后，提着的一颗心终于放了下去。

戚骁白做决定，一定是有他的考量的，不需要别人担心。

兴师问罪的队员悻悻地走了，夏缨也悄悄地溜回仓库。

戚骁白转过身来，看着那个像兔子一样跑远的背影，神情里有三分无奈，七分笑意。

尽管，戚骁白的解释姑且能够说服大众，但岑良的表现仍然不尽如人意。

所有参赛的车手要一块儿接受额外训练，只有他跟不上训练的强度，每次从车上下来时都面色惨白，两腿打战，路都快走不动了。

他越是虚弱，就越让别人觉得不甘心。

没被选上的爬坡手不敢再对戚骁白和谷成礼叫嚣，但看岑良的眼神毫不掩饰厌恶与不屑。

一个下大雨的晚上，岑良跟夏缨申请了一副新手套，约好训练结束来拿。

夏缨下班后等了他一会儿，迟迟没见到人影，连值班的同事都要回去了，她只好拿着手套去找岑良。

训练馆里灯火通明，还有人没走，她刚一靠近，就察觉气氛不对。

三五个人围成圈，把岑良围在中间，正在对他进行语言上的羞辱。

"你是不是走错了啊？我们从来没见过你这么弱的车手，你应该去女队报到。"

"你今天训练是不是又差点跟不上？连这点强度都做不到，退役算了。"

"岑良，你干脆改名吧，改叫岑娘！"

几个人嗤笑，开始"岑娘，岑娘"地叫了起来。

岑良比他们矮一些，对比之下像个随风飘摇的豆芽菜，他身体僵硬，腿还在微微发抖。

"我叫岑良。"

"你说什么？"年轻的车手掏掏耳朵，"我没听清，你再说一遍。"

"我叫岑良。"岑良抬起头，眼眶因为愤怒而发红，却死死咬着唇，不敢爆发。

跟他们几个硬碰硬，他一点好处都讨不到。

"行了，听到了，岑娘是个好名字，你不喜欢吗？"

岑良双手攥拳："再这样叫我，我就要去告诉顾经理了。"

几个年轻的车手愣了一下，随即爆发出比刚才还剧烈的哄笑。

"怎么跟小学生跟老师告状似的？"

"我太久没听到这样的笑话了，给爷整乐了！"

为首的那个车手直接推了岑良一下，阴恻恻地说："告诉顾经理是吧？你去啊，有本事你就去！"

岑良被他推得向后趔趄了好几步，脚下绊了块垫子，直接摔到上面。

清秀少年的眼中满是愤恨与压抑。

夏缨给戚骁白发了条简短的消息，然后走了进去，声音又低又冷："你们在干什么？"

闹事的车手怔怔地向她看过来，夏缨飞快地扫视他们。都是青队的，面生，但有个别人跟夏冲关系还可以。

青队虽然都是青少年，但原则上，过了十九岁的车手就可以提前参加精英级比赛。

这一次，青队没有一个人得到这个机会。

夏缨瞪了他们一眼："怎么现在没人说话了？问你们呢，在干什么？回答我啊。"

青队车手的气焰灭了，夏缨在他们心里属于管理层，跟顾经理是一路人，他们在她面前不敢嚣张造次。

他们尴尬地找理由，仗着年轻运动员的身体优势，飞快地开溜。

训练馆内只剩下夏缨和岑良。

岑良坐在软垫上，垂下红红的眼睛，一声不吭。

又等了一会儿，戚骁白来了。他似乎跑了一路，喘息粗重，把伞扔到门口便冲了进来。

"怎么了？"他进门就锁定了夏缨，上上下下打量着她，"我接到消息就跑过来了，你……"

很显然，夏缨没有事，但坐在她旁边的岑良状态就不那么好了。

结合刚才路上几个后辈见到他时心虚的神色，戚骁白立刻猜出了一二。

"没受伤吧？"他蹲在岑良面前，严肃地问。

岑良没有说话，眼神发狠地盯着空白的地方。

戚骁白抬头望了夏缨一眼，夏缨无声地摇头。

他盘腿坐在两人面前，耐心地对岑良说："我这两天一直觉得，你好像有话要问我。"

岑良眼中布满血丝，无神的眼珠慢慢转向他，声音艰涩沙哑："你为什么选我上场？"

戚骁白愣了一下。

这个问题很多人都问过他，谷成礼、教练员、顾长平，还有其他车手，唯独岑良本人没问过。

这是他第一次发问。

"你合适，我就选你。"戚骁白说。

岑良露出冷笑，自嘲地扯着嘴角："合适合适……戚骁白，你是不是看走眼了？"

戚骁白眉头蹙起。

"你再仔细看看，看清楚了，我这个样子，训练跟不上，成绩也没有，真的是你所谓的合适吗？"这么多天的压抑，岑良濒临崩溃边缘，拔高音量，"我真的受够了！我做不到，还要被人嘲笑……我不喜欢公路车，我最讨厌的事情就是骑车！你为什么偏要选我，啊？"

夏缨怔怔地看着他，有点不可思议。

他不喜欢骑车？这是真的吗？他面对车子时眼中曾闪烁出的光芒，都是假的吗？

岑良把脸埋进手掌中，肩膀不停地抽动："我没有天赋，我根本不适合骑车。明明明年就可以安心退役了，你为什么非要这么折磨我？"

他压抑着喉咙里的抽泣，发出如困兽般呜咽的声音，在空旷的训练馆里回荡消弭。

不知过了多久，戚骁白终于开口："不好意思，就算你这么说，我也不打算改变主意。"

岑良的抽泣顿了一下，却仍旧没有抬头。

"你明年要退役，与我无关，你退役时到底安不安心，我也不在意。我既然在主将的位置上，所做的选择皆是为了车队的利益，并无其他。"

他很坦然，没有丝毫同情和怜悯，冷静得像个法官。

但夏缨发觉，他其实已经处于紧绷的状态了，只是谨慎地藏住了自己不适的情绪。

"我很抱歉，没有在做决定前征询你的想法。但即便你提前跟我说了这些，我也依然会做这样的决定。"

岑良终于把头抬了起来。

他沉默良久，声音苦涩地又问了一遍："到底……为什么选我？"

戚骁白说："我没有想那么多。岑良，在比赛前的这段时间里，我预计你可以达到我的期望值。假设，我需要的爬坡手数值是一百分或无限接近一百分，那些本身七十分的车手在训练过后，可以达到八十五分。但本身六十分的你，在训练过后可以达到九十分甚至九十五分，这就是我选你的原因。"

岑良有些难以置信："你凭什么觉得我能做到？"

"这次比赛的山道坡度大，路况也不好，但有一个天然的优势。"戚骁白用手指在地上随便一画，仿佛画出了山道的概貌。

岑良问："什么优势？"

"我提前查了天气。"戚骁白抿唇，微微笑道，"顺风。"

岑良霎时一怔。

"那条山道需要爬坡手灵敏、轻盈，才能发挥出风的优势，还要有应对突发状况的心理素质。岑良，整个飞兔的爬坡手，没有一个比你更适合在那天，去登上那座山的顶峰。"

戚骁白顿了顿，问："你能明白吗？"

岑良眸光颤抖，咬着唇，没说话。

"反正你已经不能退出了，不如加把劲，好好练。"戚骁白站起来，顺便伸了个懒腰，"哦对了，青队那些小崽子是你的后辈，以后面对他们，不高兴了就吼出来，我、谷队、叶一鸣都是你的后盾。"

岑良望着他，目光复杂。这些话，从没有人跟他说过。

外面的雨还在下，戚骁白走到门口看了眼，又转头问他："你带伞了吗？"

岑良摇头。

"我的伞就在门口，你一会儿撑那把回去吧。"

岑良问："那你呢？"

戚骁白目光移到夏缨身上，嘴角终于提起一个轻松的弧度："夏技师不如送送我？"

　　夏缨把新手套放到岑良腿边，笑笑说："一会儿去食堂记得多吃一点，跟营养师报我的名字，让她给你加肉。"

　　岑良看着他们两个如出一辙的笑容，缓缓地点了个头。

　　夏缨随身带的是一把女生用的碎花小伞，高高举在头顶，勉强遮住两个人，显得有些滑稽。戚骁白主动把伞从她手里拿走，不动声色地向她那边偏了偏。

　　两人走的速度都很慢。

　　夏缨决定打破这微妙的沉默："你刚刚那番话说得是一套一套的，但又好像不是很自在。"

　　"嗯。"戚骁白没有否认，"我不太习惯强迫别人做事，岑良说不想骑车的时候，我潜意识里想的是——那就算了，别骑了，没必要这么痛苦。"

　　"但你说出来的，却是截然相反的意思。"

　　"对，一方面是因为车队，另一方面……"戚骁白停顿了一下，迟疑着道，"我不能确定他说的是不是真话。"

　　夏缨会心一笑。

　　不约而同，他们两个都觉得，岑良刚才撒谎了。他应该，并不像自己所说的那样厌恶公路车。

　　"你说他会想通吗？"夏缨问。

　　"不知道，我能做的只有这么多，但最终还是要由他自己跨出那一步。"戚骁白仰头，看了看乌压压的天空，忽然话锋一转，"其实我刚才隐瞒了。"

　　"隐瞒什么？"

　　"那天虽然是顺风，但天气不好，可能会有降雨。"

　　这意味着路况会变得更差，更加考验车手的技术和心智。

　　夏缨沉吟，恐怕到时候被考验的不仅是爬坡手，还有戚骁白。

　　岑良是他非要拉上赛道的人，如果出现什么差错，他也一要担负责任。

　　不急不慢地走了一段路，他们两个十分有默契，为了拖延这段路的时间，挑更绕的小道走。

　　夏缨斟酌了一下，说："其实我从一开始就觉得你做的选择是对的，岑良是最合适的人选。不管别人怎么说，他自己怎么想，我都支持你这个决定。"

　　"真的吗？"

　　"真的。"

　　戚骁白无声地笑了，笑意一路从嘴角蔓延到眼底："听你这么说，我很开心。谢谢。"

"不用谢。"

为了能凑到一把伞下，两个人靠得很近，夏缨感觉自己的胳膊会时不时和他的擦在一起。

她蓦然又想起了那天捂在她脸上的温热手掌，连气味都没有变。

"对了，你有空去提点一下夏冲行吗？"为了掩饰心中的燥意，夏缨有些僵硬地转移话题。

"他怎么了？"

"刚才青队的那些人里，有的跟夏冲走得蛮近的，我怕他被带坏。"

戚骁白瞥她："这个……你做姐姐的去说更合适吧，为什么找我？"

"你是他的偶像嘛，他肯定更愿意听你的。"

戚骁白若有所思："那我有什么好处？"

"还要好处？"夏缨说，"那我请你吃饭？"

戚骁白没有立刻答应。

夏缨怕强人所难，便闭口不再提这个事。

已经到女寝附近了，戚骁白忽然停下了脚步，夏缨也跟着一起停了下来。

"有个事，我一直想问问你。"戚骁白目光分明地望着她，平静而低沉的声音跟着雨线一起落在耳边，"你有男朋友吗？"

夏缨呼吸一滞。

哗啦啦的雨声由远及近，再由近推远，好像在耳边，又好像在天边。

她蒙了半晌，才张开嘴，以同样平静的语调回答："没有。"

"哦。"戚骁白脸上看不出什么情绪，把伞推给她，"我回去了。"

"雨很大。"夏缨僵硬地说，"我先把你送到男寝再回……"

戚骁白已经转身跑进了雨里。

他一边肩膀是湿的，雨滴砸在头发上，溅在腿上，却丝毫没有感觉到似的，像是迎着朝阳奔跑。

夏缨上楼时，碰到了秋一冉。

"回来啦。"秋一冉冲她打招呼，忽然停住看她，"夏缨，你的脸怎么这么红？"

夏缨摸了下脸，含含糊糊地说："有吗？"

"不会是感冒了吧？"

"没有。"夏缨走到寝室门口，掏钥匙开门，进去，再关门。

一气呵成，一定没有被看出端倪来。

夏缨背靠着门，慢慢蹲下，捂着脸。她怕自己想多，但又忍不住想多。

不记得在哪里看到过一个说法，男生不会平白无故地问你有没有男朋友，要么是他想追你，要么是他身边有人想追你。

可是一般在答完"没有"后，不是该回一句"那我现在开始追你"吗？

为什么他什么都不说，反而跑得比兔子还快呢？

夏缨去卫生间洗了把脸，看着镜子里的自己，慢慢恢复冷静。

既然不挑明了说，那她就假装没有这回事，省得自作多情。

对，就是这样。

一整个晚上，夏缨都心不在焉的，睡前收到一条微信。

戚："我跟夏冲聊过了，他以后不打算再跟青队那几个人有过多的来往。"

夏缨盯着手机半天，他居然真的去做了……

她迟迟没有回复，不知道现在说什么合适。

等了一会儿，戚骁白直接发了个问号过来。

夏缨赶紧打字："谢谢！"

戚："欠我一顿饭。"

夏缨："啊？"

戚："你要赖账？"

夏缨："没有！不是！什么时候去吃？你想吃什么？"

夏缨以为多少会有个缓冲的时间，谁知……

戚："我明天就有空。"

夏缨："啊？"

戚："啊什么啊，又想赖账？"

夏缨："我不是那种人！"

戚："OK，那就训练结束见，吃什么你定。"

与此同时，男寝这边。

戚骁白看完微信后突然从床上蹦了下来，打开灯，冲到衣柜前。

他翻出夏缨买的那件白色卫衣，套在身上，问叶一鸣："好看吗？"

叶一鸣还在打游戏，瞟了他几眼："新衣服？什么时候买的？"

"别人送的。"戚骁白转了半圈，让他看清楚，又问了一遍，"好看吗？"

"好不好看现在都不能穿。"叶一鸣无情地说，"热不死你。"

"说得对。"

夏缨买这件衣服的时候天气还比较冷，最近都快春末了，确实不合适。

戚骁白又在衣柜里翻了翻，拿出几件T恤来回试。

叶一鸣一局游戏结束，干脆就盯着他看。

很明显，戚骁白现在心情很好。

"咳咳，你……"叶一鸣斟酌了一下，"你这么开心，难道是感情有进展了？"

戚骁白顿了一下，竟然没有否认："差不多。"

叶一鸣沉默，老戚是个勇士啊，跟领导抢人。

不知道该怎么鼓励他的一腔孤勇，叶一鸣说："你加油。实在不行咱就换一个，别钻牛角尖。"

戚骁白淡淡地扫了他一眼："你也是。"

感觉自己被嘲讽了，叶一鸣不想跟他说话，转头开了下一把游戏。

戚骁白站在镜子前好一会儿，终是放低了姿态，走过来问他："那个……有没有什么经验？"

叶一鸣看到他别别扭扭的一张脸："什么经验？追女孩的？"

戚骁白微不可察地点了下头，小心翼翼又充满期待地看着他。

"不好意思，我还在钻牛角尖，没什么成功的经验可以告诉你。"叶一鸣没好气地笑，"你直接发挥自身优势，色诱算了。"

话音刚落，他手机里就传来秋一冉的声音："叶一鸣，你人呢？我们跳哪儿啊？下面人好多，我有点怵。"

"来了来了！"叶一鸣立刻变了张脸，温柔又好脾气地说，"没事，你跟着我，放心大胆地跳，我保护你。"

说完，他耀武扬威地冲戚骁白抬了抬下巴。

戚骁白只能去叠好衣服，默默回到自己的床铺。

比赛将近，叶一鸣也不敢熬夜，打完这一局就关灯睡觉。

寝室里恢复安静，叶一鸣刚要睡着，戚骁白突然又从床上蹦了起来，把他吓一跳。

"你有病就治病，别大半夜吓唬人……"

戚骁白不仅没听，反而还走近了点，一双黑亮的眼睛盯着他。

"请教一下。"他表情郑重道，"怎么色诱？"

第十章

初次约会

第二天傍晚。

夏缨坐着基地门前二十分钟一趟的公交车，独自晃到了沿海公路路口。

戚骁白已经到了，他身上有淡淡的洗发水香味，好像是在训练结束后专程回宿舍洗澡换了衣服，整个人焕然一新，眉梢眼角都透露出清爽干净的气质。

"饿了吗？"他自然地问着。

夏缨摇头："还行。"

为了避开同事们的眼光，他们选择在这里碰面，反而更有种私下偷偷约会的紧张感。

夏缨打开手机软件，拿给他看："我找了几家口碑不错的饭店，你从中选一个吧。"

戚骁白看了几眼，随手一点："就这个吧。"

餐厅在市中心，他们要从这里搭地铁过去。

因为是周五，又是下班时间，地铁上人很多，他们两人被挤在人群里，不约而同地都没有说话。

但离得很近，夏缨几乎能感觉到，戚骁白的下巴就在她脑袋顶上。

她不敢抬头，只能垂着眼睛假装在看其他地方，但感官已经完全被他身上的味道攻略霸占。

很快就出汗了，但夏缨不确定是因为车上人太多挤的，还是单纯地因为紧张。

到站后，她第一个跨上站台，感受到四方而来的风，终于冷静了一点。

看起来，戚骁白也没有比她好多少，紧张的情绪是会传染的。

本以为这样微妙的沉默会持续到吃饭，但没想到刚出地铁站，他们就看到了一对熟人。

路边停着一辆黑色的车，车窗摇下来，恰好能看到顾长平和方清如的侧脸。

他俩不知道在聊什么，方清如板着脸不说话，顾长平就低眉顺眼地哄着她，还拉着她的手背亲了一下。

戚骁白诧异地停下脚步："顾经理和清如姐……"

夏缨摊手："如你所见。"

"他俩是情侣？"

"对。"夏缨拉着他离开，边走边给他解释，"长平哥和清如姐在一起很多年了，前段时间清如姐突然提出分手，搞得长平哥措手不及。"

"为什么分手？"

"她嘴巴上说是想再考虑一下这段关系，但主要原因还是谈恋爱的时间太久，长平哥忙于工作，习惯性地忽略了她的感受。"

戚骁白更诧异了："你怎么知道这么多？"

"嘿嘿，我上初中的时候就认识他们两个了。"

说话间，已经步行到了目标餐厅，两人点好了菜，夏缨才接着道："长平哥刚入行时是我爸爸的同事兼后辈，两人的交情还不错，连带着我也跟他熟了起来，他跟方清如的恋爱史我是一路见证过来的。"

戚骁白消化了一下这段话："所以，你跟顾长平虽然认识比较久，但也就是单纯的前后辈关系？"

"大概更像是兄妹吧，他们两个都把我当妹妹看。"

戚骁白没说话，低头喝了口冰苏打水，掩住唇角的笑意。

夏缨托着腮，静静地望着他。

戚骁白收敛了白天在训练场上的锋芒，头顶上笼罩着昏黄的光，此刻给人的感觉是内敛和干净的，跟身后的木雕工艺墙相得益彰。

他真的很好看，女粉丝的疯狂诚不我欺。

服务员陆续把菜端了上来。

记得戚骁白食量很大，夏缨特意多点了一些，摆满了一桌子。

目测四人份的餐品，他们两个人轻轻松松就解决掉了。

虽说是夏缨请客，但戚骁白还是抢在她前面付了账，并说："我吃得比较多，下次再换你请回来。"

夏缨默默腹诽，下次你就吃得少了吗？

单这一顿，夏缨吃得很饱，但对戚骁白来说还不够。他们从餐厅出去的时候已是华灯初上，近海市的夜生活刚刚开始。

这附近有一条熙熙攘攘的街道，夏缨提议过去看看。

因为赶上街道两边的店家都在做活动，人多得走不动路，人流冲撞之下，夏缨差点就跟戚骁白走散了。

戚骁白不放心，拽了拽自己的袖口，给她："你拉着这里，不管怎样都不许放开，知道吗？"

夏缨"哦"了一声，两根手指捏着袖子上的布料。

戚骁白瞥她一眼，忽然拽着她的胳膊，将她整只手按在自己的手腕上。

"这样，不容易走丢。"他说得很认真，一点开玩笑的意思都没有。

尽管隔着一层不算薄的布料，夏缨却还是能感觉到他手腕上的温度。

戚骁白在前面走着，为了照顾她的步伐，走得很慢，不注意观察根本发现不了他耳根不知何时泛起了淡淡的红晕。

人流量越来越大，他们逆着人群，步履维艰，在夏缨第三次跟人擦碰肩膀后，戚骁白直接带着她拐到旁边的小道上。

"那边。"戚骁白向前方一指，"那里好像在搞活动，所以这段路不太好走，我们等一等再过去吧？"

夏缨点头："我都可以的。"

戚骁白低头看她。

她今天真的太温顺了，像是毛茸茸的小动物，让他忍不住想摸摸脑袋。

但贸然摸女生脑袋是不礼貌的行为，戚骁白只是想想，并没有这么做。

小道上虽然没有旁边那么热闹，但也有不少小吃店开门，戚骁白带着她一路向前，又吃了不少东西。

夏缨默默计算了一下，他光今天晚上吃的东西就抵得上她一整天的饭量了。

戚骁白在吃掉第二个鸡翅包饭后，终于察觉到了夏缨滴溜溜的目光。

他停下来，微微尴尬："这个是你的，你说不吃，我才……"

"不不不，我不是在看这个。"夏缨赶紧解释，"我其实在想，你一点都不胖，那么多东西都吃到哪儿去了？"

戚骁白笑而不语。

夏缨又问："等夏冲高中毕业后开始密集训练了，是不是也得吃这么多？"

戚骁白："那他现在吃得不多吗？"

夏缨思忖了一下，说："也挺多的，上次回家，我妈还偷偷跟我说，夏冲能把她吃到破产。"

"我妈以前也这么说过我。"

这还是夏缨第一次听他聊到家人，注意力立刻从吃的上转移了。

"戚骁白，你不是本地人对吧？"

"对，我老家是北方城市。"

"那你出国的时候，父母也不反对？"

"我爸妈很开放，不太干涉我做什么。"戚骁白在一条长凳上坐下来，旁边刚好是一棵挂满小花灯的树，乍一看挺惹眼。

夏缨在他身旁一并坐下："我昨晚在想，西索当时选择了你而没选刘亚歌，应该没有出错，他们要签的就是你这个人。"

戚骁白有些意外："怎么又提到这个了？"

"受到你跟岑良说的话的启发，我想西索选人时，或许标准并不是只有成绩。"

戚骁白静静地看着她，没有接话。

"因为你是一个很有自己想法的人，会为了目标不停努力，性格和品行也很好，这应该都是源于良好的家教。"夏缨望着前面冒着腾腾热气的小吃铺，眼里映着四周的灯光，"综合各方面来讲，你确实比刘亚歌更优秀，如果我是车队经理，我也乐意签你。对了，就像现在，飞兔觉得你可以当主将，肯定也是综合考量过的，认为你比任何人都适合这个位置。"

本来只是在闲聊，但不知为什么，话题忽然变成了工作，但戚骁白一点也不觉得厌烦，反而听得特别认真，似乎把她说的每一个字都听进去了。

夏缨讲完这些枯燥的道理，才清醒过来，连忙道歉："不好意思，我太投入了，聊点别的吧。"

"没事。"戚骁白略微上挑的眼角弯了一点，"我喜欢听你说这些。"

夏缨耳郭微热，问："你现在面对我，不会感到局促了吗？"

"不会。"

"哈哈哈，那肯定是因为你把我当成自己人啦。"

戚骁白偏头望过去，脑子里重复了一遍"自己人"这三个字，随后点头："对。"

如果能在第二个和第三个字间加个"的"就好了。

夏缨手里的饮品喝完，拉着戚骁白继续回街上逛。

已经过了九点半，主干道上的人相较之前少了一些，夏缨跟他并排，走到了之前最堵塞的店铺门口。

夏缨好奇地伸头看过去。

"原来是在抽奖。"她有点想去看看，便随手拍了下戚骁白。

谁知，这一下，刚好拍在了他的肚子上。

夏缨像触电了似的，立马缩回手，五指腹发烫。刚才那个精壮结实的触感……必然是拍在了腹肌上。

她紧张地把手背到身后去，不安地瞥了戚骁白一眼，期盼他什么都没感觉到。

然而，戚骁白正看着她，似笑非笑。

夏缨正纠结着说点什么把这个尴尬的时刻带过去，就听到戚骁白的声音响起："你刚才不是问我，那么多东西都吃到哪儿去了吗？"

夏缨"啊"了一声，迷茫地抬眸。

"就在刚才那样的地方。"戚骁白轻飘飘地说，"你感觉得到。"

"是……是吗？"

"这么不确定啊……"戚骁白眸光带笑，低声问，"那要不要，再感觉一下？"

夏缨脑子里好像有烟花在爆炸，从脖子开始发烫，一路烫到脑袋顶。

她咬住舌头，连说了好几个"不"，就不知道该怎么回答了。

她在国外上的学，习惯了那边开放的文化，以往面对这样的玩笑，总能轻松地反击回去。可现在，面对戚骁白，她竟然什么都说不出来。

还好，戚骁白不再逗她。

其实，是不敢再逗了。

等了半天没等到夏缨的回答，他心里便有些懊悔，默默地骂叶一鸣，又瞎出馊主意。

不知过了多久，夏缨终于平静了一点，佯装无事发生地指着前面的店铺说："去看看？"

"哦，好。"

戚骁白深吸一口气，跟在她身后，去了抽奖的甜品店。

店铺面积不大，玻璃柜中摆了一排诱人的甜品模型。

老板看到他们，抱歉地说："不好意思，我们今天的东西都卖完了，抽奖也终止了，你们可以明天早点来。"

夏缨有点失望，基地位置比较偏，明天肯定没时间再来了。

"那就算了。"她望了一眼抽奖箱，里面还有很多纸条。

戚骁白忽然探身，问："可不可以只抽奖，不要奖品？"

老板愣了一下："当然可以。"

夏缨拽了他一下："没有奖品，你也要抽？"

戚骁白点头："很多时候抽奖都不是为了奖品，只是想验证自己的运气。"

夏缨张了张嘴，居然找不到理由反驳。

老板笑眯眯地看着他们，对夏缨说："你男朋友挺有意思的。"

夏缨刚要澄清关系，戚骁白就把手伸了出去："那我现在抽了？"

老板："抽吧。"

戚骁白手指修长，随意地从里面拿出一张折叠整齐的纸，拆开。

白纸上印了三个黑色大字——一等奖。

"嚯！"老板惊叹，"你手气可真好，随便一抽就抽到一等奖了，这一晚上，刚才那么多人都没抽中这个，原来是在等你啊！"

戚骁白冲夏缨挑眉笑："我运气还可以吧？"

"岂止还可以！"夏缨转脸问老板，"一等奖原本是什么奖品？"

"甜品盒子套装，每种口味都有。"

"哇……"夏缨扼腕，"好可惜。"

"要不这样吧。"老板提议，"你们把这张兑奖券收着，下次来我们店里凭它兑换，不过只能兑一次，怎样？"

"可以吗？"夏缨立刻眼睛发光，"老板说话算数？"

"当然，我这一整箱子里就一个一等奖，也算是有缘了。"老板在奖券上写下兑奖的最晚期限和他本人的签名，说，"小姑娘，你男朋友运气可真好。"

夏缨小声道："不是男朋友……"

但老板好像没有听见。

离开这家店后，夏缨看时间不早了，准备返回基地。

从人群中急流勇退，又回到刚才聊天的小道上。

旁边的商铺正在播放一首舒缓的情歌，好像一瞬间就把喧嚣的气息扑灭，戚骁白侧头看着夏缨嘴角的酒窝，问："你心情很好？"

"对呀。"夏缨兴高采烈，"虽然不是我抽出来的一等奖，但感觉就跟我自己抽的似的，接下来几天，我们俩肯定都会运气爆棚。"

戚骁白却叹了一声："甜品盒子是你的，我好像真的什么都没有。"

"是你自己说，不在乎奖品的。"夏缨嘟囔。

"对，但我反悔了。"

"那等拿到甜品盒子，我跟你对半分。"

戚骁白欠了欠身，唇角微微提起："不，我想要个别的奖品。"

他眸光漆黑深邃，眼尾勾出昳丽的弧度，似乎沾染上了不同寻常的情绪。

夏缨心里咯噔一下："什么奖品？"

"就是……"戚骁白慎重地问，"我可不可以摸一下你的头？"

啊？跟想象中不太一样……

为什么要摸头？夏缨不解地望着他，却看到了他眼神中饱含的期待，以及那仿佛望着毛茸茸小动物的目光。

"可以。"还好今天刚洗过，"你摸吧。"

戚骁白如愿以偿，抬起一只手，在她头顶蹭了蹭。他的动作很轻柔，像是对待某样珍视至极的东西。

夏缨只觉一阵温柔的力道从头顶上传来，风一吹过，还夹杂着戚骁白身上的味道。

她有点恍神，停在这宛如做梦的一刻，却突然听到一个格格不入的声音："是夏新越的女儿……夏缨吗？"

一张陌生的脸映入眼帘。

面前的男子看了看她，又看了看戚骁白，激动不已："还有戚骁白啊！"

戚骁白已经缩回了手，攥在背后，浑身呈戒备和紧绷的状态。

男子已经一大步走了上来，驾轻就熟地自我介绍："我是骑行爱好者薛帆，一直对两位有所耳闻，没想到在这里见到了……飞兔今年可真是下了血本，从国外挖来你们两尊大佛……"

他自来熟的语气让夏缨不太舒服，默默地和戚骁白对望一眼。

"其实我对你们两位回国的原因都特别好奇，尤其是夏缨，你父亲怎么没有跟着一起回来呢？是飞兔待遇不行，还是他在国外的发展更好？"

夏新越这赛季升职加薪，是大家都知道的事，夏缨不懂他这么问的意义是什么。

夏缨谨慎地开口："你是记者吗？"

"当然不是，我只是对这些八卦都比较感兴趣。"薛帆的笑容有些讨好和油腻，"听说你跟夏新越的父女关系不好，是真的吗？"

夏缨感觉被冒犯到，不快地说："这跟你无关啊。"

薛帆愣了一下，随即又笑道："怎么这个脾气呢，你不是公众人物吗？大家都是骑行爱好者，没必要。"

公众人物？夏缨气笑了，她什么时候能算公众人物了？

薛帆还要再问，被戚骁白拦了下来："抱歉。"

他比薛帆高一头，垂着眼睛看对方，神色冷漠："这些不是你该关心的问题。"

薛帆笑嘻嘻："那我可以问你吗？戚骁白，你为什么离开西索啊？还有，当年西索为什么要你没要刘亚歌呢？"

戚骁白没回答。

他突然拉起夏缨的手，转头就往地铁站的方向狂奔。

春日的晚风大片大片地灌进肺里，夏缨看着被他握住的手，心脏狂跳，血液循环加速。

戚骁白没敢跑太快，但一直没停，一口气进了地铁站，确认已经把薛帆甩掉了，才松开夏缨。

手上还残留着灼热的温度，夏缨跟戚骁白对视着，忽然两人都笑了起来。

夏缨笑到捶墙，换了好几口气，才说："不是，等一下……我们跑什么啊，我们又没做错事。"

"我也不知道。"戚骁白笑着摇头，"我就是觉得，那个人很烦，突然就想带你走。"

"这下跳进黄河也洗不清了，那人肯定会觉得我们俩背后都有猫腻。"但是刚才被薛帆冒犯的不愉快已经消失殆尽，尽管知道会被误会，夏缨却还是想笑，"这么'热情'的粉丝，我还是第一次见。"

两人乘上回沿海公路的那班地铁。

地铁上的人依旧很多，他们面对面站在一起，夏缨又回忆了一遍刚才的经过。

她像是忽然想到了什么，抬起头说："那个人，会不会以为我们两个之间也有猫腻？"

戚骁白顿了顿："可能会。"

"你不介意吗？"

"介意？"戚骁白忽然低下头，似乎思考了一会儿，才压着声音，在她耳边问，"难道我们之间没有猫腻吗？"

声浪像涟漪，从耳郭传进大脑。

夏缨死机片刻，拥挤的车厢里仿佛什么都消失了，只剩下他这句漫不经心的发问。

夏缨盯着窗户，上面刚好映着戚骁白低头看着她的侧影。

不知道沉默了多久，她才咬着唇，轻声答道："你说得对。"

之后几天，夏缨一直有些魂不守舍。

某一日晚上，她撑着腮坐在宿舍的书桌旁，望着架子上的自行车模型发呆。

自从那次约会回来后，她和戚骁白就心照不宣地没有联系过彼此。

某种程度上，夏缨觉得他们两个都是很神奇的人，明明承认彼此间有些暧昧，却没人开那个口。

一个装傻，一个充愣，反正都不说喜欢。

夏缨打开网页，暗搓搓地输入"喜欢上一个人是什么感觉"，浏览网友们千奇百怪的回答。

过了一会儿，她又换了个搜法，"初恋是什么感觉"。

心跳加速、紧张、不敢与对方直视，这些症状她都符合。

但是，她也看到了这么一则帖子："血泪经验，很多长得帅的男生只是喜欢暧昧，姐妹们一定要擦亮眼睛，千万不要主动！"

夏缨若有所思，深以为然。

方清如回来的时候，推门就听到外放的《大悲咒》，随即看到夏缨盘腿坐在凳子上，闭着双眼，两只手搭在膝盖上的诡异画面。

"你在干什么？"她迟疑地问。

夏缨睁开眼，慢悠悠地回答："打坐。"

"好端端的你打什么坐？"

"清心，净欲，远离红尘的烦恼。"说罢又"佛系"地闭上了眼。

方清如简直不知道该从哪里吐槽起，默默坐到一旁嗑瓜子，盯着这个几乎静止的画面。

太无聊了，她忍不住又问："你这样……有用吗？"

"非常有用。"夏缨说，"要不你来试试？"

方清如："谢邀。我挺喜欢红尘的，暂时没有出家的打算。"

夏缨微微叹了口气，那模样跟寺庙里收了一堆没慧根的小弟子的老和尚一样无奈。

《大悲咒》唱得方清如昏昏欲睡。

"我可不可以问一下缨大师，你现在在想什么？"

"什么都没想，又什么都在想，世间万物都包容在我心中。"

"说人话！"

夏缨虽没睁眼，却还是撇了下唇，跟她说："现在，我的面前只有一片纯净的空白世界，其他什么也没有。但我在这片空境里徜徉、遨游，感到前所未有地平静与满足，就仿佛我已经拥有过全世界。"

"然后呢？"

"当我达到了这样的境界，外界的一切干扰于我不过是浮云一朵，我将不以物喜，不以己悲。"

"哦。"

桌上的手机屏幕亮了一下，方清如看了眼，随口提醒她："戚骁白的微信。"

夏缨"唰"地睁开眼，飞快地伸长胳膊把手机拿了过来，原本盘着的腿曲起来，眼神里充满杀气。

说好的不以物喜不以己悲呢？

夏缨咬着下唇，郑重地戳开消息列表。

戚："在干吗？"

夏缨飞快地打了一排字，然后又删掉，重新输入。

夏缨："在学习。"

看起来特别矜持。

戚："学什么？"

夏缨："各大厂家的新设备优劣对比。"

戚："挺敬业的。"

夏缨："谢谢，勉勉强强。"

戚骁白半天没动静，夏缨举着手机不停地点亮屏幕，显得有些焦灼。

过了一会儿，又有新消息进来。

戚："一直忘了问，你喜欢什么样的男生？"

夏缨的嘴角忍不住高高翘起。

方清如看她一会儿紧张一会儿开心的样子，心里猜出了个大概，后悔没把刚才的对话录音，现在放出来打她的脸。

夏缨思考了一会儿，才给对面一个很安全的回复。

夏缨："我喜欢有正能量的人。"

戚骁白"哦"了一声，没有然后了。

夏缨就此等了一个多小时，对面也没有再继续聊下去的意思。

很好，这个天被她聊死了。

夏缨内心哀号，心不在焉地洗完澡，躺上床，缩在小被子里不停刷新聊天界面。

又过了二十分钟，她终于等不住了，主动给戚骁白发了消息。

夏缨："你在干吗呢？"

戚："听歌。"

夏缨："什么歌？好听吗？"

戚："好听。"

不等她追问，戚骁白就甩了个链接过来——分享歌曲《改革春风吹满地》。

夏缨："嗯？"

戚："正能量，点赞，我很喜欢。"

等等，你是不是误会了什么？

因为临近比赛，车手们的训练变得更加密集，戚骁白每天都要在公路上至少骑一个来回，再配合其他训练。

谷成礼和叶一鸣也很投入，尤其是平时吊儿郎当的叶一鸣，一到训练场上就很拼命，态度是跟往日截然相反的严肃。

有几次，女队训练路过他们的场子，秋一冉停下脚步，忍不住朝他多看了几眼。

意气风发的叶一鸣，将骨子里的那点活泼转化成了野性，发挥得淋漓尽致。

她犹豫了一下，没有上前打扰他，只是默默地在微信上留言。简单的"加油"两个字，她却不知道叶一鸣后来看到时差点把屋顶掀翻。

岑良这几天渐渐能跟上他们的训练强度了，他用心率带重新监测了一下，发现心率分区又产生了变化。

这段时间，在教练员和戚骁白等人的要求下，他集中在自己心率的二区和三区进行骑行，耐力得到飞速提高，骑车的时候身体好像比以前更加轻盈。

他好像终于有一点相信，自己真的可以站在那个赛场上。

下午，训练开始一个小时后，夏缨抱了一点装备来训练馆，将东西交给教练员就离开了。

戚骁白仰躺在地板上，刚做完一组腰部训练，额头上还挂着汗珠。

他看着夏缨的背影，陷入沉思。

他们最后的对话还停留在歌曲分享，戚骁白觉得，已经表示得够明显了吧……

夏缨到底有没有感觉到，那是在表达"喜欢你"的意思呢，或者还是有些隐晦，被夏缨完美地误解了？

本来，戚骁白已经在考虑表白的事了，奈何那天晚上，叶一鸣一语惊醒梦中人："要是表白被拒，以后连朋友都做不成了。"

戚骁白怔了一下："是吗？"

叶一鸣当时面无表情地点点头："是啊，你看我就是。要不是凭着自己死缠烂打的功夫和登封造诣的游戏技术，秋一冉可能现在还不搭理我。"

戚骁白若有所思。

如果跟夏缨连朋友都做不成，那他宁愿一辈子都不去表白。

但是，想让她知道这份心意的冲动越来越强烈，已经到了快要抑制不住的程度。

她如果再多冲他笑几下，再让他多看几眼那两个小酒窝，他恐怕就真的要把她拦在角落里，一遍遍地说"我喜欢你"。

不能这样。

戚骁白默默地想，会吓跑他心爱的姑娘的。

收起这份念头，戚骁白重新投入到训练中。

又做了几组核心肌群的训练，叶一鸣突然慌慌张张地跑进来，带来一个非常不好的消息。

"谷队摔车了！"

谷成礼是被基地派出去的车接回来的。

教练员和戚骁白以最快速度赶了过去，查看他的伤口。

膝盖摔伤，还在流血，医务人员正在处理。

顾长平也闻讯赶来，眉头紧蹙："怎么回事？"

叶一鸣大概描述了一下状况。

他们几个本来在门口的沿海公路上练习。飞兔跟相关部门打过招呼，沿海公

135

路上专门有一条让公路车通过的道路，平时禁止机动车和行人在上面穿梭。

谷成礼本来骑在最前面，为大家分担风阻，速度很快。可是，突然有个人跨过护栏，从他们的赛道上跑过……

为了避免撞到人，谷成礼强行刹车，就这样摔了出去，伤到了膝盖。

叶一鸣语毕，医务室内一片安静。

膝盖对车手来说是非常重要的，每一次踩踏脚蹬都要弯曲和伸展膝盖关节，整个骑行的过程，可以说是一场膝盖运动的高频次重复。

谷成礼的伤势其实不算重，一般休养三个月就可以恢复，但在这个节骨眼上，谁都说不出"没事"两个字。

谷成礼自己也很清楚。

从摔车的那一刻起，他就一言不发，粗犷的脸上难得露出阴沉之色。

环近海市的那场比赛，他注定是要错过了。

对车队而言，临时更换选手不是什么难事，所有车手都参与了同等强度的训练。但对车手个人来说，就不那么简单了。

谷成礼珍惜每一次比赛机会，因为他已经是车队里的高龄选手了。

沉默良久，最后还是顾长平率先开了口："好好养病，相信你的队友。"

谷成礼抬起头，望着他："顾经理，这件事是不是要上报高层？"

顾长平顿了顿，说："是。"

高龄车手的伤病都要及时与经理以上的高层汇报，说白了，这是在决断老车手们的"生死"。

谷成礼似乎还想说什么，但终是没说出口，沉默地望着窗外的春光。

戚骁白拍了拍他的肩，默默地退出病房。

队长倒下了，他就是代理队长，现在，有好多事等着他去做。

首先，就是选出替代谷成礼上场的车手。

谷成礼跟他一样，是个全能车手，想要找到替代他的人并不容易，戚骁白只能从综合素质比较强的队友里选择一个出来。

很快，他就锁定了一个叫作章逸的车手。

章逸年纪不大，成绩也不错，但他比赛经验不多，跟戚骁白等人的磨合也不够，从谷成礼换成他，对飞兔来说其实是失去了大半个翅膀。

尤其是，他的性格跟岑良截然相反，有些过于跳脱，得到这个机会后更加激动，不太会约束纪律。

戚骁白加班加点地给章逸安排赛前地特殊训练，叫上他分配战术，竟然比平时自己训练还要累。

所有事情都落到了他一个人头上，谷成礼受伤后的好几天，他几乎每晚冲完澡倒头就睡着了。

队长受伤的事，很快就传遍基地，夏缨自然也知道了，她去看望谷成礼，陪他说了会儿话，努力开导他。

谷成礼闲在床上也没事做，干脆开始给她床头的那些玩偶缝小衣服。

夏缨在旁边看得叹为观止。

谷成礼说："我要是退役了，就去做个手艺人，你记得到时候来给我捧场啊。"

夏缨愣了一下，连忙道："你的状态还很好，车队不会让你退役的。"

谷成礼笑了笑，没说话。

他在小裙子上缝了朵花，粗黑的指头灵巧地穿针引线。

夏缨怕他老想着退役的事，便试图找话题来安慰他，谷成礼却对她道："现在不是担心我的时候。夏缨，你应该去关怀一下戚骁白。"

"他怎么了？"

"我猜他最近应该忙疯了。"谷成礼看到她困惑的神情，温和地解释，"替代我的那个小子性格乖张，不服管，岑良又过于内向，这两个都是他选出来的人，现在等于是，所有的责任和压力都集中在了他身上。"

夏缨恍然大悟。

这两天偶然在公共场合与戚骁白侧身而过，原来他深沉的表情都是因为有心事。

从谷成礼那里离开后，夏缨不由自主地走到训练馆，却没见到戚骁白的身影。

有队员告诉她，戚骁白今天的训练计划是骑一个基地到市内的往返。

夏缨咋舌，这么长的距离，得用上一天时间吧？

她略一斟酌，决定给戚骁白发微信。

夏缨："我今天看到了一个很有趣的帖子，分享给你看看。"

夏缨："《都市人解压的十种奇妙方法》。"

过了一会儿，收到戚骁白的回复，是语音，背景音里还有呼啦啦的风声。

"我在路上，你先别吃饭，等我半个小时，行吗？"

声音低沉而温柔，带着运动后微微的喘息，夏缨几乎已经想象到他压低脊背，手臂撑着把手，垂眸看手机的样子。

夏缨火速回了个"好"。

半小时后，戚骁白带着叶一鸣、岑良和章逸返回基地，四个人都筋疲力尽，恨不得直接躺在地上不起来了。

但戚骁白只是稍微休息了一会儿，立刻提着车把上的塑料袋去找夏缨。

已经错过了晚饭的高峰期，食堂里现在没什么人，他们就约在这里碰面。

戚骁白把袋子放在桌上，夏缨好奇地看过去："这是……甜品盒子？"

果然是那家的甜品盒子，各种口味的都有。

夏缨诧异："你去市里面兑奖了？"

"对。"戚骁白擦掉脸上的汗，"想着骑行路线会经过那里，我就把兑奖券带上了。"

夏缨有点感动，甜品套盒的分量不轻，他一路骑回来，得花费更大的力气。

戚骁白不能乱吃东西，打了一堆鸡蛋、牛排端到夏缨对面，就当是陪她一起吃甜品盒子了。

两人有一搭没一搭地聊着天，过了一会儿，夏缨才反应过来，这人让她等半个小时，就是为了跟她一起吃顿饭吗？

夏缨漫不经心地扒拉小勺子，问："戚骁白，我给你发的链接你看了吗？"

戚骁白顿了一下，才说："看了。"

"你不要给自己太大压力，就照着上面的方法试一试，比如在浴室里放声歌唱之类的，可以有效地缓解焦虑。"

戚骁白似笑非笑："你觉得，上面说的方法都有效？"

"应该是吧，怎么了？"

夏缨觉得他神情里有淡淡的揶揄。

她搜到那个帖子时，只是粗略地扫了几眼，没仔细看，难道里面还有什么其他东西吗？

她赶紧打开微信，又把那个帖子浏览了一遍。

文章末尾，最后一条方法写着两个粉色的大字——接吻。

"根据科学研究表明，接吻时大脑会产生多种神经物质，使人感到心情愉悦……"

夏缨内心号了几声，假装淡定地说："帖子没问题啊，确实都是能让人减压的方法。"

"对。"戚骁白没有否认，慢条斯理地说，"只是有个别的，需要人配合。"

戚骁白的玩笑及时止住。

他正色道："不过还是谢谢你，我一会儿回寝室，会把能尝试都试一遍。你不用担心我，我的压力其实没有那么大，还有叶一鸣分担。"

夏缨："没事，有什么需要我帮忙的你就尽管说。"

戚骁白吃完饭以后，还要去给岑良和章逸总结今天的训练，把碗一推就匆匆离开了，食堂里只剩下夏缨一个人。她托着腮，坐在桌旁发呆。

方清如悄无声息地飘了过来，在她背后幽幽地说："喜欢了吧？"

夏缨吓了一跳，勺子差点扔出去："你说什么呢……"

"我是问你，喜欢戚骁白吧？"

“没有，不是，你别瞎说。”夏缨连忙否认。

方清如不屑地"喊"了一声："是不是你自己心里最清楚，心跳得快不快你自己最有数。"

话音刚落，夏缨就仿佛听到了自己如擂鼓的心跳声。

她垂眸，不理方清如，却恰好看到手机上弹出的消息。

戚骁白用非常郑重的语气，重复着刚刚已经说过一遍的话。

"不用担心我。"

第十一章

超速心跳

训练场地那边人手不够，夏缨过去帮忙，协助一次补给训练。

在公路自行车的团体赛中，每过一个赛段，就会有工作人员给选手提供补给，这个时候，选手会通过减慢速度来接收补给，但不会停下，因为很快就要进入下一个赛段，没有太多时间让他们悠闲地喝水吃能量棒。

所谓补给练习，就是工作人员在一旁扔补给，选手们练习接住的过程，以避免比赛时出现差池，造成事故。

夏缨早早地就跟其他工作人员去公路边上等着了，车手们还要过一会儿才来，她干脆看手机打发时间。

她之前帮夏冲偷拍了不少戚骁白的照片，现在想要清理一下，空出内存，但一张张翻过去，居然看得津津有味，最后一张都没舍得删。

身旁的同事提醒大家："准备，他们过来了。"

夏缨赶紧收起手机，心思却还没收回来。

不远处，四位车手的身影越来越近，夏缨抬起眼，看到戚骁白正骑在最前方。

而且，他在看她。

明明戴着护目镜，但夏缨能清楚地感知到，他正目不转睛地看着自己。

夏缨的手臂刚伸出去，就僵住了，不确定戚骁白是不是要接她手里的补给，只能呆呆地和他对视。

戚骁白动作如风，直冲着夏缨的方向飞来。

当这个四人组成的小集团靠近时，其他工作人员纷纷把补给扔了过去，只有她，仍旧保持着僵硬地伸出手的状态，纹丝不动。

夏缨好像忘记自己要干什么了。

戚骁白突然和后面的队员拉开距离，主动从她手里拿走了水瓶，偏了偏头，勾起唇角，漫不经心地问："你在看什么？"

然后又如同一阵风一般，从夏缨面前飞走了。

夏缨愣愣地垂下手臂，指尖发烫。

补给练习进行了六七次，才得以收工。

夏缨没着急走，她之前把包放在了训练出发点，要过去拿一下。

天气已经很暖了，又是中午，经过这么长时间的训练，每个选手都大汗淋漓。

章逸热得不行，索性脱掉上衣，露出赤裸的上身。

夏缨并没有放在心上，这类场景她早就习以为常，从她跟车队时起，就经常面对男选手因太热而脱掉上衣的状况。可能因为技师的身份，大家总不把她当成女性来看。

最开始夏缨还会不好意思，到后来也就麻木了，再多精壮的胸膛从她面前飘过，她都能若无其事地干自己的活儿。

这回也是一样，她并不觉得有什么不对。

可就在下一秒，一阵熟悉的清爽的气息忽然从背后扑了过来，一双温热的大手覆在她眼睛上，替她遮去了眼前的画面。

"章逸，把衣服穿上。"戚骁白的声音从脑袋上方响起，带着低沉至极的共鸣，"还有女孩在这里。"

夏缨的血液瞬间凝固了，全世界好像只剩下缠绕在鼻尖的气息，和他尾音消散时留下的温柔缱绻。

她想起了方清如说的那句话。

"心跳得快不快，你自己最清楚。"

是的。

据说在个人计时赛中，公路车选手的平均心率可达每分钟一百八十五次。

夏缨现在就像比完了一场个人计时赛，心脏好像要跳出来，大声地呼喊——喜欢他。

夏缨魂不守舍地离开赛道，思绪混乱中，在朋友圈里发了条状态。

"我疯了吗？是的，我一定是疯了。"

她来飞兔才短短儿个月，居然真的遇到了让她心动不已的人。

脑子里的想法挥之不去，夏缨干什么都心不在焉。

下午时，她独自在技术部仓库里清点选手的服装，确保每件衣服、裤子乃至露出来的袜子边上都有车队和赞助商的标志。

夏冲今天放学早，直接来了基地，推着车子到仓库找她。

"姐。"夏冲在门口叫了一声，他好像比上次见面时又高了一点，"月考成绩出来了，你猜我考了第几？"

夏缨立刻回头："第几？"

"刚好第九！"夏冲得意扬扬地昂起下巴，"虽然进前十了，但不用你带我进飞兔了，我自己可以进。"

夏缨鼓掌："很棒很棒，继续保持，以后两边兼顾，千万不要把学习丢下。"

"我知道的。"

夏缨粗略地看了眼夏冲的卷子，虽然这些题目离她很遥远，但她的心情总归好了些。

夏冲咬着手里的雪糕，一屁股坐在器械旁，哪壶不开提哪壶地问："姐，你那个朋友圈是怎么回事？什么疯不疯的，遇上什么事了？"

夏缨翻着试卷的手一顿，叹了口气："没什么。"

"没什么就是有什么。说吧，多难的事我都跟你一起扛。"

自从戚骁白跟夏冲谈完话后，他身上的责任感更强了，虽然是好事，但夏缨没心情夸他。

"你扛不了，真的是……很疯狂的事。"

"你太夸张了，能有多疯狂啊？"夏冲撇了撇嘴，嘀咕道，"我考了全班前十，还进了飞兔，跟偶像成了朋友……除非戚骁白哪天当了我姐夫，否则任何事都不能让我震动。"

夏缨表情复杂，僵硬地结束了这个对话："我要继续工作了。"

夏冲没放在心上，熟练地给自己的车子做了遍保养。

姐弟俩都专心做着自己的事，谁都没有说话，直到外头一阵喧嚣声打破了仓库里的宁静。

夏冲对什么事都好奇，立刻跑到窗口看热闹："什么情况？吵起来了？"

夏缨跟了过来，看到基地里来了两个不认识的女性。

一个年纪稍长一些，穿着朴实的衣服，正跟顾长平扯皮，她身旁站着一个看上去比夏缨大几岁的姑娘，低头不说话。

夏缨第一反应是——顾长平欠的风流债找上门了吗？还是拖家带口地来的。

但很快，她就意识到自己想多了。

那个中年女人普通话里夹杂着方言味，听不太懂，但夏缨隐约听到了岑良的名字。

她赶紧跑了出去，想看看到底是怎么回事。

她前脚刚到，戚骁白后脚就带着岑良过来了。

岑良看到这两个女人的时候微微一愕，然后低下头，小声地叫："妈妈，姐姐。"

夏缨和戚骁白的表情皆是一震。

中年女人冲上去，一把拉住岑良的手臂，把他往外面扯，嘴里还不停念叨："哦哟，总算出来了，走走走，我们回去。"

"妈。"岑良不安地看了她一眼，"我不能走。"

"不走？不走你在这儿干吗，浪费时间，家里的店都没人看！快点，赶紧跟我回去！"

戚骁白眉头微蹙，拦在岑良和她妈妈中间，问："什么情况？"

岑良脸色发白，嗫嚅道："这是我妈妈……"

"然后呢？"

"她是来带我走的。"岑良这两天好不容易培养出来的气焰又被浇灭了，"我家里是开店的，我爸这几天身体不太好，我妈想让我回去帮忙看店。"

通过这段时间跟岑良的相处，戚骁白大概知道了一些他家的背景——一个人丁兴旺的大家族，举家来到近海市周边谋生，有的开小超市，有的开小饭馆，抱团意识很强。

戚骁白的语气尽量平和，礼貌地同岑良的母亲讲道理："阿姨您好，是这样的，岑良过几天就要比赛了，现在正在训练中，暂时不能跟您回去。您看这样，等他比赛结束，我们车队派车专程送他回去一趟，可以吗？"说罢眼神暗示顾长平。

顾长平要说的台词都被他抢走了，悻悻地点头："是的，姐，我是这家车队的经理，我保证到时候把岑良送回去。"

戚骁白瞥了顾长平一眼，他叫阿姨顾长平叫姐，这个辈分有些混乱啊……

中年女人斩钉截铁地拒绝："不行，你就是开飞机送他我都不答应，他就得今天跟我走。"

岑良一脸无奈，摇头示意他妈别再说了。

女人却没有停下的意思："我老公现在不能看店，店里只有我和几个闺女，闺女能顶什么用？我好不容易生了个儿子，现在天天不着家，在这里不知道跟你搞什么东西哦……我们的店要是倒闭了，你们赔得起吗？"

夏缨有点听不下去，朝旁边的年轻女孩望了一眼。

她大概已经习惯了，像没听见一样麻木地望着空白的地方，既不阻止她母亲，也不参与这场缠斗。

夏缨忍不住插嘴："你闺女有手有脚长得也不错，为什么不顶用？"

那个女孩听到了，有些诧异地看向她。

中年女人先前根本没注意到夏缨，此时才有些意外，现场居然还有另外一个小姑娘在。

她有些排斥地说："我又没跟你说话！"

岑良低声求饶："妈，别说了，你有什么不高兴的冲我来，别对他们行不行？"

"行啊，那你跟我回去。"中年女人颇有些泼皮无赖的架势，往地上一坐，似乎岑良不走她也不走。

岑良滞了一下："对不起，妈，我真的要比赛了，你体谅一下好不好？"

"说了半天，到底是什么比赛啊？"

"公路车……就是，自行车的一种。"

"自行车还有比赛呢？那不就是体育吗？"

"对。"

中年女人用怀疑的眼神打量岑良："就你？从小体质就差，你这细胳膊细腿还能搞体育？说出去不怕被你大姨他们笑死……"

她细小的眼睛转向旁边，警惕地打量戚骁白三人："我儿子不可能搞体育的，你们到底是什么组织？平时在干吗？是不是带坏我儿子了？"

"没有！"岑良涨红了脸，"我现在真的是运动员。"

顾长平已经让人从他办公室里取来了资料，拿到女人面前晃了晃："姐，这是岑良在自行车联盟注册的证明，这个意味着，他的确是国际上承认的公路车车手。"

中年女人瞪眼："证明是可以造假的。"

顾长平又翻出手机里的照片："那您再看看这些，岑良参与训练和一些赛事时拍的照片，跟我们的队员一起。"

"照片也是可以摆拍的！我们良良没有什么天赋，怎么可能当运动员？"

反正，她就是不信。

夏缨有些悲哀，岑良的性子这么软弱，原来他是在这样不被信任的环境下长大的。

几个人的脸色都很无奈，毕竟是岑良的母亲，不到万不得已，他们并不想让保安来把她架出去。

可她一直赖在这里，非常影响大家的训练和工作。

最重要的是，会让岑良很难堪。

就在这个僵持的时刻，岑良的姐姐发声了，她将中年女人从地上拽起来，说："我们先回去吧，过几天再来。"

"去去去，带你一点用都没有，也不帮我说话。"

"妈。"她压低声音，说，"再不回去，大姐夫就要去店里了，万一他把柜子里的钱都拿走了怎么办？"

岑良的妈妈这才惊醒，立刻从地上蹦了起来："你说得对，走走走，我得赶紧回去！"她扭头瞪了岑良一眼，"别给我撒谎，我过几天再来找你！"

岑良的姐姐跟在她后面，末了忽然回头看了岑良一眼，时间很短，好像没什么情绪，又好像充满了期待。

总算把难缠的人送走了，岑良却垂着头，站在原地一动不动。

在公共场合发生这样的事情，多少会让他的自尊心受挫。

夏缨默不作声地溜回仓库，留下另外两个人开导他。

最惨的还是戚骁白，好不容易给岑良树立了信心，却一朝回到解放前。

夏冲也在窗口悄悄围观了全过程，在夏缨回来后，心有余悸地说："对比之下，我竟然觉得咱爸不算太坏。"

夏缨："咱爸不坏，咱爸只是渣，感情上不负责任的那种。"

"对。"夏冲赞同地点头。

夏缨揶揄地问："要是未来某一天，国外的车队要签你，你怎么选？"

"我哪儿都不去，我就留在飞兔，戚骁白在哪儿我就在哪儿。"

"戚骁白也未必会一直留在国内啊。"夏缨脱口道。

说完，她就陷入了沉默。

夏冲还在一旁问："啊？戚骁白以后还要去国外的车队吗？"

夏缨却没再回答。

她不知道自己以后会在哪儿，也不确定戚骁白会在哪儿，世界上那么多车队，分布在不同的大洲，即便都在欧洲，也未必在同一个国家。

他们两个像是海洋上的一叶小舟，只是在漂流的过程中有幸相遇。

想到这儿，夏缨把心头那点旖旎的心思压了下去。

岑良重新变成了一枚定时炸弹，章逸的发挥也不稳定，这场比赛注定要靠戚骁白和叶一鸣两个人力挽狂澜。

再加上有小道消息称谷成礼错过这次比赛，可能会面临退役，飞兔内部一时间人心惶惶，气氛沉重。

有人说，戚骁白的到来本该是引导飞兔积极向上的，可自从他来以后，飞兔好像就没遇到过什么好事。

车手们大都年轻，平时对这种言论不屑一顾，现在却有些犯嘀咕。

戚骁白也略有耳闻，不用问都知道，这是刘亚歌起的头。

自从训练赛上输给他以后，刘亚歌训练的态度就越发消极，天天盯着他犯错的时候反击。

戚骁白对他的策略就是不闻不问。

比赛前一天，戚骁白突然把男队车手召集在一起，开门见山地说："我知道你们在想什么，这场比赛大家已经不抱希望，比起比赛结果，你们更在意谷队的去留。"

车手们沉默着，没有说话。

戚骁白："但其实，这段时间我一直在跟高层争取，目前达成了一个协议，他们暂时不会让谷队退役，但有个条件。"

闻言，一众车手终于有了点反应。

戚骁白的目光移到即将参赛的其他三个人身上："我们必须要赢下这次比赛，只有赢了比赛，才有谈判的话语权，高层才会考虑我们的意见。"

也就是说，这场比赛的输赢与谷成礼的去留紧密相连。

车手们的表情都有些复杂。

这个四人团队里有两个是杂牌军，把这么重要的任务交给他们，靠谱吗？

岑良明显也不相信，有些无力地看着地板上的反光。

戚骁白把他们的神情尽收眼底，长长的睫毛在眼下遮盖出一片阴影。

他不是很擅长鼓舞人心和加油打气，只能把现有的状况全部摊牌，让他们自个儿去琢磨。

但愿，他们会明白。

散会之后，参赛车手把四辆队车统一送到夏缨那里。

拥有飞兔标志涂装的备用车已经在仓库里整齐地摆了一排，这些都是明天要随着后勤保障车一起上路的器材。

再加上四辆队车，夏缨今天晚上会对它们进行最后的检验。

车手们来了又走，唯独戚骁白在交完车后默默留了下来，看着夏缨忙来忙去。

两个人都没有开口，一个认真工作，一个托腮看着，时间就这样流逝。

当夏缨把四辆比赛用的车清理出来后，终于抬起头，看向他那边："你是有话要跟我说吗？"

"没有。"戚骁白说，"就是想看看你。"

夏缨手上的动作一顿，假装没听到似的，偏过头不再看他。

见她不回答，戚骁白反问："明天就比赛了，你有什么要跟我说的吗？"

"加油。"

"就这样？"

"还想要什么？"

戚骁白指着她朋友圈里下午刚转的一条旅游攻略，说："这个地方就在近海市附近，你想去吗？"

　　"当然。"

　　"巧了，我也想去。"戚骁白笑笑。

　　明明压力都那么大了，他却仍然笑得纯粹。

　　夏缨坐在他面前："那就……一起去？"

　　"可以吗？"

　　夏缨点点头："如果赢了比赛，我们就一起去那里郊游，朝阳初升时出发，不到夕阳西下不回来。"

　　戚骁白往前微微倾身，问："没有其他人？"

　　夏缨心跳加速。

　　夕阳铺洒了一整个天际，偷偷越过窗户，在他脸上投下淡淡的橘红色光点。

　　戚骁白的眼睛又黑又亮，像是即将在夜幕上升起的星子。

　　日光灼烫双眸，夏缨垂下眼睛，微不可察地道："对。"

　　戚骁白心满意足地笑了，伸出小拇指："拉钩。"

　　"我小学就不拉钩了。"虽然这么说着，夏缨还是伸出小指，轻轻勾住他的指头。

　　暧昧的气息在空间里流淌，夏缨怕自己难逃色令智昏的陷阱，悄悄向后坐了一点，跟戚骁白保持在礼貌的社交距离。

　　"那个什么……你一定要加油，努力就好，但也不要给自己太大的压力，要相信队友。叶一鸣就不用说了，岑良虽然没信心，但实力还是有的，章逸这几天我也观察了一下，小伙子虽然浑了一点，但有很强烈的好胜心，可以激发鼓励一下……"

　　她绞尽脑汁地说着正儿八经的话题，戚骁白听得很认真，在她停顿的间隙还时不时点头以示明白。

　　夏缨觉得自己教练员附体，可能教练员都没她这么啰唆。

　　说到最后，她有些尴尬："其实这些轮不到我来说，我只是想鼓励你一下，但又不知道说什么。加油说了一千次一万次，你肯定也听过很多遍，没什么新意了。总而言之……"卡顿了一下，没在国内深入学习语文的她实在想不出更高级的词，最后只能干巴巴地说，"还是加油吧。"

　　戚骁白忍不住笑了出来，脸埋在手掌里，肩膀不停耸动。

　　"你笑什么？"夏缨有点恼羞。

　　"笑你可爱。"戚骁白猝不及防地伸出手，在她脑袋顶上揉了一下，"放心吧，我现在斗志满满，无论如何都要赢下这场比赛，为了……"

他欠了欠身，离她稍微近了一点："跟你约会。"

环近海市公路车比赛终于拉开帷幕，这场比赛将持续两天时间，途径平路、山地和海岸线等多种路况地带。

主办方财大气粗，奖金设置得很高，吸引了全国很多车队前来参赛。

开幕当天，飞兔基地很早就开始忙碌，车手们准备好自己的骑行服、锁鞋、头盔等装在包里，跟需要去现场的工作人员一起出发。

夏缨一件件清点她负责的东西，确认无误后，上了后勤保障车。

今天不用比赛的车手也可以去现场观看，于是飞兔浩浩荡荡地坐满了两辆车。

出发点在近海市另一端，车手们到场后先去吃了个组委会统一安排的早饭，然后准备来一个集体亮相。

等候亮相的过程中，就是各家车队成员互相叙旧的时候。

戚骁白回国时热度很高，自然就成了大家讨论的焦点。

他坐在休息区的椅子上，跟几个熟识的车手寒暄过后，独自喝起了水果沙冰。

对于周围人打量的眼神，他仿佛没看见。

夏缨来休息区找人，起先没看到他，便漫无目的地在桌子间转了几圈。

忽然有人叫她的名字，却是不认识的人。

"你就是飞兔今年新来的女技师夏缨？"

说话的人胸口的标志很眼熟，似乎是超野车队的。这个车队属于一家私人企业，老板砸了很多钱，被称为"土豪车队"。

夏缨礼貌地点了点头："是我。"

旁边陆陆续续有人注意她。

"我看过你们飞兔训练赛的视频，你那个十秒换胎太帅了。"这个男人眨眨眼，"女技师本来就稀缺，没想到你本人还这么漂亮。"

"谢谢。"

他怂恿道："我们超野可以出比飞兔更多的工资，诚挚地邀请你，到我们车队来吧！"

夏缨有些意外，见过挖车手的，却少见这么直白地挖技师墙脚的。

看出来对面的这个人没有恶意，夏缨正想着怎么婉拒他，忽然一个宽厚的后背挡在她面前。

戚骁白已经换好骑行服，显得更加高大挺拔。

"夏缨跟飞兔的合约还没到期，现在挖人不合适吧？"

男人颇有些意外："戚骁白，好久不见啦。"

戚骁白淡淡地点头，转身给夏缨介绍："这是超野车队的队长万松，我以前跟他一起训练过，是个自来熟，你不用理他。"

夏缨笑了笑。

万松不满："过分了，我就想跟美女聊个天，舒缓一下赛前紧张的心情，你也太小气了吧。"

"我们家的技师不是用来给你舒缓心情的。"

万松小声"哇"了一下，诧异地打量起戚骁白。

怎么这话从他嘴里说出来，莫名有种护食的意味呢？可是戚骁白在大家的记忆中，一直是专注于公路车，从来心无旁骛的车手啊。

万松的目光来回地在戚骁白和夏缨身上打量，越发觉得不对劲。

戚骁白懒得理他，拽着夏缨到一旁，问她："你找我？"

"对。"夏缨手上拿了一个无线耳麦，"一会儿比赛你戴这个，后勤保障那边会在出发前跟你对一下信号。"

"好。"戚骁白把耳麦先塞到了背后的口袋里。

夏缨偷瞄四周，小声跟他说："我刚才听到他们在讨论你，你知道吗？"

"知道。"

"你不介意吗？"

"没什么好介意的。"戚骁白轻描淡写，"我的任务就是比赛，目标就是赢，其他的事都与我无关。"

夏缨稍微放了心："我刚刚去赛道周边转了转，看到不少你的粉丝，有的还在商量怎么把礼物送给你。"

戚骁白顿了一下，半合的眼里露出微微抵触的情绪。

夏缨敏锐地捕捉到了这抹情绪，随即道："不过顾经理今天也来现场了，应该不会让她们靠近你。"

"嗯。"

"走吧。"夏缨岔开话题，"马上要去检录台亮相了，可能还要接受采访，我们现在就过去。"

"好。"

戚骁白跟叶一鸣等人会合，骑上自己的车，在检录台边代表飞兔车队亮相。

主持人声情并茂地对他们进行介绍，台下乌泱泱的记者飞快地按动相机快门。

正如夏缨所料，主持人话音刚落，记者们就迫不及待地开始向戚骁白发问。

他们七嘴八舌，有的问他回国的原因，有的问他这次比赛有什么计划和感想。

叶一鸣幸灾乐祸地瞅他一眼，赶紧拉着其他三人撤离。

戚骁白看着面前杂乱无章的景象，不知道该从哪里答起，干脆客套地说了句："加入飞兔是我自己的意愿。在职业生涯的规划上，我跟飞兔的顾长平经理达成了高度共识。今天这场比赛我会全力以赴，给那些注视着我的人交一份满意的答卷。"

他目光微微抬起，状似不经意地朝人群后面的夏缨瞥了一眼。

夏缨接收到了他的视线，心里悄悄一颤，像是当众交换了什么秘密似的，有一种隐秘的愉悦。

顾长平在旁边，对他们的小互动一览无余，调侃道："看来他是知道我跟你关系好了，居然当着记者的面这么捧我。"

夏缨说："也不算捧，可能他心里就是这么想的。"

顾长平哂笑："还没在一起就这么护着？"

夏缨连忙否认："不是护！你再瞎说，我回去跟清如姐说你在这儿勾搭小姑娘。"

顾长平立刻蔫了，啧啧道："行啊，都会耍小聪明了……"

所有车队亮相完毕，比赛正式开始。

参赛车手齐聚出发点，大家穿着各式各样的队服，戴着各种颜色的头盔，骑着不同涂装的车，背上贴着属于自己的独一无二的号码牌。

接下来两天，他们将赌上自己和车队的尊严，来一场殊死较量。

早上还放晴的天空不知何时变得阴云密布，岑良沉默地抬头看天。

戚骁白突然拍了他一下，说："你没问题的。"

"嗯。"岑良不安地攥紧车把。

超野队的万松就在他们旁边，晃了晃脑袋，一点紧张感都没有："哎对了，戚骁白，你们飞兔那个漂亮的技师能不能扛起一辆车啊？要是你们队的车半路出故障，要换备用车怎么办？"

没人理他。

万松接着道："她要是求求我，喊我一声哥哥，我就替她扛，嘻嘻。"

戚骁白终于回头看他一眼，眼神凉凉的，仿佛在看一个智障。

最不服输的章逸嗤笑一声，说："夏缨姐恐怕能把你的胳膊拧断。"

万松摆摆手："少骗人了。"

"没骗人。"戚骁白淡淡地吐出这三个字。

"不会吧……"万松这才倒吸了一口气，诧异地转头看护栏外面的夏缨。

叶一鸣顺着他的视线看过去，本来是想嘲笑他一下，没想到看到了秋一冉。

他怔了一下，从车座上站起，喊了一声："一冉？"

秋一冉的目光转向他，神情淡漠的一张脸上忽然露出一个微不可察的笑容，做了个嘴形："加油。"

叶一鸣立刻像被注射了鸡血，恨不得一秒飞到终点线。

等待了一小会儿，第一道发车哨声终于响起。

车手们首先要在一个中立区缓慢骑行十五分钟，这段路程并不会计算在成绩里，它就像是一场盛大的巡礼，让周围聚集的观众可以一睹车手们的风采。

巡礼开始后，夏缨返回了后勤保障车处，意外地看到了刘亚歌。

没想到刘亚歌会来看这场比赛……

对方没有注意到她，戴着兜帽，像一个与现场氛围格格不入的隐者，转身没入人群。

夏缨眨了眨眼，觉得有些奇怪，便没同他打招呼。

她与顾长平会合，组成了今天的后勤跟赛组。顾长平亲自担任领队并开车，夏缨坐在车左侧，临近赛道的位置。

他们开去标有"0公里"指示牌的路口。

这里，才是比赛真正开始的地方。

现在0公里处已经熙熙攘攘，人潮涌动，需要靠护栏和保安人员的力量隔开赛道。

夏缨下车，攀上旁边的一个小坡道，静静等待车手大集团的到来。

她穿着一身飞兔制服，很是惹眼，引得前面的观众频频回头。

夏缨听到他们小声的议论。

"这是飞兔女队的？"

"不可能吧，你看她的体格也不像，应该是粉丝。"

"估计是粉丝了，飞兔狂热粉，不知道从哪儿搞了一套飞兔的衣服，真羡慕。"

夏缨假装没听到，专注地望着前方。

又过了一会儿，一对情侣挤到她边上，似乎只是路过这儿，凑个热闹，困惑地讨论着："自行车比赛吗？这有什么好看的，我也会骑自行车。"

他们不以为意地看着前方渐渐靠近的车手大集团，丝毫没注意到旁边的夏缨已经紧张到出汗了。

第一次到现场围观公路车比赛的观众可能不清楚，0公里处之所以会围上这么多人，是因为这里将要出现与前面十五分钟截然不同的画面。

大集团逐渐逼近，夏缨也不由自主地提起一口气，听到第二道发车指令响起。

以路面那道白色的线为分界线——车手们像一大束离弦的箭矢，冲破某种结界的束缚，进入了另一个世界，突然在拉满的长弓上飞射出去！

他们快到只能勉强看到衣服的颜色，像一团团彩色的飓风向前冲去，直接在前方天地劈开一道猛烈的气流，夏缨感觉心脏都被这波强烈的气势撕裂了。

被这一刻震撼到的不只是她，还有现场的每一个人。人群中爆发出尖叫和欢呼，声浪长久不熄，像是一场千万人的狂欢，终于随着这一刻释放全部激情。

旁边的情侣直接被吓傻了，呆了好久才爆了一声粗口，震惊道："他们骑的是自行车？是自行车吗？怕不是直接长了翅膀吧！"

夏缨情不自禁地露出笑容，是无比骄傲的笑容。

在那些翅膀中，有四对，是她铸造的。

她突然想起很久以前，父亲对她说的一句话。

"也许有一天，你也会看到白昼的霓虹，就能明白我的追逐。"

胸腔中的心脏剧烈地跳动，夏缨目不转睛地看着赛道上飞兔红黑相间的队服。

她好像看见了，白昼的霓虹，就在眼前。

车手正式发车，夏缨也要开始今天的工作。

她迅速返回后勤保障车，拉开车门，在众目睽睽之下坐了进去。

关门前她还听到一声惊叹："不是粉丝！那是飞兔新来的首席女技师啊！"

夏缨深吸一口气，拉好安全带，顾长平准备发车。

"注意。"顾长平对着对讲机，说的话能传送到现场飞兔车队每一个人的耳朵里，"后勤保障车出发。"

每一支车队都有自己的后勤保障车，这些车辆是经过特别改装的，承载能力远超普通的四轮汽车。

每一个后勤保障车顶都装载着数量足够的备用车，车内还有充足的备用轮胎和零件。

它们一个接着一个驶向赛道，与车手并驾齐驱，成为他们最忠实的后盾。

当下，几乎所有的车手都抱团在了大集团内，没有几支队伍先冲出去的。

公路车比赛很奇特，需要体力，亦需要战术，最初发车时，留在大集团内，大家轮流在前面顶风，可以极大地节省体力，以便后期冲刺。

飞兔也是采用这个战术。

因为车手聚合，后勤车也不能拉开距离。

顾长平时不时就对四位车手播报："目前在平路路段，共计两公里，大家找好位置。今天风有点大，但我们就在你们身后，加油。"

戚骁白他们专注骑车，全靠后勤保障车上的播报来掌控前方的路况信息。

平稳骑行了一个多小时，前面将要进入一个冲刺路段，队形渐渐发生变化。

有的车手还在大集团里，有的已经落后，有的完成了突围。

飞兔就是率先离开大集团的那拨人。

叶一鸣是今天的冲刺车手，在冲刺正式开始前，其他三人在前面轮流为他破风。

飞兔的四人阵型不停发生变化，但始终呈矛状，势不可挡地向前高速移动。

冲刺赛道开始前，其他三名队友逐渐向旁边散开，叶一鸣终于放开脚力，从最后直接超到最前面去。

"去吧。"戚骁白简单地说。

"叶哥加油！"

"加油！"

叶一鸣比了个"OK"的手势，然后拿出冲刺车手的实力，爆发式加速，只一两秒就将队友远远地甩在身后。

这时候，大集团前方的车队都已经派出各自的爬坡手，每一个身穿不同颜色队服的选手都用几乎能够撕开风的速度，在这段平路赛道上，角逐第一个路段的冠军。

飞兔队车是跟着叶一鸣走的，顾长平在对讲机里给叶一鸣鼓完劲后，夏缨望了眼阴沉沉的天空，不安地说："不知道一会儿会怎样。"

顾长平打趣地笑道："但愿不要下雨。"

然而，冲刺刚进入白热化阶段，就开始下雨了。

第十二章
乘风破浪

雨线淅沥沥地砸下来，顺着头盔和护目镜流到脸上。地上的尘土变得泥泞，随着车轮和链条的高频速转动，溅在运动员的鞋和腿上。

大家的骑行衫都湿了。

但这场雨根本不能阻拦车手们的决心，他们眼中旺盛的火焰丝毫没有被浇灭，反而以更快的速度向前冲刺。

顾长平的车开得很快，才能跟上叶一鸣的速度，夏缨的手心被汗濡湿。

叶一鸣不愧是飞兔男队首屈一指的冲刺型车手，接连超过两个对手，还有继续加速的趋势。

雨水模糊了侧方玻璃的视线，夏缨干脆把窗户摇下去，任凭自己的脸和肩膀被淋湿。

她密切注视着叶一鸣那辆车子的运转情况，如果在这时候出现任何故障，飞兔都将失去这个冲刺路段的分冠军。

"还有十公里，右转进入海岸线。"顾长平单手操控对讲机，神情绷紧，"注意安全，雨天风大。"

叶一鸣接到指令，抬头看了眼竖立在前方的"10公里"标牌，他抿了抿唇，似乎在做决定。

夏缨心悬一线，双手捏紧安全带不敢出气。

好胜的冲刺型车手即便在转弯时也不会放慢速度，但这种湿滑路况下，若保持当下的速度拐弯，后果很难想象！

可是，仅仅纠结了一秒钟——叶一鸣抓紧把手，果断侧过身体，以目前的高速度开始右转。

车胎肉眼可见地在地面上飘移，划出尖锐的声音，车架倾斜四十五度，呈现几乎崩塌的状态，叶一鸣只能以强大的肉体力量强行纠正车架的惯性方向。

夏缨不敢动，但心里已经在尖叫了。

在惨烈摔车的边缘游走后，叶一鸣终于安全地进入海岸线。

夏缨仿佛活过来一样，松了一大口气。

但是，新的问题很快又出现，海边的风比他们想的还要大。

组委会已经在广播里提醒了这件事，海岸线上的围观群众却丝毫没有被恶劣的天气影响，反而越聚越多。

天空黑压压的，海面上巨浪咆哮翻滚，所有人都想看看，在这个宛如末世的背景下，会诞生什么样的冲刺冠军。

风阻极大，所有在此刻角逐的车手速度都被强行放慢，却丝毫不影响比赛的观感，他们迎接恶劣的狂风，压迫身体极限，向着唯一的终点前行。

夏缨能明显感觉到，叶一鸣的气势又变了，他已然完全进入最终状态。

即使坐在车里，夏缨好像也能听到他浑身的肌肉撕裂时的嘶吼和咆哮。

意外就在这个关键的时刻发生。

组委会向各个后勤车里发送紧急通知，在距离分段终点只有五公里的地方，出现了连环摔车事故。

五公里！就在前面！

顾长平根本来不及思考，一踩油门超到叶一鸣前面，提前去五公里处探查路况。

大概是雨天地面太滑，前面三位选手在地上摔得非常惨烈，有的还不能立刻站起来，占据了大半个赛道……

糟糕了！顾长平和夏缨飞快地交换视线。

叶一鸣想要安全地通过这个路段，必须提前绕开他们！

"右边！"夏缨眼疾手快地喊。

顾长平立刻拿起对讲机，向叶一鸣传达："靠右行驶！"

从倒车镜中可以看到，叶一鸣立刻调整到右方行驶。

这是万不得已的解决办法，右边护栏外站着数不清的围观群众，如果他们中有任何一个拉了叶一鸣一下或是往赛道上扔个东西，叶一鸣将会同样面临摔车的下场。

这是在赌。

好在组委会的人及时赶到附近，处理路面的同时约束围观群众，让叶一鸣有惊无险地绕开事故地点。

前面，只剩下一个人了。

叶一鸣加速赶上他，那名车手也不甘示弱，两个人挨得很近，铆足了劲比拼速度，因为谁都不肯放弃，所以两人还时常撞在一起。

最后三公里，两个车手都站了起来，开始摇车进入最后的加速度。

雨似乎越下越大，砸在挡风玻璃上都能听到炮仗一样的声音，叶一鸣他们却仍旧保持在燃烧的状态。

两公里……一公里……

越到后面，指示剩余公路数的牌子就越来越密集，五百米，两百米，两个人一直并驾齐驱到了终点线前。

浑身的血液终于到达沸点，叶一鸣突然压低身体，脖子上的青筋全部凸了出来，在他爆发出最后一声嘶吼的同时，他的前车轮第一个越过了那道白色的线！

叶一鸣赢了！

周围爆发出剧烈的欢呼，他双手离开车把，高高举起来，回应着所有呐喊。

夏缨高兴得差点从座椅上蹦起来："赢了赢了赢了，我们拿下了第一个分段冠军！"

欢呼过后，叶一鸣终于松了口气，弯腰伏在把手上，那是累到极致的状态。

很快，叶一鸣的成绩就被通知给每一个还在赛道上的车手。

在分段第一成绩的基础上，公路车比赛会拟定一个最晚过线时间，即为"关门时间"，剩下的所有车手必须在关门时间内通过这个分段的终点，否则将自动退出这次的比赛。

戚骁白他们接到通知时，也被叶一鸣的成绩振奋了，稳妥地在关门时间内完成这段比赛，来到终点与已经休息了一会儿的叶一鸣会合。

终点线后是短暂的缓冲区域，四人放松地骑了一会儿，接到车队的补给。

叶一鸣一抬头就看到秋一冉，嘿嘿笑了两声。

当他骑过身旁时，秋一冉张开嘴，用只有他俩能听见的声音说："很帅气。"

叶一鸣呆滞一瞬，随即"啊啊啊"地疯狂叫了起来。

戚骁白咬着能量棒，嫌弃地问："干什么？"

"老戚，对不住了！"叶一鸣跟他并排，神情激动，"还记得我们的约定吗？谁先脱单谁是狗，不好意思，我可能要先成狗了。"

戚骁白神色淡淡，似乎不以为意，余光却向旁边的队车瞥了一眼。

夏缨的脸和额前的头发有些湿，她一边用毛巾慢慢地擦着，一边跟顾长平讨论着什么。

而后她转过头来，却看向了岑良，眼神略带担忧。

下一个分段是山路，是各家爬坡手角逐的战场。

岑良低头抿着唇，一副不自信的样子。

爬坡的重担压在他身上，对一个大赛经验并不丰富的车手来说，是莫大的精神压力。更何况，这次比赛的结果与谷成礼的去留息息相关。

岑良看着顺着手臂肌肉流下去的雨水，再一次后悔来参加这个比赛。

他恢恢的神情很快就被队友看到了。

叶一鸣直接上前勾住他的脖子，开朗地说："岑良，你不要给自己太大的压力，只要努力过，问心无愧就可以了。我知道，我前面拿了分段冠军肯定对你造成了不小的冲击，你会忍不住向我看齐，但其实，我们对你的要求就是跑完就好……"

她话没说完，就被戚骁白拍了一下头盔："怎么说话的？"

章逸啧了啧："岑哥，你已经很幸运了，看我，我还不能去争夺分赛段的冠军。"

叶一鸣立刻转向他："你第一次来大赛，主要任务是为主将破风，我们都是这么过来的，以后就轮到你了。"

章逸还是有些不甘心。

但现在不是哄他的时候，戚骁白靠到岑良旁边："市里新开了一家烤肉店，评价非常不错，比完赛之后我们一起去吧。"

岑良兴致缺缺地点了一下头。

戚骁白又递了根能量棒给他："不要愁眉苦脸的。我允许你被对手打败，但唯独不能被你自己打败。"

"就是。"叶一鸣插话，"你一会儿就咔咔一顿骑，骑出自己的最好水平就行，别太在意结果。"

岑良眸光动了动，没说话。

戚骁白接着道："选你参赛是我一个人的主意，但哪怕是现在，我也丝毫没有后悔，我觉得我做了一个非常正确的选择。"

岑良终于有了点反应，抬头对上戚骁白清明的目光，嗫嚅地说了声"好"。

总之，还是不太有信心的样子。

缓冲区一过，直接进入下一个比赛路段。

叶一鸣因为在前一段耗费的体力较大，又不是爬坡车手，所以很快就脱离队伍，独自在后方骑着，只要在关门时间内到达山顶即可。

其他几人轮流破风，协作了一段赛程，终于把岑良送到了山脚下。

近海市地势低平，山脉不多，这是少数能用作公路车比赛的山道，终点即是顶峰。

岑良仰头看了眼遥遥无期的路程，咬了咬牙，忽然开口："明年合约到期，我就得退役了吧。"

他似乎在与人说话，但又似乎在喃喃自语，章逸骑在前头没听见，只有戚骁白望了过来。

"其实我才二十三岁。"他自嘲地说。

"岑良，我一直很好奇。"戚骁白问，"你真的不喜欢公路车吗？"

岑良没有回答，仿佛没听见似的，铆足了劲向山坡上冲了出去，迎接属于他的决战。

上坡以后，就是顺风路线，但雨势没有丝毫减弱，将他本来的优势弱化到几乎没有。

豆大的雨珠像小石子一样落下来，夏缨伸出胳膊感受了一番，手心立刻就被砸得生疼。

岑良的后背已经完全湿掉了，原本正红色的队服被浸染成了深红色。

夏缨吐槽："这么大的雨，真不是在折磨车手吗？"

顾长平说："组委会既然没有宣布取消比赛，就说明还是可以比的。毕竟只是下雨，没有雷暴，围观群众也没走。"

夏缨望了眼山道路边披着雨衣打着雨伞的人们，咋舌道："我以为刚才那个路段出现事故以后，组委会就会开始考虑延赛的事呢。"

顾长平淡淡说："摔车而已，不是不能比的局面。你要知道，比起那些，最恐怖的是赞助商的怒火，一旦惹毛了他们，明年可能连比赛都办不了。"

夏缨了然，自行车运动目前比较小众，需要依赖资本生存。

可是，过于依赖资本也有很多弊端，业内诸多人士都在呼吁改革，但胳膊终究拧不过大腿，现在的车队和主办方还是得看背后赞助商的脸色。

这不是单单一个人就能改变的局面。

她不再出声，沉下心看岑良爬坡。

岑良始终身处队伍的最末尾，咬紧牙关低着头踩踏板。

雨天，上坡，路滑，这注定是一场艰苦卓绝的战役。

才过一半路程，岑良的呼吸已经加重，恶劣天气带来的弊端在他身上显现，即便有风在背后助力，也难逃浑身被浸透后的强烈不适感。

"岑良，加油，加油！"顾长平对着对讲机大喊，"你好好比赛，明年我争取再签你！"

岑良苍白的脸上扯出一个勉强算是笑容的表情。

虽然没有加速反超，但起码一直维持在一个相对匀速的状态，还不算太坏。

顾长平和夏缨的心思都在他身上，对前方路况的留意少了点，当他们发现前面有一处警告牌时，已经来不及绕路了。

"降速刹车！降速刹车！路面滑！"顾长平急切地喊。

岑良惊了一下，立刻准备给锁鞋解锁。

变故出现了——他的锁鞋似乎调得太紧，根本没有办法在这短短的范围内解锁。

岑良急得满头大汗，身体已经条件反射地开始刹车，但右脚仍然锁在踏板上。他的车头开始摇摇晃晃，终于在那片滑溜的地面上连人带车摔了出去，直直向前溜出三米远。

糟了！顾长平紧急刹车，夏缨急不可待地冲下去。

"怎么样？受伤了吗？"

岑良撑着地面坐起来，因为冲撞带来的剧烈疼痛让他死死咬着下唇。

夏缨赫然看到他膝盖上流下的血，在这灰蒙蒙的天气里分外刺眼。

"没、没事……"岑良咬着牙说，急着就要扶车起来。

顾长平也跑了过来，检查他腿上的伤口，脸色严肃地和夏缨对视，似乎在做激烈的思想斗争。

顾长平问："岑良，你愿意退赛吗？"

岑良茫然地抬起头，似乎对这个词很陌生。

这个时间里，后面的车手都陆陆续续赶了上来，超过他们。

夏缨检查了一下岑良的锁鞋，意外地发现，有被人动过手脚的痕迹。

她眉头紧皱，问："岑良，你今天早上穿鞋之前又动过锁片？"

"我没有。"

那就很奇怪了，岑良这双锁鞋被调节到近乎报废的程度。

大概因为之前他一直跟在大集团和车队里，没有需要反复上锁和解锁的路段，就没及时发现鞋子的问题。

来不及细想这些，夏缨赶紧返回车里，寻找备用锁鞋。

她焦急地在箱子里翻了个遍，却没有找到多余的44码锁鞋。

她记得非常清楚，因为岑良和戚骁白都穿44码，她专门多备了几双这个码数的鞋子，在打包的时候还跟小胖开玩笑说，岑良和戚骁白身高差了不少，没想到脚却一样大。

可是现在，一双都没有了。

这个发现让夏缨冷汗直冒，有人在她不注意的时候动过后勤箱……

她两手发抖地看向顾长平，汇报："没有44码的锁鞋了。"

顾长平沉默了一瞬。

"我去申请退赛，你先扶岑良去车上。"

他刚往前走了几步，忽然被人抓住了裤脚。

"不行！"岑良突然仰起头，拔高音量，"我不退赛！"

"你已经受伤了，锁鞋也出了问题，退赛是为你的安全着想。"

"只是外侧的擦伤，不影响膝盖运动。这双鞋只是锁片有问题，我可以不上锁，没有规定必须要上锁才能比赛！"

"如果不上锁，雨淋到锁踏上变滑，增加了踩空的风险，一样会摔车！"

"摔车就摔车，只要还可以动，就可以继续骑，不是吗？之前摔车的选手退赛了吗，没有吧？为什么偏偏我要退赛？"

岑良大概是第一次主动想要为自己争取点什么，声音虽然还在发抖，却有些奇异的执拗。

顾长平被他震慑住，半天没说出话来，眼看着他迅速扶起车子，重新跨了上去。

他真的不再使用右脚锁片，直接蹬上踏板，全力冲回了赛道。

夏缨着急地喊道："哎，你的伤口不贴个纱布吗？"

但岑良已经义无反顾地冲向前面，雨水吞没了她的声音。

夏缨赶紧拍了顾长平一下，提醒他："别愣了，快点追上他。"

两人重新回到车里，跟上岑良的速度。

经过刚才的风波，他已经落到最后一名，此时路程已经过半，最前方的车手可能已经开始最后的冲刺了。

岑良咬着下唇，死死地盯着前方的道路。

他想起戚骁白说过，选他的一个重要原因，是看中他面对突发状况的处理反应。在此之前，岑良不知道自己还有那样的优点。

他现在，应该不算辜戚骁白的期待吧？

起码要实现他们的约定，把这段赛程跑完……

两只脚，一只上锁，一只未上锁，导致发力程度不同，岑良干脆把左脚的锁片也解了下来。

顾长平在对讲机里怒吼："你疯了吗？两只脚都不上锁，如果摔出去就不是擦到膝盖这么简单了！"

岑良置若罔闻。

除了眼前的这条山路，他好像听不见也看不见任何事物，已经消耗了太多体力，每一次呼吸气管都遭到前所未有的挤压，要爆炸了！

他受伤的过程被组委会的媒体拍了下来，组委会主动跟飞兔联系，询问那位选手是否要选择退赛。

负责人的声音刚在车内的广播中响起，岑良就跟感应到了似的，突然开始加快踩踏频率。

他加速了！

组委会也在媒体跟进的镜头里看到了这一幕，卡着半句话愣是问不出来，最后才改口："看来是不用了……"

岑良一鼓作气，一连超越了十几名车手。对手们在看清是他后，皆是一愣，几乎不敢相信自己的眼睛。

膝盖上的伤口在雨水的冲击下变得剧痛，因为没有做任何处理，红色的血顺着腿流了下来，在纯白色的袜子上浸染了一大块红。

路边有个小女孩突然大叫："快看，那个哥哥受伤了！他流血了！"

围观群众皆是一片哗然，随后突然有人带头，喊了句："加油啊！"

"加油！"

"加油！"

一时间，加油声此起彼伏，大家不知道岑良的名字，只能喊出这最简单的两个字来传达自己的信念。

岑良觉得自己的体力已经到极限了，喉头仿佛有血腥气，大腿像灌了铅，每一下踩动都带来剧烈的痛苦。

可是……他觉得自己还可以坚持，似乎那道门槛就在面前，只要跨过去，他就进入了全新的领域。

膝盖的痛感让岑良时时分神，于是他干脆咬破嘴唇，强迫自己集中注意力。

当还剩两公里的时候，分段前三名已经角逐出了结果。有些冲着分段冠军来的车手干脆不再拼命，维持一个还算快的速度，不给车队丢人就行。

可是岑良还在加速，以他前所未有的连自己都不知道的爆发力。

车内的两个人都很紧张，顾长平拿起对讲机，本想说不要勉强自己，话到了嘴边却转了个弯，变成："最后一公里了，加油。"

夏缨也夺过对讲机，踌躇着该说点什么。

"最后一公里……我们的同事都在山顶上等着你呢！"

岑良笑了，露出一抹发自内心的笑容，秀气的脸上神采飞扬。

如果说，他之前的坚持都是为了不让戚骁白和夏缨这些看好自己的人失望，那么，最后这一公里，他要为自己而战。

如果这注定会成为他退役前的最后一战，那么他定要交一份满意的答卷给自己！

至少，在很多年后，他可以很骄傲地说，我曾是一名优秀的职业公路车运动员，我的职业生涯虽然短暂，但很辉煌。

岑良开始摇车，进行着最后一轮加速。

这一次比之前都要快，夏缨觉得很不真实，低头望了眼车上的表盘。

她愣住了。

岑良，一个爬坡车手，在山坡最后一公里处，速度居然几乎跟冲刺车手持平了。

这是什么恐怖的爆发力！原来在他瘦弱的身躯下，竟然潜藏着这么可怕的东西！

随着踩动频率的加快，岑良膝盖上的伤口再度裂开，汩汩流出血来。

临近终点，两旁的观众越来越多，他们奋力地向岑良呐喊："加油！加油！加油！"

一声接一声，连绵不息，声浪甚至盖过了雨声。

有的观众还自发地骑上摩托车或电动车，跟着他的速度，不停给他打气。

他们都在岑良身上看到了自己——每一个明明痛苦不已，却仍然奋力追逐目标的自己。

岑良得到了比冠军还要多的瞩目，媒体车辆和小型无人机都集中在了他的附近。

但他没看见。

"你真的不喜欢公路车吗？"他想到，戚骁白在山脚下问的这句话。

爬坡的重力使他全身每个细胞都在燃烧，他抬起头看向前方的顶峰，明明是阴天，却好像笼罩着圣洁的金光。

他向往那个地方，无与伦比地向往。

心脏好像要冲破胸腔，岑良突然仰头，大声地喊了出来："我喜欢啊——我喜欢公路车！我真的很喜欢公路车啊！"

在近海市外环，靠近郊区的地方，聚集着一个大家庭。

他们非常抱团，每到周末都聚在一起吃饭，聊着家长里短。

被问起儿子的事情，中年女人有些难堪地对亲戚们说："他不成器的，说是要搞体育，就是不肯回来。"

亲戚们笑了："就良良那个身体，怎么搞体育啊？肯定是骗你的，在外面鬼混呢……"

中年女人更加难堪了。

她端着洗菜盆，准备去厨房躲一会儿。

电视机开着，家里的小孩们拿着遥控器乱换台，突然停在了一个频道上。

年纪最小的那个指着屏幕，惊讶地说："良良哥哥！"

所有人都停下手里的活，诧异地望了过去。

屏幕里的岑良穿着红色的衣服，腿上流血，脸上却带着无所畏惧的表情，劈开所有风和雨，在巨大的欢呼声中向着顶峰飞跃过去。

解说激动的声音响起："毋庸置疑！今年的飞兔除了明星主将戚骁白以外，还有让人惊艳的车手出现！让我们记住他的名字，他叫岑良！他叫岑良！让我们一起高喊他的名字——岑良！"

"哐当"一声，女人手里的洗菜盆落在了地上。

她瘫坐在地上，盯着屏幕，良久，流下两行泪。

岑良最后以第六名的成绩通过终点，剩下的三人也在随后到达山顶。

爬坡路段比完，就代表今天的比赛全部结束，明天将是主将们角逐最终冠军的比赛。

飞兔虽然是本地车队，但服从主办方的安排，下榻他们统一安排的宾馆。

除了几个必要的工作人员外，其他人都回了基地。

岑良的腿伤所幸无大碍，他坚持要参加明天的比赛，为戚骁白抗风，大家都拗不过他，只好同意。

晚上，飞兔一行人在房间里进行今天的总结会议，顺便安排一下明天的战略。

顾长平把四个人都表扬了一遍，尤其是叶一鸣和岑良。

散会时，他让戚骁白等人回房休息，单独把夏缨留了下来。

比赛之后，大家都从岑良那儿听说了备用锁鞋遗漏的事情，按道理来说，夏缨要负主要责任。

叶一鸣有点于心不忍，赖着不走说："夏缨应该不会犯这样的错，肯定是有什么误会。"

"我知道。"顾长平喝了口咖啡，神色平静，"我今天也有失误，没能提前提醒岑良绕路。"

岑良一下赛道又恢复成怯生生的样子，小声说："没事的，都比完了。"

"但是。"顾长平话锋一转，"备用锁鞋的事还是得认真追究一下。"

戚骁白望了夏缨一眼，她从刚才起就没说话，也不为自己辩解。

既然已经知道了她跟顾长平的关系，戚骁白就不担心顾长平会为难她。

四个人离开房间后，顾长平长长地叹了口气，终于可以把这个话题摊开了说。

"你说你记得自己装了44码的备用锁鞋进去，对吧？"

夏缨点头："还装了起码三双，因为戚骁白和岑良都是44码，我怕不够，就多带了。"

顾长平眉头紧锁："你那天打包完后，有谁碰过后勤箱吗？"

"说实话，我不知道，因为当天晚上后勤箱是放在仓库里的，第二天才搬上了车。要说没人碰，仓库锁门后就不会有人去碰；但要说有人碰，谁都可以。"夏缨无奈地耸肩。

"岑良那双鞋子你是调节好了给他的，如果他没有再自己调节，那就是有别人动了。"顿了顿，顾长平道，"并且，跟拿走后勤箱里备用锁鞋的应该是同一个人。"

因为锁鞋不方便走路，所以车手们大都是临近比赛再穿上。比赛开始前的那段时间，所有能摸到鞋的人都有嫌疑。

"会不会是……"顾长平闪出一个念头。

夏缨知道他要说谁，低声问："章逸？"

顾长平道："贸然怀疑他不太好，但是目前的四人队里，只有他因为不能角逐分段而心有不甘。"

夏缨迟疑了一会儿，说出自己的想法："我觉得，不大可能是章逸，那孩子虽然顽皮，但是心眼不坏，不至于对岑良做这样的事。"

顾长平漫不经心地转着椅子，仿佛雾里看花。

夏缨说："我还有一个猜想……会不会，那人想要针对的根本就不是岑良？"

顾长平锐利的目光看向她。

"两双44码的鞋，只动了一双，可能那个人以为自己设计的是戚骁白。毕竟，从体型上，谁也猜不到不满一米八的岑良也是这个码。"

结果岑良阴错阳差地穿上了那双鞋，因而事故就发生在了他身上。

顾长平眯起了眼："不是没有这个可能。"

但推理到这里就结束了，他们暂时找不出嫌疑人。

顾长平有些疲倦地伸了个懒腰："我又得去卖我这张老脸了。"

夏缨扑哧一笑："你要找组委会要监控？"

"对。"顾长平无奈。

"那就辛苦你了。"夏缨起身准备离开，挤了挤眼说，"后勤箱今晚放在我房里吧，我回去再检查一下，如果缺什么，就麻烦清如姐明早送一趟过来。"

顾长平机智地抓住了她话里的重点，比了个"OK"的手势："哥这几年没白疼你。"

夏缨出来后，路过叶一鸣和戚骁白的房间，门半掩着，能听到里面传来电视机的声音。

她停下脚步，思考着要不要叫戚骁白出来。

可是叫他出来后，又有什么可说的呢？鼓励他明天加油？但这已经说过太多次了。

正犹豫着，叶一鸣看到了她的身影，主动招呼她："夏缨，我今天的表现还不错吧？"

"岂止不错，简直是特别好。我都没想到你骑车的时候竟然这么认真，跟平时判若两人。"

叶一鸣嘿嘿一笑："那你说说，我平时什么样？"

吊儿郎当，没个正行，跟棒棒糖过一辈子。

但夏缨没这么说，她眼珠一转，道："秋一冉在赛后还跟我夸了你。"

"真的吗？"叶一鸣的眼睛亮晶晶的，像只得到奖励的大型犬。

夏缨歪着头往里看，叶一鸣立刻猜到她的用意，会心一笑："老戚不在，他刚刚出去了。"

"出去了？"夏缨一愣，大晚上的出去干吗？

她悻悻回了自己的房间，开始重新清点后勤箱里的东西。

除了44码的锁鞋，其他东西都在。

东西刚收拾好，夏缨就收到了戚骁白的消息。

戚："方便出来一下吗？到电梯间。"

夏缨立刻抓着房卡跑了出去。

电梯旁有两张椅子，戚骁白坐在那儿，手里捧着一盒泡芙，冲她笑了笑："白天听其他车手说，这附近有家非常有名的泡芙店，我就买了一点回来。"

夏缨晚上没怎么好好吃东西，因为惦记着锁鞋的事，食欲不太好。

她坐到戚骁白旁边，看着香气勾人的泡芙，不由得咽了咽口水。

"晚上吃这个，会胖吗？"她眼巴巴地看着戚骁白。

戚骁白立刻心领神会："不会的，白天你的消耗也挺大的，晚上吃点补充一下，明天才有精神跟赛。"

夏缨立刻放开了胆子开始吃。

戚骁白不能乱吃东西，就撑着腮看着她吃。

"怎么样？"

"非常好，甜而不腻，入口即化。"

"你喜欢就好，不枉我排了半个小时的队。"

夏缨一连吃了四颗，终于想起了"矜持"两个字，缓了一下，问："你大晚上跑出去就是为了买这个？"

"嗯。"戚骁白点了点头。

夏缨心头一热，几乎已经想象到他在比了一整天的赛后，仍然跑出去排队给她买泡芙的画面。

"谢谢。"她垂下眼睑，"外面还在下雨吗？"

"已经停了。"

夏缨望向窗外："不知道明天还下不下了。"

"不管下不下，你都要做好准备。"

"什么准备？"

戚骁白弯着唇："跟我一起冲向终点的准备。"

夏缨愣神，良久后说："好，一言为定。"

时间已经不早了，戚骁白需要早点休息，夏缪拎着半盒没吃完的泡芙准备回去。

他们两人的房间挨着，在夏缪掏房卡的时候，戚骁白忽然倚着墙，说："我大晚上跑出去给你买吃的，你是不是该多给点表示？"

"什么表示？"夏缪拿着房卡的手顿住。

"起码说点什么，让我高兴一下吧。"

"我哪知道你会因为什么而高兴……"她刷开了房门，一只脚踏进去。

戚骁白也不强求，准备喊叶一鸣来开门。

夏缪却忽然又从门口探出了脑袋，看看四周没人，飞快又小声地说："戚哥哥，加油。"

戚骁白呆在原地，半天后，才带着掩饰不掉的笑意进了屋。

第二天一大早，方清如来送锁鞋，还带着夏冲。他今天没有课，专程跑来看比赛。

今天的决赛其实没什么悬念。

这次来参赛的车队里，只有飞兔的戚骁白和超野的万松是顶尖主将，而其他车手跟他们有断崖式的差距。

最终冠军应该就在这两个人之间产生。

昨天下了一天的倾盆大雨，今天终于放了晴。不知道是因为天气还是因为昨晚吃了泡芙，夏缪的心情特别好。

开赛前，她跟四个车手互相打气，注意到章逸的脸色有些发红。

她立刻警觉："你生病了吗？"

因为昨天那场雨，今天很多车手都有不同程度的感冒发烧。

章逸说："有一点感冒，不碍事的。"

"测体温了吗？"

"测过了，正常的。"说话间，章逸咳嗽了几下。

夏缪有些担心，但既然队医和戚骁白都没有阻止他上场，她作为技师也不好说什么。

比赛开始后，飞兔采取了和昨天截然不同的策略。

戚骁白对于今天的路线很有把握，从一开始，飞兔就按照他的命令脱离了大集团，冲到了最前面。

叶一鸣、岑良和章逸三人轮流领骑，今天唯一的目标就是将他送到终点。

岑良和叶一鸣昨天都经历过一番大爆发，因此他们今天只跟了三分之二的路程便离开队伍，重新回归大集团。

飞兔只剩下章逸一个人为戚骁白破风。

戚骁白跟在章逸身后，始终观察着他的状态。

本来就在感冒，剧烈运动后会更不舒服，章逸此刻应该非常难受。

他的脸比出发时还要红，呼吸时咬着牙关，仿佛喉咙在沥血。

戚骁白出声："章逸，如果太难受就下去吧，我自己可以的。"

"不行。"章逸的声音已经很沙哑了，"我虽然不能在分段大显身手，但至少，护送主将的任务还是能完成的。"

戚骁白骑上去，与他并排，拍了拍他的肩："剩下的路程不多了，你去休息也没关系，你已经完成了任务。"

章逸低着头，艰难地笑笑："戚哥，我的水平，以后能当主将吗？"

"当然可以。"

"那我到时候肯定会赢你的。"

"好，我期待着。"

章逸咳了几声，自己都闻到了血腥味。

他头脑发蒙，思维也不是很清楚，坚持到现在全凭骨子里那点轻狂和要强，但是身体已经超负荷了……

章逸又咬牙坚持了一会儿，抬头看到剩余的公里数，问："五公里，可以吗，戚哥？"

"没问题。"

章逸点了下头，但没有立即放慢速度，而是又向前带了一段路。

"戚哥，其实我应该要谢谢你的。如果不是你，我还不知道要等多久才能参加大赛。"章逸鼓了鼓腮帮，说，"大赛就是好，氛围都不一样，没斗志的人来了都能燃起斗志。"

戚骁白笑笑，没说话。

章逸继续道："只是很可惜，我的第一次大赛，要以回收车作为终结了。"

公路车的比赛里，主办方都会在车手队伍的最末尾设置回收车，用途是回收落在最后不能再继续比赛的选手。

戚骁白说："我也和回收车打过交道。"

"我还以为你出道即巅峰，没有过这种体验呢。"

"怎么可能？"戚骁白淡淡笑道，"我不是天才，只能靠吃苦来弥补。"

章逸有些愣神，竟然能从公认的天之骄子嘴里听到他说自己不是天才，也算不虚此行。

"章逸。"戚骁白叫他，"你的任务已经完成了，谢谢你。"

听到这句话，章逸像是终于松了一口气，停止踩动踏板，渐渐拉开和戚骁白的距离。

戚骁白独自骑了一会儿，超野的万松就从后面跟了上来。

"怎么，你的队友都不行了？"

戚骁白斜他一眼："你的队友也没跟上来啊。"

"这不是看你一个人，公平起见，我也得一个人嘛。"

"也对。"戚骁白迎着风和阳光，十分有把握地说，"万一带着人还输给我，怕你哭。"

万松"哎呀"了一声，向他靠近，压低声音问："戚骁白，你平时是多道貌岸然的一个人啊，你们队那个漂亮的技师小姐姐知道你比赛时有多毒舌吗？"

戚骁白的余光飘向旁边，看到夏缨的轮廓，漫不经心地道："跟你无关。"

"你这就太冷漠了啊，我一会儿找你们的技师哭一波去。"

路边围观的群众看到他们两个骑得很快，像飞起来了一样，以为战况很是激烈，却不知道其实氛围这么和谐。

戚骁白说："可惜叶一鸣不在，不然你俩可以组个相声，还能给我解解闷。"

"他要是在，得给我当捧哏，我是逗哏。"

"随便吧。"

一路和谐地到达最后一公里，万松终于闭上了嘴，准备最后的冲刺。

多年未见的旧友，终于在赛场上重逢，他们其实比任何人都珍惜这个比赛机会。

两人都发狠了向前冲，戚骁白爆发全力，跟当初与刘亚歌的训练赛时截然不同。

这才是他真正的实力。

夏缨在车上看得瞠目，甚至能感受到被他从中劈开而向四周流散的风。

几乎来不及思考，两人转瞬就冲到了终点线前，紧接着，在观众的欢呼呐喊声中同时过线。

差距微乎其微！

夏缨的心脏提到了嗓子眼，牢牢盯着裁判的身影。

裁判们在机器上反复看回放，然后交头接耳了半晌，终于有人举起了手，宣布："飞兔，戚骁白第一个冲线。"

第十三章

我喜欢你

　　飞兔理所当然地拿下了车队总冠军。

　　当天晚上，不管是参赛还是没参赛的车手，都去烤肉店狂欢了一顿，得到顾长平的允许，很多人撒开欢地喝酒。

　　章逸吃了退烧药，精神好多了，现在正绘声绘色地跟青队的车手描述自己在大赛上的英姿，听得夏冲羡慕到哀号。

　　谷成礼和岑良都被队医勒令不许碰酒，两人干脆凑到一块儿疯狂烤肉。

　　顾长平举着酒杯晃到戚骁白和叶一鸣身边："你们俩是这次比赛的功臣，来，我敬你们一杯！"

　　戚骁白不擅长喝酒，只抿了一口，辛辣的味道从喉咙蹿到鼻尖。

　　受酒精的驱使，他看了眼乱糟糟的大饭桌，忍不住问："夏缨为什么没来？"

　　"很多人都没来。"顾长平带头调侃，"你怎么就只问她？"

　　戚骁白还没想好怎么回答，就听顾长平小声说："她说要留在基地写失职报告。"

　　戚骁白怔了怔，在位置上又坐了一会儿，终于静悄悄地抓着手机走到外面。

　　夏缨确实在写失职报告，关于备用箱里的锁鞋不翼而飞的这件事，在查出"凶手"前，她得负主要责任。

　　这次比赛结束后，会有一个两天的小假期，很多人都回家了，包括方清如，因此今晚寝室里就她一个人。

　　报告需要手写，好多年没用中文写过文章，夏缨咬着笔杆苦思冥想。

就在这时，戚骁白的电话进来了。背景音并不嘈杂，甚至还有舒缓的音乐。

他不急不缓地说："报告写得怎么样？"

夏缨笔一扔，撇嘴："顾长平这个大嘴巴……"

"需不需要帮忙？"

"不用，我自己可以。"夏缨小声吐槽，"况且你也在国外那么多年，能比我强到哪儿去？"

戚骁白失笑，话题一转："明天休息。"

"是的。"

两人不约而同地沉默了一会儿，似乎都在想怎么开口。

"我之前说的那个地方。"夏缨主动道，"要不要明天一起去看看？"

"好。"戚骁白立刻答应，根本不给她反悔的机会，"我晚上回去查一下攻略，明天一早我们就出发。"

"我其实有一个想法，从基地到那儿的距离不是很远，我们要不然骑车过去吧？"

"骑车？"

"啊，不好意思。"夏缨赶紧改口，"你今天刚比完赛，明天应该休息……"

"没事，就骑车去。"戚骁白欣然答应，"明天可以休闲骑，顺便看看沿路的风景，挺好的。但是你没问题吧，来回也有七十多公里了。"

"放心，我虽然不是车手，但以前也经常自己骑车出去玩。"

夏缨的语气很自信，反倒让戚骁白犹豫了一下，最后只是说："好。"

和戚骁白说定后，夏缨的心已经飞出了基地。

她飞快地把检讨书写完，哼着歌往双肩包里收拾零食和饮用水。

第二天，夏缨起了个大早，推着自己那辆女式公路车跟戚骁白在大门口会合。

既然是休闲骑，两个人都没穿骑行装备，一身简单的运动便装就出发了。

天气非常好，他们穿过早晨的沿海公路，进入烟火气息十足的都市。

一路向北，终点处有一座新开放的人造园林，就是他们此行的目的地。

路上，夏缨好奇地问戚骁白："说实话，你跟刘亚歌比赛的时候根本没用力吧？"

戚骁白一笑："为什么这么问？"

"看你的决赛，傻子都能明白。"她猜道，"你那时没跟刘亚歌拉开太大的差距，难道是为了照顾他的情绪吗？"

戚骁白："也不是。那个时候，我就是单纯地不想比赛。"

夏缨奇怪："为什么？"

他有些漫不经心："谁知道呢。"

戚骁白其实说不清楚。那场比赛在他心里是毫无意义的，他宁可把体力浪费在训练场上，也不愿意浪费在和刘亚歌的训练赛上。当时答应刘亚歌比一场，纯粹是出于无奈。

夏缨也没有追问，直接换了个话题："那决赛的时候，你跟超野的主将说了什么？你们两个好像……"犹豫了一下，夏缨怕显得自己自作多情，但迟疑了几秒，还是说了出来，"好像看了我一下。"

戚骁白回忆起那天的对话，哦，万松说他比赛时毒舌。

他舔了舔牙尖，道："他说我帅。"

"啊？"

比赛时会说这个吗？夏缨没再追问。

他们又往前骑了一个街区，阳光越来越晒。

戚骁白已经尽可能地放慢速度，但对夏缨这种业余骑车的人来说，还是有点吃力。

她的呼吸较之前急促了一些，脸也被太阳晒得发红。

戚骁白忽然停了下来，对她说："我们把车停在这里，换乘过去吧。"

夏缨赶紧刹车："怎么了，不骑了吗？"

戚骁白有些心软地看着她鼻尖上细微的汗珠，说："昨天比赛还是挺累的，我今天还是休息一下吧。"

夏缨二话不说，立刻跳下车，跟他一起把自行车锁在了超市门口的停车区，然后两人换乘了一辆观光巴士。

路上耽误了一点时间，到达景点时已经是中午了。

他们先在景点外面吃了个午饭。不知道为什么，这个看上去像是文艺青年聚集地的景点外面，却有一家格外接地气的拉面馆。

拉面味道普通，分量也不大，夏缨偷瞄着戚骁白，猜他肯定没吃饱。

"你要是不够吃，可以再来一碗，我等你。"

"没事，不用。"

"我包里带了零食，你也可以都拿去吃。"

戚骁白看了眼她的包，问："我可以打开看看吗？"

"当然可以。"夏缨把包递了过去，以为他要找吃的，可他只是把里面的东西都拿出来，然后装进自己包里。

包再还给夏缨时，里面空得只剩下水和纸巾之类的。

"我负责背包，你负责玩。"戚骁白如是说道。

"可是所有东西都在你那里，太重了……"

"不碍事。"戚骁白去结了账，说，"我以前常做负重练习，这不算什么。"

夏缨不再争辩，跟他一起进了景区。

刚检完票，夏冲的电话进来了。

他今天仍旧没课，晚上才回学校，白天在基地里睡到快中午才醒，本来想找姐姐一块儿吃个饭，结果发现他姐根本不在。

夏缨捂着电话，听夏冲哭诉完自己被抛弃的心情，才得空说话："我在外面玩，饭你自己吃吧，下午早点回学校。"

夏冲哼唧了两声，质问："你在哪儿玩，怎么不带我？"

"你作业写完吗？天天就想着玩。"

"我晚上再写，很快就能写完了。"

"又皮痒了是吧……"

夏冲假装没听到她的威胁："姐啊，你自己一个人出去玩的吗，还是有人跟你一起啊？"

夏缨含糊地说："我自己。"

然后她用余光瞟了戚骁白一眼，发现他正用明亮的眼睛望过来。

挂了电话，夏缨听到戚骁白语调中带着调侃的笑意："为什么不能让夏冲知道？"

夏缨心虚地摸摸鼻子："知道什么？"

"知道现在是我和你在一起。"

"咳，他年纪小，不懂事，容易想多，解释起来太麻烦了。"

戚骁白"哦"了一声："那就别解释了。"

他似乎完全不觉得自己说了什么别有深意的话，淡定地站在平面图前看了一会儿，指着一个方向："我们先往那儿走吧。"

"啊？好的。"

两个人心照不宣，话题就这么自然地被带了过去。

"我昨晚查了一下，这处人造园林没什么悠久的历史，就是本地的一个富商建造的，因为他的妻子特别喜欢古典园林建筑，他就买下来这块地，为他妻子建造了一个别墅，里面有很多细节都是他妻子的设计。后来妻子去世了，富商心痛不已，就决定开放这处园林，让大家都可以欣赏到这份作品。"

这段介绍夏缨在推文里也曾看到过，当时并没有什么感觉，但现在被戚骁白这么娓娓道来，竟然有些隐隐的触动。

走到一间屋子前，戚骁白慢条斯理地说起屋子里各种设计的用意，哪些是出自设计师之手，哪些是富商和妻子的别有用心，他好像都深谙于心。

夏缨享受了一把纯游客的乐趣，调侃他："你这么熟悉，以前来过这里吗？"

"没有。"戚骁白轻描淡写地说，"我就昨晚随手查了点资料。"

岂止是随手，他在寝室里把景点介绍反复读了七八次，叶一鸣差点报警了。

"哦。"夏缨随口道，"我以为你带别的姑娘来过呢。"

戚骁白倏地沉默了，眼神中透露出些许迷茫和困惑。

夏缨没留意到他的神情，直接逛去了下一个地点。

不知过了多久，戚骁白看着她的后脑勺，终于忍不住说："缨妹。"

"嗯？"

"我没有谈过恋爱，也没有追过女孩子，更没有带其他姑娘来过这里。"

他的表情太认真，眼中闪烁出一种固执的光。

夏缨愣了两秒，随即像有春水在心里潺潺地化开。

见她没有回应，戚骁白坚定地补充了一句："相信我。"

夏缨赶紧点头："好好好，我相信你，我刚才就是随便一说，你别放在心上。"

戚骁白垂着睫毛，看向地面，似乎并没有因为她的解释而放松。

走廊很窄，人却很多，两人只能一前一后地挤着走。

"我也是凡人，精力是有限的。"

堵在半道时，夏缨忽然听到脑袋上方传来一道压低的声音。

夏缨霍然转头，一眼望进他深邃无波的眸子里。

"你或许，能明白我的意思吗？"戚骁白看着她，用不想让第三个人听见的音量，"我的精力只能用来对付公路车，还有你。"

人群推搡，戚骁白伸出手臂，将夏缨揽在臂弯里，避免她被其他人冲撞到。

夏缨根本来不及说话，直接被人流挤到了走廊最偏僻的角落里。

出不去，也走不掉，他们只能暂时站在这里等待人潮退散。

夏缨深呼一口气，抬起头："你刚刚说的，我大致听明白了。"

"你真的明白了吗？"戚骁白肩膀很宽，低头看她的时候仿佛一堵墙，隔绝了她与外面的世界。

夏缨的内心莫名就有了安全感，大胆地点头："嗯，我明白了。"

"那你解释一下，是什么意思？"

"意思就是……起码我是比较特别的，在你心里可以跟公路车比一比了。"

"不对。"

夏缨愣了一下："那是什么意思？"

人群还在后面拥挤，游客间发生了碰撞，有人开始吵架，大家都被吸引了注意力，没人注意到他们这里的小世界。

就在这个刹那，戚骁白突然低下头，在她唇上落下一个轻柔的吻。

"我喜欢你——是这个意思。"

赢得比赛的激动渐渐平复后，车队的工作恢复正轨。

因为工作失误，夏缨被处罚了一个月的工资，顾长平认为自己没能监管到位，也自罚了一个月的工资。

夏缨发呆的时间开始变长，周围人都以为她是因为被处罚而暗自伤神。

只有夏缨自己知道，从那次人造园林一日游回来后，她就魂不守舍了。

戚骁白的嘴唇很烫，告白的话语更烫，反复在她脑海里敲打，甚至潜入她的梦境。

那一天，她下意识选择了逃避，没有给戚骁白答复。

她想得很多，倘若明年她离开了飞兔，倘若有朝一日戚骁白签了另一家车队……在飞兔发生的事情，好像只是他们萍水相逢创造出来的一点交集。

或许终有一日，他们要笑着对对方说："以后有缘再见。"然后就真的只能在赛场上见一面。

这样的离别，她看得太多。

毋庸置疑，夏缨也是喜欢戚骁白的，但对于未来，她感到迷茫。

好在，没有太多时间让她迷茫，飞兔很快就出了大事件。

顾长平用尽手腕居然真的要到了比赛那几天的现场录像。

因为场地大，时间跨度长，工作人员花了一点时间，好不容易才从现场的录像中整理出一点有用的信息。

在第一天开幕赛之前，有一个熟悉的身影曾经在后勤保障车和车手身旁来回徘徊。

某个镜头中，他转过身来，露出帽檐下半张熟悉的脸——是刘亚歌。

他的出现令顾长平感到震惊，但又仿佛在情理之中。

刘亚歌是飞兔顶尖的车手，一直心高气傲，连队长都不服，却总是一而再再而三地败给戚骁白，他会做出这样的事，似乎也不奇怪。

并且，他的出现更加证明了夏缨之前的一个推测，"那个人"针对的或许并不是岑良。

这个消息不胫而走，大家看刘亚歌的眼神都有些忌惮。

很快，他被顾长平叫去谈话了。

谁都不知道谈话的内容是什么，但一个小时后，刘亚歌是青着脸从办公室里出来的。

很多人猜测，他估计也要跟李常一样，被禁赛一年。

基地里议论纷纷，唯有戚骁白和岑良两个当事人对此闭口不谈，大家便也不敢在他们面前提这个。

夏冲还有不到两个月就期末考了，学校的功课越来越多，他只能偶尔放学后来基地一趟。

他断断续续听说了这些八卦，好奇得百爪挠心，忍不住找夏缨打探消息。

"姐，刘亚歌那个事是真的吗？"

夏缨拿筷子尾端敲了下他的脑门，说："你现在一周就来基地一次，见你姐姐也就见一次，张嘴就问这个？"

夏冲心虚地摸了摸鼻子："那我换个问法……你有没有什么消息要告诉我的？"

夏缨毫不客气："没有。"

夏冲难受地扒了几口饭，还没想好再用什么方法讨好姐姐，就听到夏缨说："其实具体的我也不是很清楚，我还没有跟长平哥聊过这个事，现在我跟你一样一知半解。"

"哦。"夏冲小声道，"但如果是真的，那刘亚歌也太恐怖了吧？人为导致车手摔车，弄不好会葬送掉对方的职业生涯。"

"岂止啊……"夏缨欲言又止。

每次回想起那天的场景她都心有余悸，以前的公路车比赛里，不是没有车手因摔伤而瘫痪甚至是过世的案例。

一想到有这样一个人潜伏在身边，戚骁白居然每天还能睡得着，真是心宽。

夏冲又往前靠了靠，压低声音："姐，我听说，刘亚歌根本没有好好戒烟。"

"你听谁说的？"

"青队好多人都说看到过他抽烟，还有李常，但碍于刘亚歌是大前辈，大家都假装没看见。"

夏缨严肃地提醒他："这话你不要跟别人说。"

"那……就这么算了？"夏冲为难地抓抓头发，"可是现在，因为他的关系，青队很多人都觉得抽烟也没什么大不了，车队不会怎么样，除非像李常那样又没成绩又不遵守规则。"

青队大都是一群还处在叛逆期的少年，这种思想一旦产生，就会不可遏制地蔓延开来。

尽管夏冲从小家教严格，夏缨还是有些担心。

"我会跟长平哥聊聊，你别操心了。最近你少来基地，专心对付期末考。"

"好。"夏冲刚应下，忽然眼睛一亮，看向夏缨的身后，激动地挥了挥手，"戚骁白！戚神！"

夏缨顿时脊背僵直，回头也不是，不回头也不是。

戚骁白的气息越来越近，最后在他们桌子旁停下，语调平静地问："这儿有人吗？"

"没有没有，戚神快坐！"

夏冲主动往里挪了一格，戚骁白放下餐盘，坐在夏缨对面。

夏缨没有抬头，视线低着，只能看到黑色的运动衫和宽大修长的手。

"大家都是一个车队的队友，以后就别叫戚神了。"戚骁白说。

夏冲扬着一张崇拜的脸："那叫什么？直接叫名字感觉不太好，叫前辈又有点生分。"

"跟其他人一样，直接叫戚哥吧。"

"好的，没问题！对了戚哥，我快期末考了，最近来基地的机会越来越少，但我会一直支持你的！"

"谢谢。"戚骁白声音带笑，"你好好考试，期末拿一个好成绩，暑假我陪你练车。"

"我的天！"夏冲直接从椅子上蹦起来，"我是不是听错了？戚哥你刚刚说的是陪我练车吗？我不是在做梦吧？"

"你没听错。"戚骁白敲了敲餐盘，提醒他，"但前提是你得考个好成绩。"

夏冲忐忑地问："怎样算好成绩啊？"

万一在戚骁白眼里全校第一才算好成绩，那他这辈子都考不到了。

好在戚骁白没这么说，他只是眼风往对面一扫，淡淡地道："这个你姐说了算。"

果然，提到她了。

夏缨抬起头，对上戚骁白的视线，平稳地说："那就，全校第二吧。"

戚骁白挑眉："全校第二会不会太难为他了？"

"怎么会呢？"夏缨微笑，两个小酒窝格外甜，"人嘛，就是要有远大的理想和抱负。"

夏冲崩溃了，看亲姐的目光充满仇视，这是摆明了不让戚骁白陪他练车啊！难道夏缨准备暑假给他报个补习班？

他把目光又转向戚骁白，委屈巴巴地看着对方，希望这位大神能帮他求个情。

万万没想到，戚骁白在安静了两秒后，忽然也微笑了一下，说："有道理，人就应该有理想。"

夏冲立刻觉得碗里的鸡腿不香了。

他蔫蔫地耷拉下脑袋，扒拉着碗里的炒蛋，有气无力地问："那戚哥你的理想是什么啊？"

"以前唯一的理想就是环法冠军，这可能是每个职业车手都会有的目标。"

"那现在呢？"

"依然保留着这个理想，然后……"戚骁白戛然而止，忽然不经意地看了夏缨一眼，才接着道，"然后我发现，人生还有其他的理想值得追逐。"

夏缨心里咯噔一下，她也是他的理想吗？

戚骁白没有多说，夏冲也很识趣地没多问，正好叶一鸣一行人进了食堂，叫戚骁白过去说话。

夏冲和夏缨吃完就离开了这里。

走到外面时，夏冲才说："姐，你刚刚有点奇怪。"

"嗯？"夏缨愣了一下，心虚地问，"怎么奇怪？"

"我说不清楚，但就是很奇怪，你跟戚神都没有打招呼，说话的气氛也有点诡异……你们发生了什么？"

夏缨望天："没什么。"

夏冲忧心忡忡："不会是吵架了吧？"

"都说了没什么。"

"姐，你要是跟戚骁白吵架了，我怎么办啊？他会不会开除我的粉籍？"

夏缨怒其不争地瞪他一眼："你干脆认他做姐姐算了。"

她的话刚说完，戚骁白就从门内走了出来，三人立刻尴尬地站成了一个三角形。

夏缨望天："啊，我突然想起来，还有好多事要跟顾经理说呢，先走一步了啊……"然后忙不迭地跑路了。

被抛弃的夏冲惨兮兮地望了戚骁白一眼，两个人眨眼对视。

"夏冲，如果你姐真这么想……"戚骁白神情复杂，"你私下里叫我姐，也可以……"

夏冲："什么？"

刘亚歌的事情大约在一周后出了结果，阻碍队友比赛和抽烟两项罪名铁证如山，再加上李常想要将功赎罪，主动将他出卖，飞兔车队宣布与他解约。

据说，高层看在他的成绩和人气的分上仍然想保他在队里，像李常那样禁赛一段时间就算了，但顾长平坚决不同意。

这两项是他带队的底线，哪怕是戚骁白犯了这样的事，他也绝不姑息。顾长平以自己的去留作为威胁，迫使高层同意了他的决定。

刘亚歌成为飞兔车队成立以来第一个被解约的车手。

他离队之后，基地里渐渐恢复了和平，谷成礼虽然还没完全恢复，但也时常来监督大家训练，飞兔达到前所未有的团结。

顾长平有事去外地出差，临走前给夏缨布置了一个任务，让她分别去问问岑良和戚骁白，要不要把刘亚歌被开除的原因公之于众。

夏缨有点头大，问岑良还好，但问戚骁白……天知道她已经多少天没主动跟戚骁白说过话了。

这天傍晚，训练结束，夏缨在男寝楼下的小花丛边等他，不停纠结着一会儿怎样开口。

男队的人陆陆续续回来，但始终没见到戚骁白的身影。

夏缨又等了一会儿，夜色渐渐下沉，露出的皮肤上被蚊子叮了几个包，她蹲下来挠挠脚脖。

戚骁白就是在这个时候回来的，逆着晚霞的光，身形在地面上拉出一个瘦长的影子。

看来今天又是非常努力训练的一天。

夏缨仰头，看到他运动衫胸口被汗水打湿的一小块变成了深色，紧紧贴在皮肤上，刚好勒出模糊的胸肌轮廓。

飞快地避开眼，夏缨说："顾长平让我问一下你，要不要把刘亚歌做的事公布出去？"

戚骁白脚步顿住，答非所问："找个地方坐会儿？"

"不用了，你直接告诉我就行，我马上转达给他。"

"但我有东西要给你。"戚骁白迟疑道，"要不然你在这儿等我一下，我上楼拿，很快下来。"

夏缨问："什么东西？"

"很快。"戚骁白摆了摆手，风一般跑进男寝。

大约过了三分钟，他回来了，明显洗了脸和头，因为来不及吹干，头发还湿漉漉的。

他手里提着一个袋子，里面是夏缨熟悉的包装盒。

"沙蟹酱？"

"嗯。"戚骁白展了展袋子，"这次买的跟上次的不一样，上次是特级，这次是皇家级。"

夏缨眼皮子抽了抽："什么区别？"

"我也不知道。"戚骁白邀请她，"一起尝尝吗？"

夏缨犹豫了，但想起上次沙蟹酱鲜美的口感，她非常没骨气地同意了。

两人同去食堂，已经过了车手们用餐的时间，现在这里没什么人，连方清如都不在食材调配区。

戚骁白问她："这次想配什么吃？"

夏缨看了看橱窗，指了下白花花的鸡胸肉："它。"

那次之后，夏缨去网上查询了沙蟹酱的各种吃法，比起蘸面包和馒头，其实用来炒菜更合适，还有作为白切鸡的蘸料，也是她心驰神往的吃法。

基地里食材丰富，类似白切鸡的水煮肉多到吃不完，刚好可以让她体验一下。

戚骁白打了几份水煮鸡胸肉，又弄了点蔬菜，俨然一顿丰盛的加餐。

夏缨摸摸自己肚子上的肉，痛并快乐地提起筷子。

吃了快一半，戚骁白说："你刚刚要问我什么？"

"要不要把刘亚歌对你做的事公布出去？"

"顾经理问的？他想公布？"

"倒也不是他想，他就是让我来问问你和岑良，如果你们需要，他就让车队发声；如果你们不需要，那咱们就什么都不说。"

戚骁白道："如果公布出去了，刘亚歌一段时间内应该很难再签到新车队。"

夏缨点头："就是这样。"

戚骁白表情平淡："那没必要，给他留点面子吧。"

夏缨笑了一下："你倒是挺大度。"

"谈不上大度，刘亚歌这个人睚眦必报，他现在已经记恨车队了，如果我们再把他逼上绝路，以后他肯定会想方设法报复回来。"戚骁白耸肩，慢慢说，"麻烦。"

"好，我会向顾长平转达你的想法。"

顺便问问他，这么简单的事情打个电话就行了，为什么非要让她来问！

吃人嘴软，夏缨什么都没说，淡定地夹了块鸡肉。

两个人气氛诡异但相安无事地吃完了一整顿加餐，出食堂时，夏缨又摸了摸自己的肚子，嗯，比刚才鼓了一点。

戚骁白余光瞥见她的动作，脸上忍不住浮现笑意。

"我今天吃得很多。"他主动说，"今晚不加训，留着长肉。"

夏缨撇了撇嘴："把长肉说得跟玩似的，真气人。"

戚骁白弯了下眼角，说："你好几天没这样跟我说话了。"

夏缨怔了一下，立刻低下头看脚尖。

离女寝越来越近，戚骁白忽然停下脚步，转身认真地看她："我是不是做错了什么？"

夏缨迷茫地抬起头，这才反应过来他的意思，连忙摇头："没有啊。"

"那为什么你这几天总是避着我？"

"我……"夏缨咬着下唇，答不上来。

"那天跟你说的话，不是开玩笑。这几天我很煎熬，想着是不是被你讨厌了。"戚骁白眼睛里聚着光，"所以，如果你有什么想法，哪怕是拒绝，也可以大方地说出来，我能够消化。"

夏缨垂下眸，小声说："我不是要拒绝你。我跟飞兔的合同只有一年，一年之后会在哪里，我自己都不知道。"

戚骁白神情滞了一下，这似乎是他没有预料到的原因。

夏缨不敢抬头看他，又长又卷的睫毛忽闪，白白的小脸上有种无法形容的委屈。

戚骁白心里一软。

面前这个瘦弱的小姑娘，虽然单手就能拎起一架车，还在暴雨中跟他们同进同退，但在爱情这个问题上，青涩得像是一朵初生的花。

他不由自主地放低音量："我知道了，谢谢你告诉我这个。"

夏缨忽地抬起头，以为他要说类似"忘记那个表白""我们恢复到最初的关系吧"那样的话。

但出乎意料地，他只是轻轻笑了一下，说："这些问题交给我来解决，从今天开始，你只需要考虑自己内心的答案。"

"什么答案？"

"真的不喜欢我吗？"戚骁白说，"这个问题的答案。"

夏缨有点被击中。

不喜欢戚骁白吗？当然不可能，就算他们两个没有走到这一步，仅仅作为一个同事，她都是喜欢戚骁白的。

没有人能拒绝这样一个品貌端庄还永远挺直脊背，向着朝阳前进的人。

戚骁白没有立刻朝她索要答案，抬手轻轻敲了下她的脑门，说："希望你能尽快给我一个答复，不然我每天都等得很煎熬，甚至有点睡不着觉。"

夏缨捂着脑门，顺便遮住了微微发红的脸蛋，嘟囔道："知道啦……"

当夏缨觉得自己已经可以坦诚说出心意时，戚骁白那边却发生了一个不大不小的转变。

那天男女队合并训练，教练员实在忙不过来，就请夏缨来帮忙计时。

一切都有条不紊地进行着，运动员反复不停地绕圈骑车，没人说话，只有粗重的换气声，反而显得有些沉闷。

休息间隙，戚骁白接到了一通电话。

当他看到手机屏幕的刹那，脸色微变，他垂眸许久，才默默走到外面，接起电话。

这通电话他打了很长一段时间，从训练馆的窗口可以看见，他眉头紧锁，来回不停地踱步，几乎没怎么说话。

电话挂断，他还留在外面吹了好久的风，被教练员催促后才返回训练场。

当他回来时，所有人都发现，戚骁白整个人的气场都变了，他的脸色比刚才接电话时还要阴沉，眼睛里漆黑无光，还有几分在他身上从未出现过的颓然和戾气。

叶一鸣扔了棒棒糖，立刻靠过来，跟他说话。

戚骁白起先不回答，只是目光暗沉地看着自己的那辆车。

叶一鸣抓耳挠腮地想了个办法，靠到他耳边小声说："夏缨看着你呢。"

戚骁白这才缓缓抬起视线，与夏缨四目相对。

"不是能让人快乐的消息。"他开口。

所有人都以为，他在回答叶一鸣，但安静的训练馆内，唯有夏缨心跳加速。

"还是不要知道比较好。"

第十四章
冲破阻碍

戚骁白的状态不对。

自从在体育馆接到了那通很长的电话后，他变得更加沉默了，每天自暴自弃式地训练，练到教练员拉着顾长平一起求他休息。

叶一鸣愣是没问出那通电话到底说了些什么，只能眼看着他日复一日地消沉。

屋漏偏逢连夜雨，戚骁白的老东家西索车队在前不久举办记者会，其中有个中国记者问西索为什么不与戚骁白续约，西索高层直说："戚觉得自己的状态不好，主动要求不续约的。"

这是很平常的一句话，在整场采访里被轻描淡写地带过，偏偏被国内的一些"有心人"单独拎了出来，他们在网上大放厥词，质问戚骁白明知自己状态不好还要加盟飞兔，难道是为了祸害国内的车坛吗？

戚骁白本就是自带流量的车手，很快，这些消息就在各大骑行平台里讨论得沸沸扬扬。

有人欺负，就有人护，外面吵得血雨腥风，唯有戚骁白这个当事人，仍旧蜗居在基地里，全然一个冷漠的训练机器。

又是一天加训到夜晚，戚骁白独自在灯火通明的训练馆里骑车，骑行台的垫子上被汗水濡湿了一大片。

即便大腿肌群已经在哀号，他也没有要停下的意思。

夏缨站在训练馆门口，安静地看了一会儿，才用指节敲了敲门。

戚骁白停下双腿，缓了缓，慢慢从车上下来。

他抓起挂在旁边的毛巾，搭在头上随便擦了擦，极短的头发被蹂躏得参差不齐，却不显得乱。

夏缨打量着他的短发，然后目光下移，看到他脸上像淋过水一样流下的汗。

"我听叶一鸣说，你今天已经训练超过十二个小时了。"

"是吗？"戚骁白语气平静，"我没注意时间。"

"晚上吃多了，我想散会儿步。"夏缨试探着邀请他，"可以陪我一起吗？"

"好。"戚骁白应下，"我先去洗把脸，你等我一下。"

训练馆旁边就有水龙头，他飞快地冲了下脸和头发，拿毛巾粗略地擦了擦，发梢上还挂着晶莹剔透的水珠，流到肩膀上。

夏缨忽然伸出手："我帮你擦吧。"

戚骁白顿了一下，顺从地把毛巾交给她，然后弯下腿和腰，两只手分别撑在膝盖上，让自己变矮一点，方便夏缨够到他的头。

夏缨动作很轻，耐心地帮他擦拭着头发上的水珠。

整个过程中，两个人都没说话，她却能感觉到戚骁白身上的戾气渐渐收敛。

等到头发擦完，戚骁白好像已经恢复成原先的模样，眉眼都舒展开了，看起来像是个温顺的大型犬科动物。

夏缨心里忽然冒出两个字：顺毛。

她咬着嘴唇偷偷笑了一下。

他们出了基地，沿着沿海公路慢慢往下走。

夜晚的海面虽然黑沉沉的，但海风很温柔，伴随着波浪舔舐海岸线的声音，旖旎得像一场梦。

"我喜欢飞兔。"夏缨指着一卷卷拍在公路下面的水浪，没来由地说，"每次看到这样的场景，我都觉得，在飞兔工作的每一天都像是度假。"

戚骁白侧头，一眼看到她被风吹起来的头发。

他静静看了一会儿，才将目光挪到远处。

一轮月牙高高悬挂在天上，在海面上映出一个模糊的倒影。

戚骁白回答："是不错。"

"以前我在ACK，老板很有钱，基地直接建在市中心，虽然生活方便，但有时候真的太吵闹了。"

"西索也差不多。"

"我记得你们西索的经理，是一个肚子很大的白人对吧？以前比赛的时候好像见过。"

"哪次比赛？我在吗？"

"前年的环青海湖。"夏缨笑了一声，"那次你好像也去了，但是我没见到，因为我假期余额不足，看完开幕赛就走了。"

戚骁白有点惋惜："要是当时就认识你该多好。"

"没事，现在认识也不晚。"夏缨乐观地说。

戚骁白没有回答，两只手插进裤兜，垂眸看着笔直的公路，不知道在想什么。

夏缨清了清嗓子："其实今天叫你出来散步，就是想跟你说，你要是有什么困难，不要自己一个人憋着，过度训练对身体会造成负担。你可以跟我倾诉，也可以对着海面发泄。"

"那通电话是从国外打来的。"戚骁白突然开口，没给夏缨丝毫准备的时间，直接向她敞开心扉，"你之前想看的那个太阳神玩偶，是我的一个粉丝送的，她年纪不大，是个十五六岁的欧洲姑娘，身体不好，一直疾病缠身。"

夏缨竖起耳朵听着。

"她经常来看我的比赛，总是为我加油，对我寄予了厚望，总是说我应该拿冠军，除了第一的成绩以外，其他的都配不上我。"戚骁白的语调平稳，目光也很平静，"去年，在某次比赛前，她送了我那个太阳神玩偶，并告诉我，她把自己所有的好运都给了我，希望我能拿第一。但是那一场比赛，我失误了，不仅没有拿到一个好名次，还差点没能完成整个比赛。她很失望，我从没在她脸上见过那样的表情，她开始激烈地讽刺我。"

戚骁白顿了顿，眯起眼睛回忆："其实也不奇怪，虽然我跟她不熟，但她的性格直接而疯狂，在粉丝里都赫赫有名。她崇拜你的时候，可以把你捧上神坛；她失望的时候，也可以把你按进泥泞，每次比赛都重复着这样的步骤。"

"这不就是脱粉后回踩嘛……"夏缨一针见血地说，"但每次都这样，还不如直接脱粉，互不相见。"

"是，大概可以这么理解，但重点不在这里。"至此，戚骁白终于叹了口气，眼中露出抑郁之色，"那次比赛之后，我一直在思考，自己究竟是为什么而骑车。是为了满足自己想要骑车的欲望，还是为了达到粉丝的期待？我还没想明白，就听工作人员说，她的病情恶化了。"

"然后呢？"

戚骁白说："她不能离开病床，也不能再到现场看比赛，我关闭了国外的社交账号，禁止粉丝留言，也等于切断了跟她之间的联系。过去一年，我因为找不到那个问题的答案而状态不佳，成绩也不能让自己满意，后来就转会回了国，遇到了你们。"

夏缨问："前几天，那通电话是她打来的？"

"不是。"戚骁白忽然停下脚步，看着海面上那轮沉静的弯月，黑色的眸子比海水还要漆黑。

不知停顿了多久，夏缨才听到他说："电话是过去的同事打来的，告诉我，她去世了。"

夏缨愣在一旁，惊诧地看着他，连呼吸都安静了，耳边只剩下海浪的声音。心里像是堵了一块石头，半天说不上话来。

戚骁白解开骑行服的拉链，露出里面的黑色排汗衫，撑着公路的护栏，让风把衣角吹得飘扬。此时此刻，他整个人好像都被吸进了无边的夜色里，跟黑暗融为一体。

夏缨踌躇片刻，伸手拽了拽他的袖子："戚骁白……"

戚骁白回过头，似乎不忍心拉她一起沉沦，眼中亮出一点点光。

"不用担心我。"他轻松地说，"我只是很意外，也有点惋惜。虽然她那一类粉丝对我造成了不小的困扰，但到底是曾经支持过我的人，没能在她走之前取得最好的成绩，我有一些自责。"

夏缨问："她走之前，是有什么话想向你转达，所以让前同事通知你的吗？"

"也不是，前同事只是觉得，告诉我一声比较好。"戚骁白淡淡笑道，"况且，人在死前心里想着的都是最爱的亲人，哪会记得曾经追过的星。"

夏缨的心脏被狠狠剜了一下。

"你现在不擅长跟粉丝交流，也不知道怎么回应别人的善意，都是因为这些事？"

"可以这么说。"

夏缨接着说："夏冲也是你的粉丝，可我觉得，你对他挺好的。"

"因为夏冲不一样，他是你的弟弟，我从未把他当成粉丝来看。"戚骁白温柔地拍了下夏缨的发顶，"走吧，回去休息了。"

他俩沿着公路返回基地。

路上，夏缨始终在思考。体育明星是给人带去正能量的，他们跟粉丝之间的关系跟娱乐圈不太一样。

运动员为谁而奋斗？为自己，为国家，为家人，还是……为粉丝？

或许对那个女孩来说，只是生命里短暂地追逐过一个体育明星，但她永远都不会知道，过于偏激的方式其实会让运动员深陷压力的桎梏。

等走到了寝室楼下，夏缨才整理好思绪，对戚骁白说："我没有当过运动员，也没有被那么多人喜欢和追捧过，其实我不知道该怎么安慰你。"

"没关系。"

"但我知道很重要的一点，你并没有做错什么。她的离开让我们感到悲痛，但这种悲痛，不是把你锁住的理由。"夏缨抬起清澈的眼睛，认真地看着他，竖起小指，"来，我们拉个钩。"

戚骁白看着她细细的小指头，笑了。

"上次有人跟我说，她小学时就不拉钩了。"

"我返老还童不行吗？"

"行。"戚骁白的手指勾了上来。

"我们说好了，从明天开始，你恢复正常的训练方式，不要再那样苛责和惩罚自己了，未来还有很长的路要走，你也会找到自己心里的答案。"

"好。"戚骁白颔首。

刚答应完，夏缨忽然上前一步，抱住了他。

戚骁白措手不及，只觉得一阵淡淡的香味扑鼻而来，大脑一瞬间空白。

还没来得及感受这个怀抱的温暖，夏缨就松开了手，低着头，像兔子一样飞快地跑进寝室里。

戚骁白愣怔地站在原地，半天后才舒展了眉头，转身离开。

夏缨心跳得很快，脸上很烫，不敢直接进宿舍接受方清如的审视，干脆在走廊上站了一会儿，吹吹风。

冷静下来后，她才反应过来，今天叫戚骁白出去，本来是要说"我愿意接受你"这件事的，但最后一紧张，居然忘记了……

夏缨抱着头，懊恼地蹲在地上，明明做了好几天的思想工作，好不容易在今天鼓足了勇气，却被对方一个悲伤的故事打断，彻底跑到了九霄云外！

难道现在打个电话告诉他吗？但是今晚这个沉重的话题过后，好像已经没有告白的气氛了……

所谓一鼓作气，再而衰，三而竭。一旦错失了机会，夏缨觉得自己就是颗泄了气的皮球，什么都说不出来。

下次吧，等下次做好了准备，一定要大声地告诉他。

夏缨回到寝室，洗漱完毕后躺在床上，漫不经心地刷着朋友圈。

刘亚歌走时，她本着难免赛场再见的原则，没有删对方的好友，现在刚好刷到他一个小时前发的合影。

照片中的另一个人非常眼熟，好像在哪里见过。

想起来了，她跟戚骁白去市中心约会的那天晚上，就是这个人，好像叫薛帆，跑来问她那些令人感到不快的问题。

没想到他跟刘亚歌是认识的。

夏缨没有把这件事情放在心上，很快就将合影滑了过去。

几天之后，舆论的风向逐渐转变了。

有个帖子悄无声息地出现在论坛里，引起了大家的关注。

发布者是新建账号，无名称头像，自称有朋友在飞兔效力，亲眼所见戚骁白是如何在对内嚣张跋扈，且不将队友们放在眼里的。

虽然除了戚骁白其余都是匿名，但里面提到了很多小细节，确实能跟飞兔基地对得上号。

再加上撰写者言之凿凿，语气笃定，十分具有煽动性，让原本对这个帖子不屑一顾的人看完后都陷入怀疑和纠结。

这是全新的一枚炸弹，就连戚骁白的粉丝也开始人心动摇，替他说话的声音越来越小。

叶一鸣在这篇帖子里被内涵成了"帮凶"，即便没有点名，但谁都知道是他。

"真是有病。"叶一鸣心里窝火，"天天闲着就知道编排这些东西，看我们飞兔脾气好，不爱跟他们计较是吧？老子这回还就想计较了。"

谷成礼安抚他："你别冲动，我今晚打算发个微博帮戚骁白澄清一下，先探探风向。"

叶一鸣："有什么好探的？一群人自我高潮罢了，他们的爹爹我就没在怕的！"

谷成礼还是慎重："叶一鸣，你最近别乱说话，那个帖子一看就是熟悉我们的人写的，万一那人还在基地里，被他听到就不好了。"

叶一鸣摆摆手："听到个锤子，谷队，你还没看出来那是谁写的吗？"

"谁？"

"刘亚歌呗。除了已经退役的他，谁敢明目张胆地在顾经理眼皮子底下干这种事。"

谷成礼想了想，说："你说得有道理，但是，刘亚歌的文笔没有那么好，那一看就不是他能写出的东西。"

"找人代笔啊。"

谷成礼愣了一下："还有这种操作呢？"

他这种与外表不符的纯洁迷茫让叶一鸣干笑两声："算了，一看你从小到大都老实。"

叶一鸣继续帮谷成礼做康复训练，然后转头去看戚骁白。

这人还在骑行台上，专注地看着面前的小屏幕，好像一点都没听到他们的讨论似的。

前几天，戚骁白突然坦然地跟他们说起自己状态不好的原因，并表示要重新找回方向，他们还心疼唏嘘了一阵子，没想到这么短的时间内，又来了第二起。

"他也挺不容易的。"谷成礼叹道。

话音刚落，岑良忽然从外面跑了进来，一声不吭地把手机亮在他们面前。

"新手机啊？"叶一鸣百无聊赖地抬起头，却赫然停下了手里的动作，表情微妙。

"怎么了？"谷成礼也从垫子上坐起来，待看清图片后，嘴巴张成鸡蛋大小，脱口便问，"戚骁白，你跟夏缨已经在一起了？"

戚骁白闻言停了下来，拧着眉头看屏幕。

这是一张匆忙拍下的照片，是他们第一次约会的那天晚上，他拉着夏缨的手跑向地铁站的背影。

"没有。"他解释，"当时夏缨被人骚扰，我就把她拉了出来。"

戚骁白的目光忽然一顿，拿走岑良的手机仔细看了看。

这张照片是黑帖的作者发的，从拍摄视角来看，应该就是那天的那个年轻男人。

这篇帖子多半也是他写的，抑或是他代替某个人写的。

叶一鸣观察着他的神色，问："你打算怎么处理？"

戚骁白把手机还给岑良，说："清者自清。"

"不不不，老戚，你好像搞错了什么。运动员确实可以谈恋爱，也可以在队内谈，但是你不一样。"

谷成礼在一旁点了点头，表示赞同。

"你要想想，夏缨会面对什么。"

戚骁白垂下目光，沉默。

叶一鸣说得没错，因为他的女粉丝数量庞大，有些事可能会带来非常麻烦的后果。

他现在不是一个人，不能再像以前那样，以回避的态度去处理这件事。

戚骁白拿出自己的手机，难得上了一下社交账号，翻了翻评论。

果然，已经有很多粉丝将矛头对准夏缨，还有一些人质问他是不是忙着队内恋爱，耽误了比赛和训练。

戚骁白动了动手指，想发点什么澄清一下，但想想又觉得不对。

还是让夏缨先发声明比较好吧？他顺着她的话来说，才能给予对方最大的尊重。

戚骁白收起手机，转身走出训练馆，却跟顾长平迎面撞上。

"戚骁白。"顾长平焦急地问，"网上的帖子你看了吗？夏缨现在被拉下水了。"

"看到了，我正准备去找她。"

顾长平看了他一眼："你打算怎么处理？"

"她想怎么处理，就怎么处理，全听她的。"

顾长平对这个答案还算满意。

"夏缨今天休息，一大早就出去了，我大概知道她在哪儿，需要我带你一程吗？"

戚骁白没有犹豫，跟顾长平去了停车场。

等车子开出基地后，戚骁白才问："你今天这么闲，还能专程送我一趟？"

顾长平狐狸似的笑了下："不瞒你说，我当飞兔的经理好几年了，有些腻了，明后年我打算往上走走。"

嗯，要升迁，但这跟刚才的问题有什么关系呢？

顾长平接着说："从现在开始，我准备培养一个新经理，看来看去，当然是自家妹子最合适。"

"你要培养夏缨当经理？"戚骁白有些意外，"她的合同不是才一年？"

"是一年，但到期后我会尽力跟她续约，就算她不留在飞兔，以后去了别的地方，现在学习到的经验也可以帮助她从技师的岗位向上攀岩。"顾长平顿了顿，说，"像她爸爸那样，最好能一路走到联盟，他们老夏家都有这个天赋。"

戚骁白问："她知道吗？"

"我还没有跟她说，她现在也没想那么多。"

"所以，你最近有些事情就交给她来办了？"

"对，既然是要培养继任者，那口碑当然不能坏。"顾长平细长的眼睛看了他一下，目光锐利，"你说对吧？"

戚骁白沉默了一下，说："我喜欢她。"

"看出来了。"

"我在追她，很认真的。如果外界舆论要对她造成伤害，我愿意一个人承担责任。"

"倒也不必这样。"顾长平平稳开车，"一个是我妹妹，虽然没有血缘，但这么多年也跟亲人一样，一个是我亲手选出来的主将，你们两个身上都肩负着飞兔的未来，明白吗？"

戚骁白没有回答，看着他。

"你们两个去商量解决方法，但一定要记得，你们背后还有车队撑腰，如果需要的话，车队现在就可以帮你清理掉那些帖子和议论。"

"知道了。"戚骁白看向窗外。

就在这时候，手机振动，戚骁白看到屏幕上闪烁的"夏缨"的名字，迅速接了起来。

他听了两秒，表情立刻变了，攥着电话的手指发紧："我马上过去！"

顾长平察觉气氛不对，问："怎么了？"

"去医院。"戚骁白脸色发青，"夏缨出车祸了。"

顾长平愣了一下，根本来不及多想，立刻掉转车头开去医院的方向。

一到主干道就发现这里堵车了，两个人坐在车里干着急。

戚骁白探头望了眼，前方马路上是一条令人绝望的长长车龙。

"这得等到什么时候？有没有其他路可以走？"

"没有了。"顾长平也很急，"只有这条路能到医院……"

时间一分一秒地过去，发给夏缨的微信不回，电话也不接。戚骁白眉头紧锁，指甲快要掐进掌心里，从来没有这么急躁过。

"就没有其他方法了吗？"

顾长平忽然灵光一闪："等等，我后备厢里好像有辆车。"

戚骁白猛地转头："什么车？"

"公路车……"

不等他说完，戚骁白立刻下了车，打开后备厢，把那辆许久不骑的车取了出来。

顾长平目光一凛："你要骑过去？"

"这是目前最快的方法。"他已经开始调节坐垫的高度。

顾长平额上冒出薄汗："这不是赛道，这是真正的公路！还有那么多车和行人……"

戚骁白果断地截下话头："我知道。"

他目光坚定地看着顾长平，令对方心头一颤。

顾长平知道，他无法阻止戚骁白做决定。

"沿着这条路往前，第二个路口右拐，然后一直向前，全长预计五公里。"顾长平郑重地说，"你去吧，其他的交给我。"

戚骁白跨上车的一刹那，仿佛感觉到了背后猛烈吹来的风。

这不是他的车，不是他熟悉的脚蹬和把手，前方也不是带有比赛性质的赛道，却让他产生了前所未有的决心。

随着戚骁白膝盖关节的弯曲与伸展，他像一道闪电，利落地穿过停滞的车流，"嗖"地一下就冲到了前面。

烦躁等待通车的司机突然被这道灵活的身影抓住眼球，目瞪口呆地看着他以堪比机动车的速度破风前进。

戚骁白摒弃了所有杂音，注意力在此刻高度集中，无论是顺风还是逆风都不重要了，亦不需要战术，他唯一的目标就是五公里之外的医院——他喜欢的姑娘在那儿等着他。

而他要做的，就是披荆斩棘，征服这条道路，以最快的时间，出现在她面前。

"有一点骨折。"医生看着夏缨的片子，说，"问题不大，来得很及时。"

夏缨松了一口气。

似乎怕旁边的短发女人太紧张，夏缨轻松地冲她笑笑，说："放心吧，医生都说没事，你有事就先去忙吧。"

短发女人表情懊恼，站在她旁边，半步不肯离开："等你朋友来了，我再走。"

今天天气很好，如果不是这场轻微的擦碰，应该是完美的一天。

早上，夏缨打算去市里帮夏冲买套真题考卷。

因为她对近海市不太熟，头天晚上就麻烦顾长平给她发送了书店的位置，今天只要对着地图找就行了。

路标错综复杂，夏缨有些绕晕了。

书店还没找到，飞兔女生专属的群里冒出了连环消息。

几个女队员在群里艾特夏缨，想八卦她和戚骁白的事。

夏缨站在街边，顺着群里的截图了解事情的经过。

紧接着，她登录社交账号，发现自己已经被一些激动的粉丝问候过了。

夏缨翻了个白眼，看着私信里乱七八糟的话语，心里算计着怎么不带脏字地回复比较好。

因为注意力都在屏幕上，夏缨没有注意到附近正在拐弯的车辆。当她突然出现在小路口时，司机刹车不及，就这样撞在了一起。

夏缨感觉一阵痛，下意识"嘶"了一声。

好在车开得很慢，夏缨走路的速度也慢，只是腿上有伤，人没什么大碍。

车里的司机是个短发的中年女人，她急急忙忙跑出来，自责又懊恼地看她的伤口："小姑娘，你怎么样？"

夏缨握着小腿，说："可能骨折了。"

"啊？"女人瞪大眼睛，脸色煞白，"那怎么办？我现在送你去医院，还是叫交警过来？"

运气不算太差，肇事司机是个有良知的人，并没打算抛下她不管。

夏缨想了想说："您直接送我去医院吧。"

"好好好，我送你去医院！你放心，我肯定会负责到底的，你别怕啊！"

夏缨哭笑不得，感觉这位大姐比她还紧张。

去医院的路上，夏缨得知她姓杨，不是本地人，但嫁过来已经十来年了。

路上，杨阿姨接了几通电话，语气着急，似乎还有要紧事等着她，但她始终没有要把夏缨抛弃的意思。

直到进了医院挂完号，杨阿姨才说："小姑娘，你可不可以打电话叫你的朋友来照顾你一下？我有点急事，我儿子跟人打架了，老师还在学校等着我，实在不好意思，我不能陪你太久……"

她眼神很真诚，看得出来是真的愧疚。

其实夏缨觉得无所谓，直接掏出手机，翻了下通讯录。

她没多想，立刻拨给戚骁白。

杨阿姨是个好人，虽说要走，但始终怕她一个小姑娘在这儿不方便，非要等到她朋友来换班，才肯离开。

夏缨心里计算了一下，戚骁白从基地到这儿，怎么也得四十分钟。

然而石膏刚打完，他就出现了，怀里抱着公路车的头盔，头上都是汗，焦急地在医院里到处找人。

夏缨在病房门口看到他，立刻伸长了手臂："戚骁白，我在这儿。"

戚骁白目光一沉，快速拨开人群走过来，反反复复打量她的身体。

夏缨主动冲他挥了挥爪子，说："我没事，就是腿有点骨折，已经固定好了。我感觉还没有谷成礼上次摔得厉害呢。"

戚骁白蹙起的眉头这才微微舒展，轻轻摸了下石膏外面的纱布，问："疼吗？"

夏缨笑："不疼！"

站在一旁的杨阿姨看了半天，终于忍不住问："是……风风吗？"

戚骁白侧过头，神情滞了一下："小姨。"

"真的是风风啊！我都没敢认！"

夏缨茫然地看了看他，又看了看杨阿姨："你们……是亲戚？"

"我妈妈的妹妹。"戚骁白说，"很早以前就到近海市来了，我以前见过的次数不多，所以刚才没认出来。"

杨阿姨很高兴："原来小姑娘的朋友就是你啊，那我就放心了，医药费那些我付过了，也给她留了电话号码，有什么事直接打我电话，我先去处理一下你表弟的事。"

戚骁白点头："好的，小姨您先走吧。"

杨阿姨一步三回头，笑眯眯地看着他们两个。

戚骁白顿时明白，今天晚上要接受来自家里的拷问和洗礼了。

夏缨憋笑了半天，等人走了，才小声地试探着叫了一下："风风？"

戚骁白浑身一僵。

"你别不说话，这是不是你的小名呀？"

"对。"戚骁白头疼地在她病床旁坐下，"但你别这么叫。"

"为什么？"

"听上去不帅。"

夏缨捂着肚子狂笑："哪里不帅？明明很帅啊，还有点可爱。风风，风风，小风风。"

戚骁白的笑容僵在脸上，问："你的小名叫什么？"

"我没有小名。"夏缨笑嘻嘻地说，"我们家两个孩子小时候都比同龄人矮，大家就叫我缨妹，叫夏冲是冲弟，就相当于小名了。"

戚骁白觉得自己血亏。

他板着脸问："今天怎么回事？怎么就跟车撞着了？"

"唉，没留神嘛……"夏缨不敢说是因为看那个帖子和照片，注意力被分散了。

戚骁白弯着食指，惩罚性地在她脑门上敲了三下："下次注意点。"

"我知道，一定不会再犯了！"夏缨吐了吐舌头，将话头一转，问他，"你怎么到得这么快？"

"我骑车过来的。"

夏缨愣了："公路车？"

"是的。我跟顾长平到这附近了，刚好接到你的电话，路上堵车，我就骑他后备厢里那辆车过来的。"戚骁白扯了下领口，不让衣服因为汗湿而贴在身上，"那辆车很久没被骑过了，很涩，不然我还能到得再快点。"

他的声音平缓低沉，全然不像是个刚在路上竞速飙车过的人。

夏缨抓到他话里的重点，追问："你们两个怎么会在这附近？"

戚骁白顿了片刻，坦率地说："我来找你。"

"哦？"夏缨挑眉微笑，眼里含着细碎的光，心照不宣地问，"找我干什么？"

戚骁白刚要回答，顾长平来了，进了病房直冲夏缨的腿道："怎么回事？"

"没什么大问题。"夏缨豪气地拍了下腿，"看，好着呢。"

顾长平哭笑不得，听完事故的经过后，义正词严地开始批评她。

戚骁白也不出声，安静地坐在一旁陪她挨训。

夏缨知道自己有错，听话地点着头，对顾长平的教育照单全收，最后，在他们二人的审视之下，做了个自我反省："看手机走路是不对的，我以后一定引以为戒，请组织监督我。"

顾长平这才放过她："晚上让你清如姐给你多做点好吃的。"

"好！"

"夏冲的习题册买到了吗？"

"还没有。"夏缨心虚地摸摸鼻子，"我都还没找到书店呢。"

顾长平看了他们一眼，会心地说："把要买的书名发给我，我现在去买。戚骁白，你在这儿好好看着她。"

顾长平离开了，病房里又只剩下他们两个人。

戚骁白洗了个苹果，慢条斯理地帮她削皮，指头干净细长。

夏缨看得心痒痒，直接问："你刚刚要跟我说什么？"

戚骁白没答。

夏缨以为他忘记了，提醒道："我问你为什么找我，你还没有回答。"

"你今天看了论坛里那则炒得很火的帖子吗？"戚骁白问。

夏缨怔了一下，如实道："看到了，应该是那个叫薛帆的人，对吧？他上传了我们俩的照片，大家现在都觉得，你是被谈恋爱耽误了，而我进飞兔也是别有用心。"

戚骁白手里的水果刀停滞了一下，垂着头，低声道："对不起，拖累你了。"

"你别跟我道歉呀，你也是受害者，该道歉的不是你。"

"你打算怎么处理？不能放任他们造谣。"

"是的。"夏缨点点头，"你说得很对，不能放任他们造谣。"

戚骁白扬起脸，窗外的阳光刚好打在夏缨的脸庞上，像是镀了一层绒边。她嘴角挂着笑，两个酒窝像蜜桃一样甜。

看到他抬头，夏缨立刻把笑容收了回去，佯装出严肃的神情："他们的言论里总共有两条不实传闻，首先是你——你之前半个赛季状态不好，跟恋爱没有任何关系，只是你自己没有走出禁锢，这是你的私人问题，我不干涉。"

顿了顿，她接着道："第二个，才是关于我，说我进飞兔别有用心，这是天大的笑话，但我不准备回应什么，这种等级的造谣，不值得我回应。"

戚骁白微愕："那就不管了？"

"管，当然要管。"

夏缨忽然坐直了身体，十指忐忑地绞动在一起，耳根发红："他们说我们俩在谈恋爱，我觉得吧……也不能让他们白说。"

"嗯？"

"既然说了，那干脆直接谈呗。"

戚骁白呼吸停滞。

"咳咳，你之前问我要的答案我已经有了。"夏缨红着脸，放低音量，不让旁边病床上的人听见，"戚骁白，我是喜欢你的。"

旁边床热络的氛围没有越过来，隔着一层帘子，他们这儿安静得像是另一个世界。

不知过了多久，才听到"啪"的一声，戚骁白手里刚削好的苹果，整个掉进了垃圾桶里。

他看都没看一眼，忽然向前倾身，轻轻在她唇上印下一个吻。

第十五章

为你自己

夏缨和戚骁白终于确认了恋爱关系。

一周后，夏缨出院回基地。

到现在，回想起告白那天的那个吻，夏缨仍旧觉得紧张到不行。

戚骁白吻得很突然，她依稀记得，屋子里很吵，风把帘子轻柔地吹了起来，能露出影影绰绰的人影。

她心跳得特别厉害，万一护士进来查房，万一隔壁病友把帘子拉开，万一顾长平忽然回来⋯⋯

就在这样紧张而混沌意识中，那个吻缠绵着结束。

为此，后面好几天，夏缨都不让戚骁白到医院来看她，导致还没感受到恋爱甜蜜的戚骁白迷茫地以为自己失恋了。

回基地这天，夏缨也没让他来。

夏缨在医院休养的这一周吃得好睡得好，精神抖擞，一点都不像受过伤的人，甚至看着比之前更白嫩了。

她跟方清如说说笑笑地下车，忽然抬头，就看到了站在寝室门前的戚骁白。

这人双手插兜，垂眸看地，虽然面无表情，但细长的眼睛里莫名藏着一点委屈的意味。

掐指一算，也有五六天没见了，夏缨心思一软，一蹦一蹦地跳到他面前。

戚骁白怕她摔着，伸手就要去接，夏缨抿嘴暗笑一下，假装自己站不稳，顺

195

理成章地把手交到了他的掌心。

虽然只是短暂地相握，但戚骁白的心情立刻好了很多。

"我帮你提行李上去。"他说。

"辛苦你啦。"夏缨用只有他们两人能感受到的力道，悄悄捏了下他的手，才松开。

戚骁白脚步微微一顿，嘴角忍不住勾起弧度。

女寝一般不让男生进，但今天是个例外，为了迎接夏缨回来，男队那边跟她比较熟的车手呼啦啦来了一大拨。

戚骁白和叶一鸣帮她把东西弄上二楼，谷成礼在宿舍煲了排骨汤端过来，顺便给她传授骨折后的康复方法，岑良也在网上买了一箱零食给她带了过来。

女队住得近，直接帮她把床单、被罩洗了，换了套新的。

今天是休息日，夏冲不上课，夏缨前脚到基地，他后脚就从学校赶了过来。

夏冲一来，立刻拉着她的手，脸色凝重地说："姐，过来一下，我跟你说点事。"

"什么事？"夏缨拄着拐杖，跟他站到空旷无人的走廊上。

夏冲看着外面，似乎在犹豫怎么开口，半晌后才道："姐，我最近看到网上有一些关于你的消息。"

"哦，那个啊。"夏缨知道瞒不住夏冲，宽慰道，"你不用担心，那些人都是吃饱了撑的，瞎脑补。"

夏冲扭了两下："姐，其实……"

他吸了吸鼻子，突然说："我真的好高兴啊！"

夏缨："嗯？"

"你跟戚神是真的吗？你们在一起了吗？我的天啊，我看到那张照片的时候别提有多震惊了，网上大家都不开心，但只有我好高兴。"

夏缨哭笑不得。

"姐你说话啊，快给我一个肯定的答复，不要惊醒我的美梦！"夏冲激动的神色溢于言表，正好这时候戚骁白从门口经过，他立刻憋住笑容，小狗一样的眼睛兴奋地看了过去。

夏缨勾了勾手指，叫戚骁白过来。

然后问夏冲："你平时怎么称呼他？"

"戚、戚神，戚哥……"夏冲颤巍巍道。

夏缨语气平稳："现在可以改了，叫姐夫。"

夏冲愣了两秒，然后爆发出掀翻屋顶的号叫。美梦成真，形容的就是现在这个时刻。

戚骁白适时地捂住他的嘴，夏冲的声音就变成了一串"嗯嗯嗯"。

"别叫那么大声。"夏缨用拐杖戳了戳他的腿,"知不知道'低调'两个字怎么写?回去好好复习一下。"

夏冲疯狂点头,戚骁白这才放开了他。

叶一鸣听到动静,从屋里探头出来:"你们三个人在干什么?鬼鬼祟祟的。"

夏缨扯了个谎:"让戚骁白督促我弟好好学习呢。"

"哦。"叶一鸣意味深长地看了一眼,"我还以为你们在开家庭会议。"

"咳咳。"夏缨扭头看戚骁白,小声问,"你告诉叶一鸣了?"

"没有。"戚骁白说,"但我每天给你发消息,他大概都知道。"

怪不得,叶一鸣刚才看他们的神情有几分羡慕。

夏冲终于缓过劲,想起了正事:"姐,你的腿好点了吗?"

"谢谢啊,你现在想起来我受伤了?"

夏冲挠头:"其实早就想问了,但是……"

"但是什么?"夏缨无情地打断并嘲讽,"你在乎你偶像的绯闻,胜过你亲姐的腿。"

夏冲:"我不是,我没有……"

因为女寝这边聚集的人太多了,楼下的楼管阿姨终于找了上来,一顿呵斥,把男队员都赶走了。

戚骁白最后也没得到跟夏缨独处的机会,跟着大部队悻悻离开。

他刚出女寝大门,叶一鸣就从后面跟上来,勾住他的脖子,阴恻恻问:"你是不是忘记了什么?"

戚骁白疑惑地看着他。

叶一鸣一脸哀怨:"曾经,有个人跟我说,谁先脱单谁是狗。"

戚骁白挑了下眉,好像是有这么回事,那就……

"汪?"

叶一鸣后悔没有打开录音。

夏缨回到基地后,很快就投入到日常工作中。

她每天拄着拐杖去仓库,跟之前一样凡事亲力亲为,一些腿脚不方便的工作再由同事代劳。

还有一个好消息。

虽然她和戚骁白两个当事人都没发声,但在飞兔发布公开声明后,网上黑他们的那些帖子很快就没热度了。

另有一家车队爆出资金链的问题,转移了网友们的注意力,相比之下,大家反倒认为成年车手谈个恋爱,又没犯法,有什么值得喷的?

总说戚骁白状态不好，但前不久的环近海市的比赛里人家还是拿了冠军。

总说飞兔那位女技师图谋不轨，但人家就有赛中十秒换胎的能力。

翻来覆去，似乎只有"戚骁白为人霸道嚣张，挤走了同队车手刘亚歌"这件事无法解释。

但比起来，还是去吃更新鲜的"瓜"比较好。

外界给的压力变小了，但夏缨并没有松懈，她时刻惦记着戚骁白的心结。

一天训练中，夏缨悄悄跑去赛道旁偷看男队练习。

让她有些意外，戚骁白比她想的要专注许多，精神状态也比之前要好。

他骑车时姿势端正，十分引人注目，夏缨站在树荫下，半天没有挪步。

直到中场休息，戚骁白从车上下来，推着车朝她的方向走来。

夏缨下意识想躲，转身踉跄了一步，没站稳，恰好被戚骁白扶着胳膊拽了回来。

"急什么？"刚运动过的沙哑嗓音在耳朵上方响起。

夏缨后背贴在他身上，感受到灼热的温度，不由得脸一红，挣开他的手往旁边站了站："你们休息了？"

"嗯。"戚骁白眼中带有一点玩味，"看了这么久，你也该休息了。"

"我没有，我才来的。"

"是吗？"

"是啊"还没说出口，夏缨突然警觉："难道你一开始就看到了？"

戚骁白没回答，只是伸出手，将她抱到车座椅上，让她不用一直站着。

车架高，夏缨一抬头就能碰到戚骁白的下巴。

"其实吧……"为了给自己找回点面子，她说，"我就是来监督你，看你有没有好好训练的。"

"嗯，好。"戚骁白顺从地问，"那你觉得我练得怎么样？"

"没有自暴自弃，也没有消极训练，值得鼓励。"

戚骁白抓住话头，问："怎么个鼓励法？"

夏缨愣了一下："还要实质性的奖励吗？"

戚骁白点头。

看到他的表情，夏缨明白了什么，纠结了一下："那我亲你一口？"

戚骁白笑意更深。

在她的脸靠过来之前，他伸手挡了一下："晚点吧，现在刚训练完，脸上都是汗。"

"哦。"夏缨立刻坐了回去，假装无事发生地望望天，内心竟然有一点失望。

"你刚刚说我训练状态还不错。"戚骁白主动聊起这个话题，"可能是因为我找到了一些方向。"

"嗯？什么方向？"

"去医院找你那天，我骑的五公里，是我这一年来最心无旁骛的一段路，不用想比赛结果，不用想对不对得起粉丝，只要专注地骑过去，就可以。"

他一手撑着把手，微微弯腰，与夏缨平视："事后回忆起来，我发现，最初骑车的时候，好像就是那样的感觉。"

夏缨不停地点头："这段时间，我一直在想，像你这样优秀的车手，不该为了粉丝骑车，不该为了这世界上任何一个其他人骑车，你就是为自己而骑，单纯地享受骑车的乐趣就好。"

戚骁白会心一笑："缨妹，你说的就是我的心声。"

夏缨有点不好意思："你都已经想明白了，我再说这些其实也没什么意义，你就做自己想做的事，走自己想走的路就好。"

她伸手，拍了拍车头："这是你的翅膀。"然后，拍了拍自己，"以后，我就是替你铸造翅膀的人，你尽管向前，不要犹豫，也不要回头。"

戚骁白眸光微敛，似乎发出一声深沉的叹息。

他什么话都没说，温柔地亲了下夏缨的手背，就当是回应。

集合的哨声响起，夏缨从他的车上下来，催他："你快回去训练吧。"

"好，晚上一起吃饭？"

"嗯，等你。"

话刚说完，夏缨忽然踮起完好的那只脚，拽着戚骁白的领口把他拉低一点，在他唇上飞快地回了一个吻。

她嘴唇娇软，像蝴蝶细密地扇动翅膀，带起微微酥麻的电流。

戚骁白垂着的眸子里掀起波浪。

他终是没忍住，搂着她的腰，将这个吻加深一步，完全覆了上去。

清甜的味道在唇齿间交缠，百炼钢都成了绕指柔。

自从恋爱以后，每天晚上，戚骁白都要在训练之余和夏缨语音聊会儿天。为了不影响其他人，他们尽可能地不说那些私密和肉麻的话。

可尽管如此，叶一鸣身上的怨妇气质依旧与日俱增。

这天，戚骁白照例跟夏缨开着语音，叶一鸣正跟秋一冉组队打游戏。

他下意识地叹了口气，被对方及时捕捉到了。

秋一冉问："你叹什么气？我有这么菜吗？"

她是挺菜的……但叶一鸣并不是因为这个而伤感。

"我们宿舍有人虐狗。"

秋一冉了然："难为你了。"

叶一鸣又一声哀叹，忽然注意到秋一冉的游戏账号是一串日期，就在半个月后。

他记得秋一冉是夏天的生日，但具体是哪个日子他没有问过，多半就是这个日期了。

这局游戏结束后，叶一鸣"噌"地跳下床，与戚骁白盘腿而坐，一副要讨论人生大事的样子。

"戚骁白，我想采访你一下，你平时会挑选什么礼物送给你的女朋友？"

戚骁白抬起头，奇怪地看着他："你问这个做什么？"

叶一鸣心虚地摸着鼻子："我就是问问，好奇嘛，想提前学习一下。"

戚骁白沉默了一瞬，垂眸看着手机屏幕："耳机、沙蟹酱，还有我抽奖得来的甜品盒子……"

叶一鸣皱眉："等等，那个沙蟹酱是什么？还有抽奖得来的甜品盒子又是什么？你这礼物怎么都是吃的，养猪吗？"

"叶一鸣，你骂谁呢？"夏缨的喊声透过耳机传了出来。

"我错了，夏女侠。"叶一鸣转移话题，继续问戚骁白，"我还有个问题啊，咱夏缨妹妹出院的时候，我们都送了礼物过去，你给她准备了什么？"

戚骁白忽然顿住，没有回答。他好像，什么都没准备。

看到戚骁白恍惚的神情，叶一鸣有点意外，随即产生了一种报复的快感："算了算了，看来你也是个不及格选手，问你也是白搭。"

他哼着歌蹦回床上，准备再开一局游戏。

戚骁白保持盘腿坐立的姿势，认真地思考了一会儿，才在电话里跟夏缨说："你都听到了？"

夏缨："嗯。"

戚骁白："你最近有什么想要的？"

"没有啊……"夏缨不甚在意地说，"你现在人都是我的了，不用在意这些细节啊，风风。"

戚骁白抽了抽唇角："你说得对，但别叫风风行吗？"

"不行，我觉得可爱。"

挂了语音通话后，戚骁白一直在琢磨。

虽然夏缨表示无所谓，但他认为，自己作为男朋友，应该有所表示。

他难得地登录上微博，想从她近期的微博里找到类似心愿单的东西。

但没想到，前两条都跟别的男人有关。

夏缨转发了某个男明星后援会的抽奖，说："我想一夜暴富，最好是突然有很多钱自己出现在我卡上的那种，我就可以肆无忌惮地去演唱会，为哥哥花钱了！"

随后，又转发了男明星的照片，激动地在微博里打了一排"啊啊啊"，并表白："哥哥是什么人间绝色！撩我！"

戚骁白顿时手机都拿不稳了，神色有些忧郁。他放大照片来回看，愣是没看出哪里绝色。

他黑着脸把照片拿给叶一鸣看，强行质问："我和他，哪个帅？"

"这不是最近很火的那个男明星吗？"叶一鸣很懂，"他最近人气超级旺，好多女孩都喜欢他，我朋友圈里刷下来一半都是他的照片和表情包。"

戚骁白有些不耐烦地重复："我是问你，谁帅？"

"啊？"叶一鸣迷茫地抬起眼，不明白他整这出是什么意思，但看到这位老哥黑黝黝的脸，果断一拍大腿说，"当然是你帅！你当年要是出道，肯定比他火多了。"

戚骁白默默收回手机，没有说话，脸色也没有好转。

叶一鸣乐了，有生之年居然能看到戚骁白吃醋。

他快乐地给秋一冉发微信："老戚好像翻车了，正在吃某男明星的醋。"

秋一冉："这可能，就是虐狗的反噬吧。"

叶一鸣："哈哈哈哈，老天都看不惯他，出手帮我了！"

秋一冉："没出息。"

她一直在输入中，但过了很久，才又发来一条："你不能总指望上天出手帮你，你得从源头上解决自己的问题。"

叶一鸣没看懂，直问："什么意思？"

秋一冉却没再回复。

第二天是休息日，戚骁白拉着夏缨去了个地方。

近海市最边缘，一个夏缨在地图上都不曾搜到过的地方，居然有一幢孤零零的私人别墅。

从外面看，这方圆一两公里都人烟稀少，但从别墅的侧门一进去，仿佛直接进入了另一个世界。

屋子里人很多，音乐声震耳欲聋，形形色色的人来回穿梭，还有夸张的喊叫声，俨然就是个开在白天的酒吧。

夏缨拽着戚骁白的衣袖，小声问："为什么带我来这里？"

戚骁白把她的手抓紧，十指扣在一起。

他没有回答这个问题，只是说："跟紧我。"

他敛起周身的气场，低调地穿过人群，走向大厅最后，那里有几个身穿黑色西服的工作人员。

戚骁白跟他们说了几句话，夏缨就看到工作人员在电脑里飞快地记录着什么。

随后，戚骁白又带夏缨去了人最多的地方，问她："你现在身上有多少现金？"

夏缨翻了翻钱包，只找到一张一百的。

"足够了。"戚骁白从自己口袋里也拿出一百，"这样我们两人总共有两百。"

什么意思？夏缨眨眨眼，他要买酒？

还没待她弄清楚情况，就听到室内响起广播："七号选手戚风完成比赛报名，现在可以给这位选手下注了。"

夏缨瞪大眼睛："戚风……是你吗？"

"对。"戚骁白竖起食指，轻轻"嘘"了一声，"在这里，我们都要用假名。"

夏缨再度环视四周，终于有了点眉目。

"这是一个地下赛场。"戚骁白的声音在她耳边徐徐响起，"老板就是这栋别墅的主人，他很喜欢自行车竞赛，但又讨厌正规比赛的繁杂流程，干脆效仿地下拳击弄了这个，把野路子车手聚在一起比赛，开赌盘挣钱。"

怪不得，这里好多人身强力壮，看着是运动员的料子，但身上又流里流气。

夏缨挽住戚骁白的手臂，有点担心："你要在这里参加比赛？万一被发现了……"

"放心吧。"戚骁白安慰她，"摘掉护目镜和头盔，他们都不认识我。"

"可是。"夏缨咬咬唇，小声说，"这样的比赛不公平，很多人都吃违禁药品。"

毕竟这里可没有反兴奋剂检查。

"没事的，缨妹，既然我敢来，就有把握赢。"

夏缨仍旧踌躇："戚骁白，你为什么要来参加这个？"

戚骁白眼角弯着，靠在她耳朵旁说："因为要让你一夜暴富。"

夏缨怔住了。

戚骁白转身，把两百块放在桌子上。

"押谁？"

"七号，戚风。"

旁边聚集的人正要发笑，就听到他一字一顿地补充："一赔七。"

安静了一瞬，所有人心里冒出一个念头，这人疯了。

"戚风"是个名不见经传的车手，在今天以前，没人听过这个名字，因此也没人愿意在他身上下注。

但这个人，居然在今天这个强手如云的局势下一赔七，不是人傻钱多就是疯子。

戚骁白没有理会他们的目光，下完注就牵着夏缨去了屋外。

这幢别墅后面，隐藏着一个巨大的环形赛场。此时已经有很多人聚在这里，气氛热烈得像是一个盛大的露天聚会。

比赛将在二十分钟后开始。

所有车手骑的都是老板统一提供的车辆，戚骁白今天穿的是私人骑行服，戴上头盔和眼镜，根本看不出他就是飞兔的主将。

夏缨在观众席坐好。

她穿得干净朴素，跟这个场合格格不入，旁边的吊带热裤美女忍不住打量了她好几眼。

参赛车手在起始点就位，夏缨望过去，看到戚骁白漫不经心地垂着头，一点存在感都没有。

在现场高昂热烈的欢呼声中，计时赛正式开始。

吊带热裤美女立刻从座位上站起来，高声呼喊"龙哥"，夏缨猜测，可能就是本场最可能夺冠的那位选手。

夏缨顺着她的视线望过去，用职业化的目光反复打量。

这些野路子车手一般没有经过车队的系统训练，或是职业车手退役跑来这里挣钱，虽然身体肌肉发达，但看起来并不均衡。

只一眼，夏缨就看出了他的问题，不由自主地说："大腿发力不够。"

"啊？"难为在这么嘈杂的环境下，旁边的美女还能听见，转头问她，"你说谁，龙哥吗？怎么可能，他是这里的常胜将军！"

夏缨讪笑："我就是随便说说。"

"你脸生，一看就是新来的吧。"美女自来熟地跟她攀谈，"我跟你说，现在赛场上有七个车手，但你只要关注前六个就行了，他们都是这里的老手，也都很有实力。尤其是龙哥，常年卫冕第一。"

"哦……"

"至于最后那个，听说是开赛前临时报名的新车手，估计要被他们几个摁在地上摩擦了。"美女啧了啧，"这些人也真是的，对待新人应该友善一点啊，上来就这么凶，会吓到他的吧？"

是吗？

夏缨没说话，安静地看着。

"哎，我还没问呢，你押了谁啊，赔率多少？"

"就最后那个。"夏缨淡淡道，"一赔七。"

计时赛需要绕场十圈，一共只有二十公里，对戚骁白这样的职业车手来说，不需要过多考虑脚力分配。

五圈过后，七人阵型开始发生变化，戚骁白似乎觉得是时候，突然加快踩踏频速，冲到了最前面。

现场观众立刻发出惊呼，开始议论这个新人是谁。

大家只记得，他的名字像块蛋糕。

夏缨隐隐被周围的环境调动，也从座位上站了起来，紧盯着戚骁白霓虹一般发射的身影。

这场比赛对他来说很轻松。

万众瞩目的龙哥精神亢奋，几乎拼尽全力，却始终与他落后一个身位的距离。

为了不太引人注目，戚骁白对自己的脚力稍加控制，确保不会拉开太多，但又不会被对方反超。

最后一圈冲刺时，两个人都铆足了劲。

观众从未在这个赛场里看过这么快的竞速，尤其是那个叫戚风的选手，骑行时姿态干净利落，甚至可以说，是他们这个野蛮的土地上难得一见的漂亮，就像一支箭矢，一路破风，发着光向终点冲去。

尖叫欢呼声几乎要掀翻苍穹。

最终，七号车手戚风以一个身位领先的优势，第一个冲过终点，惊破所有人的眼球。

戚骁白下了车，转动下巴，朝着夏缨的方向微微挑起嘴角，即便隔着镜片，也能看到他眼尾的昳丽。

"啊啊啊啊啊，好帅！"仅仅二十公里，旁边的美女已经移情别恋了，"这个戚风蛋糕到底是什么来头？三分钟，我要他的全部资料！"

夏缨扶着栏杆，慢吞吞地走下观众席，戚骁白扔了车，立刻过来搀她。

众目睽睽之下，戚骁白在她酒窝上亲了一口，低声问："我表现不错吧？"

"这还用问吗，我男朋友超棒的！"夏缨笑弯了眼睛，双手捂着胸口，"太帅了，我现在心跳得超级快。"

"那就行。"戚骁白松了口气，"我来参赛的第二个目的算是达成了。"

"啊？"夏缨疑惑，"什么第二个目的？"

戚骁白捏了捏她的脸蛋，说："撩一下我的女朋友，省得被别的男人撩走了。"

夏缨的皮肤很嫩，被他一捏立刻就出现一个淡红的指印，惹得戚骁白又怜惜地揉了几下。

"我不会被别人撩走的。"夏缨还没有想起什么，一本正经地为自己正名，"虽然我以前没有谈过恋爱，但既然决定跟你在一起，我就是很认真的。"

"我知道，这个一会儿再说。"戚骁白懒洋洋地笑，牵起她的手，"我们现在得走了，我可能要暴露了。"

要始终控制不多不少的差距，其实比一味地冲刺还要困难，现场肯定有对公路车颇有研究的观众，一眼就能看出深浅，估计已经在现役职业车手里猜他的身份了。

更何况，他登记的名字姓"戚"，国内戚姓的顶尖车手只有一个。

夏缨给主办方留下了银行卡信息，然后二人火速离开了这里。

直到搭上了车，戚骁白才摘下护目镜，开始擦拭眼周的汗珠。

夏缨还在为他刚才的话微微置气，嘟囔着问："你就这么不信任我吗？"

她似乎完全忘记自己发过什么样的微博了。

戚骁白忍着笑，答非所问："拿到钱准备干什么？"

"还没想好。"

"不去看演唱会吗？"戚骁白风轻云淡地问，"不要为别的哥哥花钱吗？"

夏缨当即呆住，他说的这些话怎么这么熟悉呢……

很快，她想起来了。

"你……"一口气差点没提上来，夏缨忐忑地问，"你看我的微博了？"

"不能看吗？"

"当然不是……我，那个……"夏缨想起自己在微博上放飞自我的举动，立刻羞红了脸，"我不是那个意思。戚骁白，追星跟喜欢男朋友是两种不同的情绪，我虽然跟他们表白，但网络一关其实我也不认识他们……"

"嗯，我知道。"戚骁白坦然地说，"我也就是有一点点吃醋而已，但我不会把这个情绪迁怒到你身上，因为我知道，我和他们是不一样的。"

夏缨咬着唇，戚骁白真的是她见过的最理智也最坦率的车手了。

戚骁白低头玩着手机，不一会儿，夏缨微信里弹出新消息，收到了对方的转账。

"这是做什么？"夏缨问。

"我上次比赛的奖金，跟你分。加上今天赢来的钱，应该够买很多场演唱会的门票了吧？"

"我自己可以买的啦……"

"买两张。"戚骁白眼尾挑起一个非常好看的弧度，温柔得像是揉碎了太阳光，"以后我陪你去。"

夏缨"啊"了一声："你不介意吗？"

"了解一下女朋友喜欢什么，然后陪着她一起喜欢。"戚骁白微微颔首，"我觉得也挺有意思的。"

夏缨感动得快哭了。

顾不上司机在前面，她一秒扑进戚骁白怀里，蹭了蹭："我们风风最好了！"

满腔柔情碎了一地，他亲爱的女朋友什么时候能忘记这个名字啊？

当天晚上，夏缨又发微博了。

她贴了一张戚风蛋糕的图片，说："人间绝色算什么，这是我心目中的宇宙绝色。"

夏缨和戚骁白谈恋爱这事，很快就尽人皆知，包括盛婷。

本来，盛婷远在临湖，除非天天挂在骑行论坛里，否则是不可能知道这事的，都是夏冲的功劳。

某次学校布置写作文，题目是《特别的人》，这小子大笔一挥，写了他姐。

他声情并茂地用小学生作文体写下："我姐姐是个很厉害的女性，她不仅给车队提供了强大的后勤保障技术，还将我的偶像变成了我的姐夫……"

这篇作文拉了夏冲全科后腿，盛婷被老师从临湖请到了学校，自然就"拜读"了他这篇"大作"。

从学校里出来时，夏冲根本不敢吱声，生怕说错一个字就要被盛婷揪耳朵。

谁知道，盛婷也一路沉默着。

许久后，她开口，问的却是毫不相干的问题："你姐谈恋爱了？"

"对。"

"和那个，你的偶像戚骁白？"

"是的！"夏冲抬起头，刚准备多说几句，看到盛婷复杂的脸色，立刻又做乖巧小鸡崽状。

但盛婷现在根本没心思管他，忍不住又问一遍："她真的跟戚骁白谈恋爱了？"

"真的啊，不信您自个儿去问她。"夏冲小心翼翼地看了眼她，"妈，我姐都二十三岁的人了，谈恋爱也没什么吧？"

"是没什么。"

盛婷无法形容自己现在的心情，既高兴又担忧。

她之前一直期盼夏缨可以谈个靠谱的男朋友，就此留在国内，但没想到，兜兜转转找到的还是个搞公路车的，仿佛他们一家子注定离不开这个项目似的。

盛婷一声叹息，不知道该说什么好，这可能就是命运吧。

夏冲期末考结束后，在家住了半个月，就来到飞兔基地投入训练。

夏缨的腿在逐渐好转中，虽然还不能跑跳，但是已经可以自己扶着墙行走了。

国外的大环赛最近拉开了序幕，每天训练结束后，大家都在宿舍里一边吃西瓜一边看比赛视频。

这天晚上，夏缨正在看转播，宿舍突然断电，一片漆黑，视频无法继续加载。

方清如跑到窗户边张望了一下，说："好像是设备故障，男寝也黑了。"

夏缨意犹未尽地合上笔记本，看到群里已经讨论开了。

秋一冉艾特了住在女寝的全员，说："要不要到我宿舍集合？我用手机开热点，放视频大家一起看。"

女队员们纷纷响应。

秋一冉宿舍里很快就挤满了人，夏缨坐在窗户口，因为四周都没有灯光，一抬头便能看见弯弯的月亮，有种小时候在广场上看露天电影的感觉。

视频播放了一阵子，忽然听到窗外传来有节奏的敲打声。

叶一鸣撑着窗檐，笑嘻嘻地看着她们："让我们也参与呗。"

夏缨以为自己眼花了："这是二楼！"

"二楼怎么了？还能难倒我们？"

秋一冉一点也不意外，打开窗户，跟夏缨说："咱们二楼其实不高，就他们的身体素质，爬上来轻轻松松，所以我之前一直跟你说，晚上睡觉要锁好窗户。"

叶一鸣翻进来后，谷成礼、夏冲、岑良都来了，最后一个是戚骁白，他落地后直接在夏缨旁边坐下。

本来就拥挤的寝室一下子人满为患，连落脚的地方都没有了，再加上停电，空调罢工，一屋子人只能勉强扇扇子。

有些女孩受不了这么热，提前离开了。

秋一冉嫌弃地看着占地面积很大的男生们："你们就不能自己开个热点吗？非要来蹭我们的。"

"这不是停电了吗，怕姐姐们害怕，过来保护你们。"叶一鸣嬉皮笑脸地挤在她身旁。

"你确定我们需要保护？"

"不……我的意思是，我害怕！求姐姐们保护我！"

气氛变得热络起来，叶一鸣和秋一冉有一搭没一搭地拌着嘴，跟一对说了好多年相声的夫妻似的，非常有默契，逗得大家哈哈大笑，久而久之也没人看比赛视频了。

秋一冉干脆把电脑关掉，大家围坐在一起准备玩牌。

男生们来的时候没有空手，拿了零食、西瓜、果汁，还有谷成礼自己做的冰绿豆汤和银耳汤，稍微弥补了没有空调的痛苦。

几轮牌下来，大家的情绪都被调动起来。

这里面最晚来基地的是夏冲，但他性子活泼，很快就跟大家打成一片，哥哥姐姐的叫得欢实，把平时看上去不太好惹的女车手们哄得开开心心。

夏缨咽了口绿豆汤，忧郁地说："怎么办……我觉得夏冲以后肯定是个情场杀手。"

"嗯。"戚骁白赞同地点点头，"从他开始集训到现在，我已经看过不下三个女孩晚上给他打电话了。"

夏缪惊惧："然后呢，他什么反应？"

"没什么反应，你弟……比较直。"戚骁白斟酌地说，"打个比方，有个女孩打电话问他暑假作业怎么写，他说你找错人了，然后就把他们班第一名的那个男生的电话给了对方……"

夏缪抽了抽嘴角："你怎么知道这件事？"

"他挂了电话就来找我吐槽，说这个女孩是不是脑子不太好，居然问他数学题。"

夏缪默默抬头朝弟弟那边看了一会儿。

随着年龄增长，夏冲的个头越发高挑，模样也长开了，少年感的清隽还在，却又多了一点成熟的棱角。

可是，长得好看有什么用，只要拥有一颗钢铁直男心，早恋就追不上他。

想到这里，夏缪突然来了兴趣，转头问戚骁白："你什么时候开的窍？"

戚骁白端着碗的手顿了一下，黑暗掩盖住他不自然的神色："问这个干什么？"

"好奇呀……"夏缪捂嘴笑，"你以前在学校里，应该也挺受女生欢迎的吧？"

"没有。我比较闷，不像夏冲性格讨喜。"

"但是你长得好看，我不信没有女生喜欢你。"

白瓷色的碗边发出淡白的光，戚骁白垂眸，说："我上学的时候已经开始练车了，每天就是家、学校、训练场三点一线的生活，没有考虑过其他东西，毕业以后生活的重心就只剩下车队。男女队也基本都是分开训练，能接触到异性的地方不多。"

夏缪渐渐听明白他的意思，疑惑地问："所以你是认识我以后才开窍的？"

戚骁白刚要点头，就听到夏缪否认："不可能，男孩子一般十几岁就开窍了，你以前肯定也看过那种片子吧？"

戚骁白的碗差点没拿住，脑子里回响着她的话，确定她说的"那种片子"就是他以为的"那种片子"。

偏偏夏缪的表情很正经，仿佛在讨论一个严肃的话题，清澈的眼睛在黑暗里闪着光。

"是不是啊？"她靠近一点，催促道。

就在她低头的刹那，一股属于女孩子香香软软的味道从她身上传过来。

戚骁白的心脏麻了一瞬，抵着发痒的后槽牙。

不知道该怎么回答她的问题，但，有点想亲她。

第十六章
礼亦培训

　　就在戚骁白混乱的时候，有人提议大家一起玩真心话大冒险，这样可以让每个人都参与进来。

　　戚骁白的思绪被抽离出来，仿佛终于有人帮他岔开了这个话题，他第一个表示赞同。

　　没人反对，叶一鸣开始发牌。

　　因为之前气氛已经炒热了，现在大家都很放得开，彻底抛下训练和比赛的烦恼，竟然比放假还要开心。

　　就连最内向的岑良，也在几轮游戏后放开了胆子，当他接受惩罚时，主动提出要给大家唱一首《青藏高原》。

　　作为一首全国人民皆知的高音神曲，岑良居然毫不怯场，气息极稳地用真嗓唱完了全部，让在场的所有人都感到震撼。

　　谁都没想到，平时那个唯唯诺诺不敢说话的岑良居然还有这样的才能。

　　叶一鸣差点跪下："原来你的爆发力不只是在骑车上，声音也行啊！"

　　秋一冉疯狂鼓掌："你就说你什么时候出道吧，我先给你组建个后援会。"

　　夏缨举手："等我哪天失业了，申请给岑良当助理。"

　　突然被众星捧月式地表扬，岑良颇不好意思地挠挠头。

　　戚骁白想起他之前各种不自信的样子，笑着问："你家里人不反对你骑车了吧？"

"嗯！"岑良眼睛亮晶晶的，"我比赛那天，家里人在电视上看到直播了，他们可算相信我是个正儿八经的运动员了。"

其实不只是这样。

那天之后，他家人给他寄了一大堆营养品和衣服，后来妈妈还去庙里拜了拜，求了张平安符给他，算是彻底表明了态度。

赛后，因为相关媒体的关注和报道，他在同学圈子里也红了一把，一时间，所有人都惊诧不已，当年班上那个最瘦小的男生现在已经变成了另一个人。

他用自己的行动向所有人证明，他是一个堂堂正正的公路车运动员。

游戏还在继续，几轮之后，终于抽中了夏缨。

大家伙儿起哄要问关于戚骁白的事，但负责提问的秋一冉照顾她，不想让她为难，于是选了个折中点问："说一个你觉得这辈子都不可能实现的愿望吧。"

夏冲"啊"了一声，抢答："那可真是太简单了，我都能答出来。我姐每次的愿望都一样，家人团聚，但这就是最不可能实现的啊。"

话音一落，气氛忽然有些凝固。

秋一冉手指尴尬地抠着瑜伽垫，察觉自己还是问了个不太好的问题。

好几道视线关切地投了过来，夏缨反而轻松地露出笑容："我爸当年沉迷竞赛自行车，执意要去国外的队伍效力，我妈性格内向，不会英语，没法跟他一起走，两人就离婚了，现在是老死不相往来的状态。我小时候总是期盼他们能有复合的那天，长大以后才明白，不合适的人，一别两宽才是最好的救赎。"

顿了顿，她扫视了一圈大家，又说："你们别这样看着我啊，都过去这么久了，我和夏冲都不太在意这件事了。况且，家家有本难念的经，就算没我们这样的烦恼，可能还会有其他的烦恼呢。"

"对。"戚骁白率先开口，"我爸妈工作很忙，以前很少管我，我小时候还怀疑过自己不是亲生的。"

"啊，这么说我想起来了。"秋一冉也来搭茬，"我爸以前做生意，在外面欠了一屁股债，把家里闹得天翻地覆，后来好不容易才还上……"

岑良说："我们家不用讲，你们都清楚。"

章逸："是是是，我也是，我有个哥哥，我家里人特别疼他，但对我就很一般。"

大家七嘴八舌地就这个话题聊开了，每个人都说了一点自己成长路上的烦恼。

夏缨抱着膝盖，边听边笑，心里被暖意充盈着。

她很清楚，这些人其实都在宽慰她，想要消弭这个话题对她产生的伤痛。

夏缨听着听着，忍不住垂下手，趁其他人不注意，悄悄地盖在了戚骁白的手上。

戚骁白怔了一下，微微侧头，看她一眼，然后在黑暗中，不动声色地与她十指紧扣。

后面的游戏里，叶一鸣选择大冒险，穿上秋一冉的短裙给大家跳了个舞，屋子里爆发出几欲掀翻屋顶的大笑，终于让楼下的楼管阿姨忍无可忍。

　　她朝楼上吼了一嗓子："吵死了！我马上上去查房！"

　　几个男生一惊，女寝的阿姨是飞兔最凶猛的生物，凶起人来连顾长平都不放过，要是被她逮到估计半条命都得折在这儿。

　　"断电茶话会"只能这样匆忙结束，几乎来不及收拾东西，男生们火急火燎地要翻窗，从中间通道逃回男寝。

　　秋一冉去门外准备拖慢阿姨的脚步，好让男队员们有充足的时间逃跑。

　　戚骁白是最后一个翻出去的，他撑在墙上，看着阳台边的夏缨，迟迟没走。

　　夏缨催他："快点，阿姨马上就要上来了。"

　　"有晚安吻吗？"他笑着问。

　　月光温柔地笼在他身上。

　　像是《莎士比亚十四行诗》里，比长夏还要明媚不朽的情人。

　　夏缨心思动了动，低下头，在他额头上落下一吻。

　　戚骁白这才心满意足地跳下去，飞奔回男寝。

　　就在他的身影消失在黑暗中的时候，阿姨进门了，拿着手电筒狐疑地在凌乱的寝室里看了看，问："这都是你们吃的？"

　　"对。"

　　"呵。"阿姨露出不屑的笑容，"小姑娘们，我也年轻过！"

　　秋一冉"嘿嘿"傻笑。

　　阿姨什么都知道，但什么都没说，装模作样地转了一圈，就离开了。

　　夏缨留下来帮秋一冉收拾地面。

　　电忽然恢复了，突然明亮的光线让她们眼睛极不适应。

　　夏缨回头，看了眼男寝的方向，忽然对下一次断电充满期待。

　　近海市逐渐进入盛夏，夏缨的腿也好得差不多了。

　　戚骁白又参加了几次比赛，取得了不俗的成绩。

　　网上有人挂出地下竞赛时一个名叫"戚风"的选手的视频，从身形、骑姿到侧脸的下颌轮廓，都与戚骁白如出一辙。

　　是他匿名参加了这个比赛吗？为了什么，钱吗？

　　可是，说不通啊，戚骁白身价不菲，哪像是会缺钱的样子？

　　顾长平自然也看到了这些议论，他一眼就看出，视频里的戚风就是戚骁白本人无疑。

　　车队是不允许车手私下参与这类比赛的，但只要不做得太过分，一般都是睁一只眼闭一只眼。但顾长平跟其他人一样，就是按捺不住好奇——他到底图什么？

于是，在某个晴朗的午后，戚骁白被叫进了办公室。

顾长平端着职业经理人的态度，抛出疑问。

戚骁白脸上并未露出或无奈或沉痛的神情，反而非常坦率地承认："我就去过那一次，以后如果没有必要，在车队效力期间我不会再去了。"

顾长平忍不住追问："'必要'是指什么？"

戚骁白迟疑了一下，没回答。

顾长平耐着性子说："是车队给你开的工资不满意吗？明年可以重新谈价，给你涨钱。"

"不是钱的问题。"戚骁白顿了顿，改口，"但确实又跟钱有关。"

"有什么困难，你可以直接找我聊，毕竟我们现在不光是从属关系了。"顾长平推了下金丝框的眼镜，"某种程度上，我可以喊你一声妹夫，对吧？"

戚骁白安静了片刻，一口气道："夏缨想体会一下一夜暴富卡里突然多出很多钱的感觉，我想了想，暂时只有那里能帮她实现这个愿望，于是就去了。"

顾长平的笑容凝固在嘴角。

就这？！亏他翻来覆去想了很多天，想过很多个理由，却始终没想到，仅仅是因为这样。

他有些头疼地揉了揉额角，突然不知道该怎么接话。

是批评戚骁白谈恋爱太投入呢，还是夸他对夏缨上心？

到最后，顾长平也没憋出个所以然来："行吧，先不说那个了。"他拿起手边的宣传册，丢给他，"你看看这个。"

戚骁白低下头，看到"公路车学园"几个大字。

"车队的意思是，派你去。"

"这是什么？"

"国内公路车委员会搞的，每个车队可以派一名车手去集中培训，是一个和其他顶尖车手互相切磋学习的好机会。"

戚骁白产生了兴趣："还有哪些车队参与？"

"超野、企信……都去。"顾长平耸肩，不避讳地说，"毕竟是联盟搞的嘛，各家都得给点面子。"

戚骁白心动了，这些都是能跟飞兔并驾齐驱的车队，如果去的都是万松那个级别的选手，确实是一个很好的历练机会。

"什么时候出发？"

"这周五。"

"那很快了，我回去准备一下。"

顾长平笑了一声："这么着急？我还没确定就是你呢。"

戚骁白平静地回望过去，似乎胜券在握。

"你看一下倒数第二页。"顾长平说，"除了车手集训，这次联盟还搞了一个未来经理人培训班，我打算派夏缨去。"

"那很好。"

"但你和夏缨一起去的话……"顾长平目光审视地看着他，"你们会不会公费谈恋爱啊？"

戚骁白扯了扯嘴角："不会，你想多了。"

顾长平哈哈一笑，的确，他们两个都不是愿意为了爱情放弃事业的人。

他大手一挥，做了决定："行吧，你回去收拾收拾。对了，帮我把夏缨叫来，我还没跟她说这个呢。"

夏缨跟顾长平聊完了以后才知道，原来顾长平早已有意开始把她当成接班人来培养。

尤其在得知她跟戚骁白恋爱后，他非但没有干涉，还打算借此机会把他们都长久地留在飞兔。

夏缨之前没有想过跳出技师的行业向外走，但听顾长平这么一说，她忽然对未来的道路有了一个初步规划。

这样也挺好的，就像当初逼着她学各种技能的时候，父亲常在耳边念叨的话，技多不压身。

夏缨欣然同意这次集训，在周五那天，和戚骁白一起登上去往北市的飞机。

千里之外的北市没有近海市那么闷热，但温度一样很高。

联盟财大气粗，直接给每个学员都安排了带大阳台的单人单间，夏缨和戚骁白的房间挨着。

正如戚骁白所期待的那样，每家车队派来的都是自己的主将，老师也是联盟专门从国外请来的著名教练。在这里，大家既是对手，也是朋友。

列队热身的时候，万松就在戚骁白旁边，冲他疯狂挤眼："我早上在餐厅看到你们队那个漂亮的技师了！她也来培训吗？"

"嗯。"戚骁白懒洋洋地答道，"她是我们经理的接班人。"

"嚯，可以啊，小姑娘还挺有能耐。"万松压了压腿，又问，"你跟人家姑娘到底是怎么回事啊？"

"什么怎么回事？"

"就是……"万松整理一下措辞，说，"要是你们没那个意思，我可就追了。自从上次环近海市一别后，我始终惦记着，茶不思饭不想。你看我都瘦了，就是因为相思惹人……"

万松还没说完，就收到了戚骁白的死亡凝视。

他冷笑一下，嘲讽地问："你是山顶洞人？"

"啊？"

"平时不上网吗？"

"上、上啊……"

"超野的环境这么艰苦，连根网线都拉不起？"

万松眼角抽了抽："不是，你好好说话行吗，怎么突然欺负我呢？"

戚骁白再度冷笑，表情比刚才还要嘲讽："网上都说我因为谈恋爱而状态不佳，你看不出来？"

万松愣了一下："你哪门子状态不佳啊？"

"这是重点？"

"哦……"万松一拍大腿，终于明白了，"你，谈恋爱，跟夏缨？"

"不然跟你吗？"

万松忍不住爆了个粗口："什么时候的事？上回比赛时你们还只是同事关系吧？戚骁白你这个人渣，禽兽！"

戚骁白热身结束，身体停滞片刻，忽然露出一个凉凉的笑容："你才知道我是禽兽？"

万松一哆嗦，莫名感受到他眼神里可怕的杀气。

"我警告你，别打夏缨的主意，否则……"戚骁白的话不说完，留白意味深长，然后转身就去教练那里取车子了。

万松也是个非常识时务的人，不枉费他自封的"超野第一浪子"的名号，很快就将夏缨抛到九霄云外。

骑上赛道时，他又窜到戚骁白旁边，调侃道："原来是这么一回事啊，我就说你平时挺闷葫芦的一个人，怎么一提起那妹子就跟吃了炮仗似的。"

戚骁白懒得理他。

万松便继续说单口相声："你放心吧，兄弟的女人我不感兴趣，从今天开始，夏缨就是我弟妹了！"

戚骁白瞥他一眼。

万松改口："就是我嫂子了！"

行吧，戚神的表情终于舒缓了。

万松放心地继续唠吧："其实刚刚，我撞见了一个妹子，好像是企信的见习经理，那身材真的妙，长相也是我喜欢的类型，就是不知道叫什么名字，有没有男朋友……"

"你居然没有直接上去问，这不科学。"

万松压根没听出他话里的嘲讽，叹气道："因为那妹子看起来好高冷哦，我怕一过去就惨遭拒绝，以后就再也没机会了。所以嘛，能不能请嫂子帮个忙？"

"帮什么？"

"帮我问问那个妹子的情况呀，反正她们一起上课，又都是女孩子，肯定会说上话的。"

戚骁白简直头疼，想把他那颗脑袋按在车轱辘下来回摩擦。

与此同时，另一边，夏缥正在上车队管理学的课。

他们的培训跟车手不一样，基本都是理论课，联盟邀请了国内外一流车队的高层来给大家开讲座。

除她以外，其他人基本都有实践经验，要么是快要退役转管理的老车手，要么是见习经理或竞赛主管。

唯有夏缥，满脑子还是碟刹公路车桶轴的样式，导师连续问了几个问题，她都晕乎乎地答不上来。

课间，她身旁的丹凤眼美女主动过来打招呼："你好，我是企信车队的见习经理杨倩。"

夏缥立刻打起精神："你好，我是飞兔的技师夏缥。"

"我知道，我听说过你的名字。"杨倩笑了一下，原先那种冷艳感荡然无存，"你对车队管理要是有什么问题，可以来问我，我虽然会的也不是很多，但我们可以一起探讨。"

"谢谢！"

"不用谢，这里就我们两个女生，互相帮助是应该的。"

她这么一说，夏缥才意识到，从车手到管培生，总共二十个人，真的只有她们俩是女性。

杨倩是那种看上去比较高冷的女孩，但跟夏缥非常聊得来，尤其那一嘴醇厚的东北口音，很容易让人生出好感。一早上的课上完，她们两个已经混熟了。

午饭时，夏缥跟她聊起了飞兔的现状。

杨倩好奇地问："你们车队之前有个人叫刘亚歌，对吧？"

夏缥点头："你认识？"

杨倩皱了皱眉，似乎对他并没有太好的印象："听我哥提起过这个人。"

"你哥？"

"我哥就是杨旭。"

夏缥恍然大悟，杨旭是企信车队的主将，他们这个后起车队能在这两年里跟飞兔、超野并驾齐驱，多亏了有他这张王牌。

杨旭是个理智而健谈的人，非常受记者欢迎，时常出现在体育周刊的访谈里，因此连夏缨都有所耳闻。

"你哥哥对刘亚歌的评价怎么样？"夏缨试探着问。

杨倩直接摇头："不太好。刘亚歌离开飞兔的时候，我哥还说，如果让他作为领队从刘亚歌和戚骁白里面选择一个人，想都不想一定选戚骁白。"

夏缨会心一笑，轻声说："刘亚歌是因为犯错，被飞兔开除的。"

杨倩惊讶："什么情况啊？"

夏缨说了点前因后果，尤其是岑良那件事，听得杨倩直撇嘴，愤愤不平地道："这要换在我们企信，我一铁锹撬开他的天灵盖瞅瞅里面长的都是什么玩意儿！"

夏缨差点笑喷出来，连忙捂着嘴，好不容易等汤咽下去了，才说："姐姐，您可真是位被美丽的外表耽误的猛士。"

杨倩撩了下长发，干脆放飞自我，不再控制自己的普通话："可不？我们车队的人都稀罕我这样的经理，好说话，能办事。"

杨倩性格豪爽，知道什么都愿意告诉夏缨，集中培训不到一周，夏缨对车队管理已经了解了个大概。

第五天时，联盟终于允许媒体过来拍摄这次的公路车学园，并安排车手开展一场友谊赛，给媒体提供报道素材。

这是难能可贵的机会，国内车坛年轻一代的明星车手都集中在了一起，没有哪家媒体愿意错过这个活动。

而管培生这边，打算全程跟赛，顺便学习如何跟选手进行赛中协作。

工作人员开着一辆商务车，夏缨习惯性坐在车的最边上，离赛道最近的地方，可以近距离观测到器械的状态。

她的目光始终跟着戚骁白移动，看到他一边听万松讲话，一边逐一戴上头盔、护目镜、手套，偶尔漫不经心地点个头。

忽然间，他像是感应到了什么，一转脸对上夏缨的视线。

戚骁白微不可察地翘起了嘴角，那一点点抚慰的笑意恰好被夏缨捕捉。

这几天，车手们的训练强度很大，一般很晚才回酒店。为了让他第二天训练保持充足的精力，夏缨不忍心耽误他哪怕一秒的休息时间，每天只能匆匆地与他互道早安和晚安，根本来不及好好说话。

明明就住在隔壁，却仿佛谈了场异地恋。

夏缨其实非常想他，哪怕只有五分钟，她也想抱抱戚骁白，重新感受他身上的气息。

大概因为她看得太专注了，吸引了旁边杨倩的注意。

杨倩凑过头来，顺着她的目光望过去，意味深长地说："哟，戚骁白。"

夏缨收回视线，竖起食指"嘘"了一下。

她跟戚骁白是情侣的事，杨倩是知道的。

杨倩心照不宣，没再说话，随后看到了戚骁白身旁的万松。

万松正支着一条长腿在地上，扭着头，用兴奋的眼神望着杨倩。

杨倩皱眉："他看我干什么？"

"不知道。"夏缨老实地说，"可能想拥有一个你这样的女朋友。"

站在万松身后的杨旭大概也察觉到了什么，毫不犹豫地拍了下他的头盔，质问道："你在看谁？"

"我在看……"名字滑到了嘴边，却在看清问话人后，立刻拐了个弯，万松说，"在看嫂子。"

"什么嫂子？"

戚骁白直起背，截下话头，主动说："车窗边那个眼睛圆圆的姑娘，是我女朋友。"

"夏缨啊。"杨旭一点也不意外，"昨天杨倩还跟我提起，说认识了新朋友，就是她。没想到你俩是一对。"

杨旭对八卦不好奇，这个话题就到此为止。

正好比赛开始，他们的注意力回到路面上，跟着集团一起驶入赛道。

友谊赛的氛围很好，大家都抱着学习切磋的心态全力以赴，过程比结果更重要。

自驾车的媒体跟在管培生商务车的后面，全程录像。

然而，半道上还是发生了一个不大不小的意外。

在一个下坡道前，杨旭忽然放慢踩踏的速度，向路边靠拢，说："我的刹车好像失灵了。"

工作人员一愣。

因为是友谊赛，氛围不那么严肃，赛前又都统一检查过车辆，所以他们根本没安排后勤保障车与技师跟赛。

前方再有五百米就要下坡了，没有刹车，意味着路上一旦出现任何路障和突发状况，杨旭都将面临巨大的危险。

工作人员只能建议："你停下吧，别再继续了。"

杨旭看着前面对手和朋友的身影，有些不甘心："就没有其他办法了吗？"

杨倩担心他，伸着脑袋叫唤："哥，你快停下吧，别给自己整受伤了！"

杨旭抿着唇，却迟迟没有让脚落地。这个机会很难得，他实在不愿意错过。

又僵持了一会儿，距离下坡入口越来越近，夏缳忽然举手报告："让我来吧。"

一瞬间，车内所有目光都集中在了她身上。

夏缳被那么多人看得不自在，摸摸鼻子说："我本来就是技师，修刹车这个事算是我分内……"

"哎！"杨倩最快反应过来，"那还等什么，快停车吧！"

工作人员赶紧把车停下，夏缳迅速下车，随意地将头发缩起，从后备厢里取出备用维修器材，然后隔着公路护栏，开始给杨旭修车。

她的手指又细又长，看上去没什么力气，却灵活又飞快地摆弄着冷冰冰的金属部件，形成强烈的反差。

不一会儿，她就说："修好了。"

杨旭惊诧了一下，他都还没看清楚整个过程。

来不及耽误时间，他重新骑上车，准备再度出发。

夏缳像对待本队车手那样，在他踩下脚蹬的那一刻，从背后推了一下。

技师推出去的这一把，虽然只能给车手一点助力，但哪怕只是这一点，对车手来说也是莫大的帮助，也代表了后勤保障人员给予前方队员的依靠。

杨旭出发后，夏缳才回到车上，杨倩抱住她的胳膊说："夏缳，谢谢你啊！"

"小事情。"

"赛后我让我哥亲自来跟你道谢。"

接下来的比赛就很顺利了。

车手们用高度专注的态度完成了一场非常精彩的友谊赛，没人在乎谁第一个过线，大家更愿意探讨比赛中出现的问题。

管培生们站在自家主将身边，临时充当补给提供人员。

天气炎热，戚骁白接过水，喝了几口，然后剩下的全部浇在头上降温。

夏缳终于等到了能跟他说话的机会，根本一秒都不舍得耽误，想都不想，张口就说："风风，我超想你的！"

她眼睛湿漉漉的，像是一只可怜巴巴的小动物。

戚骁白的心脏刚刚接受强风的洗礼，现在又被浸泡进蜜罐里，又甜又胀。

他心疼地说："等到下周就不用晚上加训了，我可以陪你去市里逛一逛。"

"没关系，你不用刻意陪我，每晚能跟你说说话就好了。"夏缳不敢在这里明目张胆地牵手，只能抬起一根手指，悄悄在他手背上蹭一蹭。

戚骁白被蹭得痒，带着一身水汽弯下腰，压低声音说："乖，我也想你。"

夏缳翘起嘴角，但不敢笑得太张扬，于是鼓起腮帮，又把笑容憋回去了。

戚骁白伸出拇指，飞快地在她嘴角划了下："好几天没看到小酒窝了。"

夏缳立刻露出笑脸，让他看个够。

这时候，杨旭和杨倩走了过来，要跟夏缨道谢。

四个人凑在一起聊了一会儿，直到教练员喊人集合。

夏缨正要回归管培生的队伍里，忽然看到不远处一个熟悉的身影。她的心脏立刻揪了起来，停下脚步，盯着那个方向。

但仿佛是她的幻觉，那儿现在一个人都没有了。

戚骁白回头，问："怎么了？"

夏缨两手绞着衣摆，神情已不似刚才那般轻松。

"我好像看到我爸了……"她低低地说，"应该是看错了吧。"

周日这天，全体休息，戚骁白如约带夏缨去北市里转了转。

自从那日好似看见夏新越的身影后，夏缨每一天都过得很谨慎，生怕哪一天父亲真的出现在自己面前。

为了让她放松，戚骁白带她品尝了各种北市的美食，然后在傍晚去公园看荷花。

他们坐在湖中心的凉亭里，吃着冰激凌，晚风微燥。

夏缨伸了伸腿，说："以前临湖也有个这样的公园，很小的时候，我每周最期待的事就是跟爸爸妈妈一起去公园郊游，那时候夏冲还没出生，我们一家人看上去就是平凡又幸福的三口之家。"

嘴巴上说着没关系，但多少还是会在意，戚骁白明白她的心思。

只有在这种二人独处的时刻，她才会展露一点怀念的情绪。

夏缨说："我父母分开时，夏冲只有五岁，他还不懂家庭的意义，可我十三岁了，我什么都知道。我跟夏冲说，以后姐姐会每天给你打电话，虽然我们分开了，但姐姐还是你的姐姐。"

微风吹散她的刘海，夏缨含了一口冰激凌，等它在嘴里融化："好吃。"

"这是北市最负盛名的一家自制冰激凌店，开了很多年，当地人都爱吃。"

夏缨心想，出来前他肯定又在网上做功课了。

刚要确认，就听到戚骁白问："然后呢？"

"什么然后？"

"你家里的事。"

"我以为话题结束了呢。"夏缨咋舌，"毕竟都转到冰激凌上了啊。"

"但比起冰激凌，我还是想听你多说一点。"

夕阳在湖面上铺了一层粉金色，戚骁白看着被风吹皱的水面，平静道："好的，坏的，都可以，只要你愿意跟我说，我都愿意听。"

"那可就太多了，我这个人没什么特长，就记忆力好，我可以从记事起跟你讲，估计能讲很多年。"

戚骁白弯了弯眼睛："正合我意。最好等我变成白头发的老爷爷时，你的故事还没讲完。"

听出了他的弦外之音，夏缨咬着下唇轻轻笑，心中的郁气一扫而空。

戚骁白用余光看到她的笑脸，伸手揉揉发顶："我知道你有心事，但如果你不愿意说，也没关系，想说的时候再说就好了。"

夏缨垂下眼睛，没有接话。

她慢条斯理地把冰激凌吃光，舔了舔嘴唇，终于开口："我其实一直有个疑惑。"

"什么？"

"我爸爸为什么当时选择带走我呢？照理说，夏冲更适合跟着父亲，或者他要追梦，就应该把我们都留给妈妈。"夏缨支着下巴，睁着清澈的一双眼。

戚骁白眸光一动，沉吟道："他更喜欢你？"

夏缨摇头："我以前也是这么想的，但后来我才意识到，因为我从小就展露出对器械的痴迷，爸爸或许觉得，我跟他拥有同样的梦想，我能成为他的接班人，所以才选择了我。"

"为什么会这么想？"

"我听到的。"夏缨狡黠地眨眼，挽住他的手，说，"我十八岁生日那天，爸爸的同事来给我庆生，我不小心听见他们私下的谈话。爸爸对那位同事说：'我女儿能继承我的衣钵，八岁时就认得所有公路车的样式了。'于是我就在想，哦，原来是这样，我的价值在这里。"

戚骁白微愕，静静地看着夏缨仿佛只是在聊天气的轻松表情。

那个跟她在异国他乡相依为命的家人，并不是因为有多喜欢她才带着她，只是出于一个利弊的权衡。

当她长大，想通这一点的时候，心里该是什么样的感觉。

她没有求证过，她几乎毫不怀疑，父亲可以为了事业放弃妈妈和弟弟，那么肯定也可以放弃她。

所以她拼了命地学习，文化课和技术都不松懈，倘若有一天她离了家，也要通过自己的双手在这个世界上活下来。

戚骁白手里的冰激凌还剩下一点，化成了浓稠的奶昔，散发出甜腻的味道。

"你这次回国，是你爸爸让你回来的吗？"

"当然不是。"夏缨笑，"我跟ACK的合约到期了，不想续约，爸爸有点生气，但也没办法，又联系了其他强队让我进去，但他选择的我全都不想要。我俩吵了一架，我就自己买票回来投奔顾长平了。"

戚骁白说："倒是让顾长平捡了个便宜。"

"说得对，我应该找他涨工资。"

"那后来呢，你爸爸怎么说的？"

"什么都没说。他没管我，到现在为止，他只跟顾长平通过电话。"

晚风吹拂，公园里稀稀拉拉地有人经过。

夏缨站了起来，似乎已经收拾好了心情，提议道："走吧，我们再去其他地方转转。"

"好。"戚骁白将她的手指扣得更紧了些，"夏缨，如果你哪一天从我身边离开了，我挖山填海也要把你找到。"

夏缨扑哧笑了出来，嘟囔道："犯得着吗？"

"犯得着。"他神情认真而郑重，"为了你，我做什么都犯得着，但希望你最好——永远不要给我这个机会。"

"放心吧，不会的。"

夏缨踮起脚尖，有些宠溺地亲了亲他。

后来，夏缨确实没有再看到过疑似父亲的身影了，她渐渐把这事淡忘，重新投入培训之中。

第二周的晚上，车手们结束训练较早，戚骁白跟夏缨一起吃了晚饭，又在酒店附近散了会儿步，才各回房间准备休息。

戚骁白洗完澡，看了会儿电视，忽然听到屋外一阵闷雷声。

随即开始下雨，雨势还挺大，他走到阳台边上张望了一下，忽然看到隔壁夏缨还挂在阳台上晒的衣服。

等了一会儿，没见她过来收衣服，戚骁白立刻打电话过去，但系统音"嘟"了半天，无人接听。

戚骁白又去敲房门，也无人应答。

他很担心，屋子里灯是亮的，说明人应该没走远。

踌躇片刻后，戚骁白决定从自己这边的阳台翻到隔壁去。阳台挨得很近，对时不时攀小二楼的飞兔男队员来说轻而易举。

雨下得很大，他在夏缨的阳台落地时，肩膀和头发上都淋湿了。

屋里整整齐齐，没有可疑的痕迹，也没见到夏缨的身影。

戚骁白安静了一会儿，才听到浴室里传来淋浴和哼歌的声音。

原来是在洗澡，怪不得怎么叫都听不见。

戚骁白无奈地笑了一下，帮她把衣服全都收进屋里，再一件件整齐地摆在空调下。

他打算做完这些就离开，却没想到，在叠最后一件衣服的时候，浴室门突然从里面打开了。

夏缨拿着一条浴巾就走出来了，在看到他的一刹那脱口惊叫，然后窜回浴室里，关上了门。

　　戚骁白怔怔地站在原地，半天后才反应过来，尴尬地说："下雨了，我给你打电话、敲门都没动静，我很担心，就从阳台进来了……"

　　他非常懊恼，虽然本意是好的，但还是太冒失了。

　　没有经过对方的同意就进屋，尽管是自己的女朋友，也不是一件礼貌的事。

　　"对不起。"戚骁白道歉，"我现在准备走了，你……穿好衣服再出来，我先帮你把空调温度调高一点。"

　　夏缨这才反应过来，磕巴地说："哦哦，好的，我知道了。没关系，这不怪你，我应该带手机进来的。"

　　因为要穿的睡衣没拿进来，她刚刚才会只拿着浴巾就出去……想到这儿，夏缨的脸又红了。

　　"那个……你已经走了吗？"夏缨仿佛从牙缝里挤出话来。

　　戚骁白刚准备开门，听到问话又折了回来："怎么了？"

　　"能不能帮我把睡衣拿到门口的椅子上？就是我枕头上的那一摞。"

　　"好。"

　　戚骁白走到床头，忽然愣了愣。

　　他垂眸静立，伸手也不是，不伸手也不是。

　　睡衣上放了一个文胸……这个，是要拿掉，还是一并带去啊？

第十七章
父亲出现

夏缨一直躲在卫生间里没出去，直到听见戚骁白从门口离开，门锁"咔嗒"锁上的声音。

她松了口气，走出浴室，屋子里充斥着他的气息。

戚骁白很细心，还帮她把阳台的窗帘拉了起来，夏缨看着空调下面一排被淋湿的衣服，露出会心一笑，准备一会儿好好感谢他一下。

她准备穿衣服，一低头，忽然看到了那件蕾丝内衣。

犹如五雷轰顶，夏缨呆立着半天没回过神来。

刚刚把文胸脱下顺手就放在了睡衣上，怎么就忘记这件事了呢？！

夏缨难为情到脚趾都弓了起来，完全不敢想象刚才戚骁白抱着这摞衣服的样子……

她欲哭无泪，拎起这件文胸看了看。白色，蕾丝，还有颗假水钻。

戚骁白看到，会不会觉得土到爆炸啊？

她又翻了翻，万幸的是，刚刚整理衣服的时候，把内裤包在了睡衣里，没有被发现。

夏缨心情复杂地把衣服穿上，然后立刻把这件蕾丝文胸塞进了行李箱里。

只要她看不见，就代表刚才的事情没发生过！

刚合上行李箱，床头的手机振动了，是戚骁白打来的电话。

夏缨平复呼吸，假装平静地接起电话。

戚骁白声音压低，似乎不想被其他人听见："我在你门口。"

"你还没回去吗？"

"我……我是翻阳台过来的，没带房卡……"他一副要掐死自己的语气。

夏缨给他开门，两人心照不宣地都没有提起刚才的事。

"你准备再翻阳台回去？"

"嗯，我出来也没带身份证。"戚骁白神情无奈。

酒店前台最近查得很严，没有身份证要核对半天才给开门。

夏缨点了点头，说："那你翻回去吧。"

她"唰啦"一下拉开窗帘，看到外面的雨势已有倾盆之意，连带一道闪电劈了下来。

夏缨下意识后退一步，忧心忡忡地说："雨这么大，你要不等会儿再回去吧？反正是雷阵雨，来得快去得也快。"

戚骁白望到她眼里复杂的神色，问："你害怕？"

"没有。"

"哦。"戚骁白没有拆穿她，明明闪电劈下来的时候她浑身都抖了一下，"那我等等再走。"

戚骁白打开电视，坐在床畔，调了个相声节目。

又一道惊雷劈下来，夏缨往他那边挪了挪屁股。

戚骁白脸上浮起淡淡的笑意，不再掩饰："我真的没想到，单手能扛公路车的夏大技师，居然会害怕打雷。"

夏缨心虚地摸着鼻子："咳咳，你不觉得雷暴天很像末日场景吗？我忍不住就会脑补……其实我也不是很怕，只是想象力太丰富。"

"那就别想了。"戚骁白拿起吹风机，"我帮你吹头发，你转移一下注意力。"

"好。"夏缨听话地坐正。

戚骁白自己一头小短毛，平时根本不用吹，他又没帮人吹过头发，动作有些笨拙。

虽然笨拙，但很温柔，夏缨好像真的忘记了外面糟糕的天气。

两个人都没有说话，随着热气蒸腾，夏缨身上那种淡而清甜的味道在戚骁白鼻尖处萦绕不散。

忽然又想起了刚才的画面——夏缨手里只拿了一条浴巾，垂在身前，刚好遮住大半个身体，但平直的肩膀和修长的腿却暴露无遗。

戚骁白手指顿了顿，喉咙忽然发紧。

她的肩膀怎么能那么娇小？跟他的截然相反，好像一使劲就能捏碎似的。

戚骁白垂下眸，顺势看到夏缨睡衣领口露出的一截锁骨和白嫩的脖颈，两条光滑的小腿还在裙下漫不经心地晃着。

一走神，戚骁白就忘记了吹风机，夏缨忽然低下头，惊呼："烫！"

戚骁白赶紧关掉开关，这才发现自己的指节上都被烫红了。

他匆匆收起吹风机，没有看她，说："看电视吧。"

夏缨疑惑地摸了下发梢，好像还没完全吹干，这就不吹了？

她看看戚骁白，他坐在前方，背对着她，一动不动地看着相声，好像很专注。

夏缨干脆拿起一旁的毛巾自己擦了起来，顺便回看了一下飞兔的群聊。

"谷队今天重返赛场了，好像还拿了个很不错的名次。"

戚骁白没说话。

"叶一鸣单独约到秋一冉吃饭了，他俩好像快成了。"

他仍旧不说话。

夏缨有点恼，伸出指头戳了戳他的背："你怎么不理我呢？"

戚骁白像被电击一样，脊背不自然地僵硬起来，回头握住她的指尖，涩然道："别戳我。"

"啊？"夏缨看到他眼眶发红，立刻坐近了一点，关切地问，"你怎么了？身体不舒服吗？我带了常用药。"

"没有。"

"别逞能，不舒服就提前请假，明天好好休息。"夏缨说着，抬手覆到他脑门上测温。

戚骁白有些粗暴地把她的手拽开，忽然倾身而上，霸道地吻住她。

夏缨愣怔，几秒后才反应过来。她带有安抚意味地搂住戚骁白的脖子，缓缓回应着。

刚才那阵霸道被安抚下来，转化成温柔地侵略，夏缨承受不住他的重量，慢慢向后仰去。

绵长的亲吻过后，戚骁白终于放开她，眼睛却还是发红，喘息粗重，似乎在压抑什么。

夏缨用指腹在他眼眶周围摩挲，小声开口："真的没生病？"

戚骁白笑了一下。

不同于以往那些或礼貌或温和的笑，这个笑容充满邪性。

他低头，用自己的额头抵住她的，问："你好好看看我，是生病的样子吗？"声音沙哑低沉，带着蛊惑的荷尔蒙。

夏缨终于明白了。

一旦接收到这样的讯号，理智好似都被他这阵气息野蛮占领，只一瞬间，整个房间里都充斥着暧昧的气流。

夏缨思绪混乱，张了张嘴，却不知该如何作答。

电视的声音不知何时被调小了，几乎听不见，耳边只有窗外淅淅沥沥的雨声。

见她呆住，戚骁白咬着后槽牙，强迫自己镇定下来："我还是回去吧。"

正准备起身时，夏缨不知怎么了，忽然伸手捞住他的后脑勺，主动献上一吻。

她的嘴唇很甜很软，还有撩人的香气，把戚骁白好不容易重建起来的理智瞬间击溃。

她身体娇瘦，靠在他胸膛里，像某种脆弱而珍贵的东西。

戚骁白小心翼翼地撑着一只胳膊，生怕自己压疼她。

睡裙在相拥间慢慢蹭了上去，戚骁白掌心滚烫，覆在她的皮肤上。

明明是她挑起的吻，最后却又变成他主动……夏缨眼神变得迷蒙，粉色的唇因为摩擦变成了殷红色。

他们靠得很近，呼出的鼻息交缠在一起，难辨你我。

温度攀升，欲望弥漫。

戚骁白喉结滚动，虔诚而温柔地询问："可以吗？"

他黑眸深邃，像被暧昧的月色照耀的深潭，绽放出隐秘的光晕。夏缨一眼望进去，甘愿沉沦。

可以吗？可以吗？夏缨问自己。

她想藏匿到宇宙的最深处，想被群星的浪潮托起，想与他进行一场嚣张而浪漫的游戏。

夏缨闭上眼，顺从自己的内心，轻"嗯"一声，便连雨声都听不见了。

第二天，雨后的空气清新干净，连太阳好像都没有那么晒了。

早上的培训课程提前结束，杨倩拉着夏缨去体育馆看车手们训练。爬上观众席的时候，夏缨扶着腰，腿颤了颤。

杨倩问："怎么了？"

"没事。"夏缨慢吞吞地在她旁边坐下，心里悄悄把戚骁白骂了一万遍。

今天是场地计时赛，分组进行。

杨倩从包里摸出零食开始吃："看那边的成绩牌，戚骁白已经拿了三组计时赛的第一了。"她啧了啧，叹道，"不愧是高薪从国外挖回来的主将，真强。"

夏缨心里默念：是很强。

她的目光跟着场内的戚骁白，看他轻松地摇车冲刺，一点都没有疲乏的意思。

226

都说竞赛自行车项目的选手耐力很强，她入行这么久，直到昨天晚上，才真正感受到了这句话的精髓。

夏缨轻轻捏了捏腿，恨不得现在就回去补觉。

等车手的训练结束，杨倩才拉着她去餐厅吃饭。

体育馆门口，戚骁白正往外走，看到她们，脚步一顿，嘴角微微勾起："吃饭了吗？"

"还没。"夏缨按住杀气，语气平静。

"那一起？"

她没回答。

万松忽然从后面勾住戚骁白的脖子，笑说："走啊，我也跟你们一起。"

杨倩的丹凤眼瞥了瞥这个不自知的电灯泡，高冷地说："那你们仨去，我去找我哥。"

她故意咬重"你们仨"三个字，想让万松察觉自己有多明亮。

可惜，万松的注意力全在她身上，不仅毫无察觉，还提议道："那就把杨旭叫上，大家一块儿，热闹。"

夏缨忍着笑，戳戳杨倩："万松说得对，把你哥叫来，我们一起吧。"

最后，五个人浩浩荡荡地进了餐厅。

酒店跟联盟有合作，专门开设了一家餐厅，每天都由大厨亲自给运动员们做饭，内容丰富，应有尽有。

三个车手在讨论专业上的东西，杨倩时不时插话，唯独夏缨因为很累很困，半个字都不想说。

她垂眸半晌，仿佛忽然想起自己要干什么似的，夹起碗里的小鸡腿扔到戚骁白的盘子里。

"给你，补一补。"

万松羡慕道："有女朋友跟着就是好，训练完了还给加餐。"

戚骁白看着盘子里这根鸡腿，哭笑不得地把外层的鸡皮去掉，然后又放回她的碗里："好了。"

夏缨没再推托，拿着鸡腿开始啃。

戚骁白望着一脸茫然的万松，说："她就是不爱吃鸡皮。"

女朋友给爱心加餐的幻想破灭了。

万松小声吐槽："我以为是你今天训练状态奇佳，夏缨妹妹给你奖励呢。"

戚骁白淡然地擦擦手指："不管状态有多好，比赛拿了多少件领骑衫，吃饭时还是得帮祖宗剥鸡皮、虾皮等各种皮。"

万松竖起拇指，对他的觉悟感到佩服。

他也剥了个虾，本想给杨倩，但一旁就坐着杨旭，他不敢。

万松犹豫半天，最后把剥好的虾子放进杨旭碗里，讨好地说："旭哥，吃。"

杨旭惊魂不定，但又不好拒绝他的好意，夹起虾子艰难地咬着，并一字一顿地说："万松，其实吧，我喜欢女的。"

杨倩"扑哧"一声，差点把嘴里的饮料笑喷出来。

夏缨本来有点打瞌睡，被他们这样一逗，哈欠都憋了回去。

之后的培训也非常顺利，他们五个人结成了相约吃饭的革命友谊。

夏缨以为，可以就这样平静地等到回近海市那天。

但她错了。

公路车学园的结业仪式上，杨倩抱着夏缨死活不撒手，愣是拍了几百张合照，舍不得跟她分开。

好不容易把杨倩哄好，夏缨单独去了趟厕所的工夫，就在角落里看到了夏新越。

这一次，她确定自己没有看错，的的确确是父亲本人。

夏新越似乎在等她，穿着一身板正的西装，不怒自威地站在屋檐下。

夏缨一口气提到嗓子眼，沉默良久，慢吞吞地挪到他身边。

"爸，您怎么在这儿？"

夏新越转过头，锐利的眼神看了她半天，答非所问："培训得如何？"

"挺好的。"

"我是协办人。"

"哦。"她一点也不意外。

"飞兔怎么样？"

"很好，飞兔很好，我很喜欢那里的氛围。"

"你喜欢就好。"

夏缨安静地看了看父亲，没接话。

沉默了一会儿，夏新越突然又问："你跟戚骁白谈恋爱了？"

夏缨心里"咯噔"一声，但仔细一想，自己都二十三岁了，谈个恋爱怎么了？

于是她直起胸膛，说："对。"

就在这个时候，戚骁白跑来找她，当看到眼前仿佛一个模子里刻出来的父女时，直接愣了一下，随即，他礼貌地点头致意："夏先生，久仰，我是飞兔的戚骁白。"

"我知道。"夏新越个子很高，即便到了中年，身上依然有股凛冽的气势，"我和缨缨刚聊到你。"

戚骁白沉默了一瞬，安静地和夏缨交换了个视线，便说："那你们先聊，我一会儿再来。"

他的身影消失后，夏新越才收起审视的目光，说："我看过他的训练记录，有天赋，也努力，人品也好，低调谦逊，这样的选手不多。"

夏缨诧异，父亲居然在夸赞戚骁白？

随即，夏新越又道："这样的苗子放在飞兔有点可惜了。"

夏缨解释："他是自己选择离开西索的。"

"西索也不行。"夏新越看她一眼，"戚骁白适合去更强的车队。"

夏缨忽然醒悟："爸，原来您是来挖戚骁白的？"

夏新越似乎对自个儿闺女有些无语："我是有心挖他，但这趟回来不是因为他。"

"哦。"

"我还有点事，先走了。"夏新越看了眼手机，准备离开。

刚走出几步，他忽然回身，顿了顿问："你妈妈和夏冲最近怎么样？"

"妈妈挺好的，夏冲……"夏缨犹豫了一下，反正也瞒不住他，干脆说，"夏冲已经进飞兔青队了，将来要转体育生。"

"我知道，顾长平把他选拔赛的视频发给我了。"

聊至此处，夏新越仿佛没有别的可说了。他看了看地面，最后道："好好努力，很快会再见的。"

然后，快步离开了。

集训全部结束后，戚骁白没有着急回去，他计划带夏缨再去市里走一走。

夏缨也同意了，难得来一次北市，一定要好好感受当地的风土人情才不虚此行。

更重要的是，上一次与父亲碰面，他居然没有要强行带走她的意思，这让夏缨很高兴。

虽然他最后那句"很快会再见的"让她产生了一点不好的预感，但现在还不是担心那些的时候。

北市是一座古城，文化底蕴丰富，夏缨跟着戚骁白这个人形GPS（全球定位系统）在城市里暴走，连转了好几个景区，拍了好多照片。

天气虽然热，但丝毫没有磨灭她游玩的意志，夏缨一头扎进纪念品超市里，准备买点东西带回近海市，分给飞兔的朋友们。

等她从商店里出来时，却发现戚骁白不在门口。

夏缨一抬眼，看到他站在前方两百米处发呆，身边竖着一根破旧的霓虹灯。

"怎么了？"夏缨走过去问他。

戚骁白回神，说：“这里原来有一个很小的公路车专卖店，在公路车还无人关注的年代，它因为这个霓虹灯，特别惹眼。”

夏缨意外：“你连这个都知道啊……后来呢？”

“后来城市改建，这个店没了，只留下这根单独的霓虹灯。”

虽然颓败，但夏缨大概能看出来，这个灯是彩虹形状的，此刻孤独地绑在一根生锈的铁柱子上，在阳光下发出暗淡的色彩。

夏缨伸手摸了一下，情不自禁地说：“白昼霓虹。”

“什么？”

“我在想，它亮起来的时候应该很好看吧？”夏缨没有回答，侧头看着戚骁白，“如果在白天通上电，那不就是白昼里的霓虹吗？”

虽然不明白她想表达什么，但戚骁白还是点了下头：“是这样。”

夏缨忽然高兴地挽住他的手：“虽然这个霓虹不亮了，但现在有千千万万个白昼霓虹亮了起来。”

戚骁白垂眸，看到夏缨脸颊上那点被晒出来的红晕，原本心里微弱的失落感被填满了。

“缨妹。”他问，“我想在这里亲你一下，可以吗？”

夏缨抿唇：“你主动还是我主动呀？”

戚骁白会心一笑，微微俯身，温柔地吻住她。

夏缨不断地给予他回应。

这条路上的人流到前面的纪念品商店为止，后面断崖式下跌，他们站的地方比较破败，更是没什么人来。

所以，当旁边忽然有人喊了一声“风风”时，夏缨以为自己穿越回了近海市。

她松开他，诧异地看到马路对面站着一对中年夫妇。

夫妇俩的目光震惊地在他俩身上来回转。

“你回北市了？”中年女人难以置信地开口，“怎么没回家看看呢？回国这么长时间都不来家里一趟，好不容易回了趟北市，都不告诉我们一声！”

戚骁白的肩膀垮了垮，似乎没料到会在这里遇上他们，无奈地叫了声：“爸，妈。”

“哼，我迟早要被你这小子气死！”

夏缨一脸迷茫，等等，这是什么情况？

戚骁白挠了挠头，悻悻地跟她介绍：“刚才要跟你说的，但没来得及——我是北市人，这里是我小时候常来玩的公路车店，所以才那么熟悉。对面站着的，是我父母。”

戚骁白拉着她走了过去，又跟父母介绍：“爸妈，这是夏缨，之前在电话里跟你们提起过的，我女朋友。"

夏缨瞳孔地震，迟钝了半天。

夏天的风吹在身上一点也不燥热，反而凉飕飕的。她打了个激灵，才反应过来："叔、叔叔阿姨……好。"

戚骁白的父母对她倒是一派温和："你好，之前总听风风提起你，今天终于见到了。"

夏缨笑容尴尬。

刚才，她跟戚骁白在干什么来着？

哦对，在接吻。

当着男朋友家长的面，接吻。

夏缨此刻想把自己的脖子拉长，打个蝴蝶结，再也不要见到这个美丽的世界了。

一家三口在说话，夏缨大概听明白了一些。

戚骁白平时几乎不回家，只跟父母电话联系，这次来北市集训，他干脆没告诉父母。如果不是今天二老散步路过这儿，看到了自家儿子，可能到最后他们也不知道宝贝风风这几天就在北市。

这是什么精神？三过家门而不入啊！

夏缨端着一张脸，默默腹诽戚骁白。

当天晚上，他们两人去吃烛光晚餐的计划作废，二老想请夏缨去家里吃饭，夏缨立刻答应下来，按着戚骁白的头也要去！

夏缨怎么也没想到，第一次见男朋友的父母居然是在这么稀里糊涂的状况下。

好在，戚骁白的爸妈都是很好说话的人，除了对戚骁白有怨言，对她这个未来儿媳还是很喜欢的。

戚妈妈是地道的北市人，做了一桌好菜，让很多年没吃过家常菜的夏缨一饱口福。

饭后二老又拉着他们聊了会儿天，戚骁白不善言辞，反倒是夏缨说得比较多。

她还有幸参观了戚骁白的房间，是个十足的运动系卧室，色调简单，墙上贴着著名车手的海报，书桌旁有个简易骑行台，地上还放着篮球和足球。

书柜里，有他的毕业照。夏缨扫了一眼，立刻找到了他。

戚骁白站在最后一排，那时候他的五官比现在更加青涩，眼神里拘着一丝慵懒，但他已经比照片里其他人高出很多，宽厚的肩膀挺得笔直，像一棵永远向上的树。

夏缨捏着相框，看了好久，最后忍不住笑了出来。

"有什么好笑的？"戚骁白凑过头来，看着这张毕业照，没发现什么不对。

夏缨指着人群，说："如果我在国内上学，拍毕业照时能站在哪里？第一排还是第二排？"

戚骁白一怔。

他知道，刚到国外去念书的孩子，多少会因为语言的障碍受到排斥，夏缨也是用了好长的时间才适应那边的生活，交到了朋友。

无论在哪里生活，都会有一段独一无二的际遇，但这并不妨碍，当她看到戚骁白毕业照的一刹那，仍旧产生了一种怅然失落的感觉。

她也想穿穿那个在大家嘴里土到掉渣的校服，她也想在路过操场时和女孩们悄悄打量白杨树般挺拔的少年。

夏缨还是在笑，但语气里有抑制不住的惋惜："要是早一点就好了……要是早一点认识你……"

"现在也不晚。"戚骁白微微弯腰，一只手放在她的肩膀上，另一只手掏出手机。

他把手机调成自拍模式，放在两人面前。

"拍张合影吧。"他说，"我们都笑一笑。"

戚骁白翘起嘴角，还是那个意气风发的少年模样。

夏缨抱着少年的毕业照，被少年揽在怀里，在少年的卧室中留下一张灿烂的合影。

后来，这张合影被洗成了好多张，在戚骁白的这间卧室、在夏新越国外的家里、在盛婷的床头，还有他们的新房里，都妥帖地摆在最显眼的位置。

夏缨和戚骁白回到近海市，一下飞机，就被熟悉的潮热空气裹挟。

夏缨心里竟然生出一点回家的温馨感。

方清如简直像个田螺姑娘，等她到的时候已经将寝室打扫得焕然一新，还买好了零食放在桌上随她吃。

夏缨收拾东西的时候，看到地上有个打包好的行李箱，诧异地停了下来，问方清如："你要走？"

方清如抬头："其实我还没确定……"

夏缨心里"咯噔"一下，在国内，方清如就相当于她的半个亲人。

"你要去哪儿？不在飞兔工作了吗？"

对方错愕了一下，随即哭笑不得："不是，我还会在飞兔继续工作，只是在考虑要不要搬出宿舍住。"

夏缨松了一口气："你在外面找到住的地方了？"

方清如比她大，应该拥有自己的私人生活了，跟她一个小姑娘挤在一起，谈恋爱都不方便。

谁知，方清如并没有很快回答，她脸上浮起一丝可疑的红晕，语气却平静地说："我跟那个贱人复合了。"

夏缨手里的衣服差点掉在地上。

她无心再收拾东西，飞奔到床边，一脸听到八卦的兴奋表情："你跟顾长平复合了？什么时候的事？他怎么打动你的？是不是跪在地上老泪纵横求你别走？"

方清如翻了个白眼："你挺会脑补……但可惜，并不是。"她顿了顿，小声说，"就你腿受伤的那段时间，他每天送我去医院照顾你，一来二去独处的时间就变多了，我们进行了一场很深入的沟通。"

夏缨脱口便问："什么方式的深入沟通？"

方清如难以置信地看她："缨妹，你变了，你学坏了。"

夏缨连连摆手，冲她讨好地笑："没有没有，我就是随口一问，你别想那么多。"

"是谁教你的？培训时认识的朋友？不对，应该是戚骁白吧？那小子……"方清如一副愤怒又惋惜的样子。

夏缨深刻体会到了什么叫挖坑把自己给埋了，她赶快转移话题："然后呢，你和长平哥聊天了，就和好了？"

"那次聊天只是复合的契机，其实从之前我就在考虑这件事了。"方清如边想边说，"之前我是在冲动下提的分手，后来也暗自懊悔过，但我这性格不允许自己后悔，就这么分着了……这段时间，我确实看到他在改变，偶尔和他对视，我竟然又有了当年刚谈恋爱时的悸动。"

方清如察觉自己说得太多，立刻话锋一转："总而言之，你们去北市那天，刚把你们送上飞机，他就忽然问我要不要重新在一起，我就答应了。"

夏缨开心大笑："这就对了，这就对了……"

"对什么？"

"你俩就应该在一起，这样我就只用出一次份子钱。"

方清如黑着脸，想把她从床上踹下去。

夏缨又问："所以，你打算搬回你俩的爱巢了？"

方清如一阵哆嗦："你现在用词怎么这么恶心？"但她没否认。

夏缨咯咯笑，这是好事。所谓节省一笔份子钱是开玩笑的，她真心实意地希望顾长平和方清如好好在一起。

"其实长平哥真的很不错。"夏缨抱着她，撒娇般地说，"长得好看，有钱，专一，对你也好，你们俩相互扶持了这么多年，这才是我想看到的happy ending（幸福的结局）。"

方清如像搂着自己的妹妹那样，温柔地拍着她的后背。

转天，夏缨立刻投入到正常的工作生活里。

她离开的这段时间，工作都分担给了技术部的其他几位技师，大家忙得不可开交。

她回来后，先是给大家都发了纪念品，然后主动多承担了一些工作，任劳任怨，片刻不得闲。

青队的训练结束后，夏冲迫不及待地到仓库找姐姐。

快一个月没见，少年好像又高了一点，白皙的皮肤因为暴晒而有些发红。

夏缨问他："我给你买的防晒霜擦没擦？"

夏冲一屁股坐到空调下："流汗会黏，我就……"

"少撒谎啊。"夏缨举着扳手晃了晃，"我给你买的是防水防汗的。"

他讪讪地摸了下鼻子，随手从桌上拿起一牙西瓜，两三下就啃完了。

他摸了下嘴巴，伸手又要拿一块。

"问你话呢！"

夏缨一瞪眼，夏冲立刻抖了抖手，嘟囔道："你怎么不让戚哥也用呢？"

"你怎么知道他没用？他要是没用，现在能这个肤色？还不早就成炭块了？"

"准炭块"刚好走到门口，听见这句话，脚步一顿，默默低头看了眼自己的身体。

夏冲眼尖，一下子看到他，立刻招手，委屈地说："戚哥，你帮我说句话，擦防晒是不是挺娘的？虽然我是想擦，但总怕别人笑话我。"

戚骁白抬起视线，注意到夏缨沉着的脸，立刻说："想擦就擦，防晒不仅是为了防止变黑，还是为了预防皮肤疾病，没什么不好的。"

夏冲睁圆了眼睛，半天没说出话来。

夏缨终于露出笑容，得意地冲自家弟弟扬了扬下巴："听到没？"

夏冲认命地闭上嘴。

等夏缨手里的活儿忙完，三人一起去食堂吃饭。

席间，夏缨跟夏冲说了很多在北市的所见所闻，夏冲越听越激动，什么万松、杨旭，都是他耳熟能详的大车手，一想到包括戚骁白在内的这些人凑在一起展开角逐，他就不禁心神荡漾。

趁他兴奋的间隙，戚骁白和夏缨默默交换了视线，他们都不约而同地省略了夏新越那一部分。

吃完饭后，夏冲跟青队的几个人约了打篮球，便同他们道别，直接去了篮球场。

戚骁白陪夏缨在熟悉的基地里走着，思考了一会儿，才问："你不打算告诉他，父亲回国的事？"

夏缨叹了口气："夏冲跟爸爸的关系不是很好，两个人见面也很生疏，还是不要让他知道了吧，否则他肯定会一直猜我是不是要走了。"

虽然快十七岁了，但夏冲是被爱护着长大的，内心里到底还是个孩子。

戚骁白："你不想说，我们就不说，都听你的。"

"既然都听我的……"夏缨忽然话锋一转，"那你帮我劝劝他，让他做好防晒工作，这对他来说，可能比爸爸回国更加重要。"

戚骁白笑了一下："为什么那么执着地要让夏冲防晒？"

"你想想我弟那个清秀的眉眼，要是变黑了得成什么样啊？他就适合走白皙少年的路线。"

戚骁白顿了一下，再次低头看向自己的胳膊。

"你喜欢皮肤白的男生？"他有些拧巴地问。

夏缨没能及时从他话里听出酸味："谈不上喜欢，但也不讨厌，一白遮百丑嘛。"

戚骁白沉默了，亏他一直以为自己深一点的肤色还挺有魅力……

夏缨半天没听到回答，这才反应过来，回头望着他淡漠的神情，哭笑不得："那个什么，我觉得你现在这样就很好，肤色健康，看上去特别有安全感。"

戚骁白看着地面，就是不说话。

夏缨立刻抱住他的胳膊晃来晃去，溜圆的眼睛不停地对他发光："其实你的肤色怎样一点都不重要，毕竟你这样一张脸外加身材，配什么肤色都好看。"

戚骁白的神情终于缓和，慢条斯理地舔了舔牙尖，问："然后呢？"

夏缨铆足了劲拍他马屁："那我可跟你说实话了啊，就你这一身肌肉，我简直想把你关起来，不让你出去乱跑，万一不小心被其他小姑娘看上了怎么办？万一有比我漂亮的富婆要带走你怎么办？那我可不依，我男朋友全天下最金贵，不管什么样的条件我都不换！"

明明知道她在夸张，但戚骁白还是忍不住扬起嘴角的弧度。

他低下头，凑到夏缨耳边，低声问："真想把我关起来啊？"

他用的是气音，唇齿间送出来的气流温热，缠绕在夏缨的耳郭上，令她直接在大夏天打了个激灵。

她说话时一鼓作气，不作他想，可被他单独拎出来问的时候，却好像沾染了暧昧的意思。

夏缨咬着下唇，破罐子破摔地说："对啊，真想。"

戚骁白眼睛都笑弯了，这个笑容也不同以往，带着几分撩人的湿意。

"下个月就有小长假。"戚骁白说，"我应该至少有三天假期。"

"然后呢？"

戚骁白忽然低头，虔诚地吻了吻她的指尖："你如果要金屋藏娇，我就恭敬不如从命了。"

夏缨咳了一声，别开脸。自己吹出去的牛皮，翻车了也得继续吹完。

她假装淡定地说："好的，那你就做好准备吧。"

谁知，话一出来，戚骁白的笑意更深了："夫人放心，我会准备好足够用的……东西。"

什么东西啊？夏缨愣了一下，然后才反应过来，脸都烧红了："谁跟你说这个了？！"

她气呼呼地甩开手，头也不回地往女寝走。

戚骁白寸步不离地跟在她身后，在夕阳下笑得像个傻子。

夏缨要进寝室了，他还非拉着她，补充了一句："你放心，这段时间我会更加努力训练，等着被你藏起来。"

当天晚上，夏缨就报复性地把某人的微信备注改成了"风娇娇"。

第十八章
难以抉择

　　网上突然又出现了飞兔的讨论帖，只不过这一次，重点在刘亚歌。

　　他在飞兔犯的那些错都被曝了出来，引起一片哗然。

　　随即，公路车学园的资料也放了出来，在记者真实的镜头下，大家发现戚骁白并没有什么嚣张跋扈的脾气，甚至恰恰相反，他对谁都彬彬有礼，也很好说话的样子。

　　更让人吃惊的是夏缨，友谊赛中她主动帮企信的杨旭调整刹车，镜头放大了她清秀的五官，让她意外地收获了一批粉丝。

　　夏缨只是粗略地看了眼网上的讨论，不用猜都知道，爆料多半是企信那边放出去的。

　　杨倩知道刘亚歌被开除的真相，她应该会告诉杨旭，然后，凭杨旭跟媒体记者的关系，想不动声色地帮他们申冤实在是易如反掌。

　　夏缨没有求证过这件事，她觉得没必要问。

　　远在千里之外的杨倩时常在微信上找她聊天，说一说彼此生活里或有趣或烦恼的事。

　　据说万松在培训结束的那天晚上向她表白，但杨倩拒绝了。

　　超野和企信分隔在两个不同的城市，一段从头就看不到希望的感情，根本不用急着开始。

　　夏缨理解并支持她的选择。

时间一点一滴地推移，又过去了半个月，飞兔参加了几场比赛，有收获也有失意，整个团队都在努力进步着。

又是一个星期日，不用训练和上班，戚骁白和夏缨都是宅不住的人，相约去市里瞎逛。

为了在休息日也能锻炼身体，戚骁白打算骑车过去。

夏缨举手赞同，并表示同样要骑车。

戚骁白欲言又止，他记得上一次夏缨跟他一起骑车时的惨状，累了却憋着不说。

但他不想拆穿。他打算采用跟上次一样的方法，等她累了，再找个借口劝她搭车。

然而，戚骁白怎么也没想到，周日一大早，当他推着公路车出来时，赫然看到自家女朋友骑在一辆摩托车上。

夏缨冲他招手，笑出一口洁白的牙齿："早啊风娇娇，我今天骑这个，你不用担心我追不上你啦。"

她只说要骑车，但并没有说要骑什么车。

戚骁白打量了一下这辆黑色的摩托车："这是谁的车？"

"车队的。一直放在车库里没人骑，我就拿来了。"

他担心地问："那你会骑吗？"

"当然，我这个人没什么优点，就是技能多，证也多。"夏缨亮出自己的摩托车驾照，"顾长平把我招进来的时候也有这个考量，有时候赛道旁不适合后勤保障车行驶，我就可以用其他交通工具继续跟队。"

戚骁白反复检查着她的驾照，确定没问题，才算放心："别骑太快。"

夏缨有点想笑，一个能把自行车蹬到时速六十千米的人，居然让她慢一点？

她把安全帽戴起来，两个人正式上路。

骑出去一公里后，戚骁白才忽然想起了什么，问："风娇娇是谁？"

夏缨憋笑："你说呢？"

戚骁白蹙起眉头："难道是我？"

"你好厉害，这么快就猜对了。"

"为什么叫风娇娇？"

夏缨吹着迎面而来的风，愉快地说："因为我要金屋藏娇啊。"

有理有据，令人信服……

戚骁白闭了嘴，内心别扭地接受了这个称呼。

两个人都抱着玩的态度，路上边骑边看，细细地把近海市的风貌一一览遍。

现在正是栀子花开得茂盛的季节，每过一个转角，都有撩人的香味扑鼻而来。

夏缨半道停下车，摘了一朵栀子花，别在领口，接下来的一路，戚骁白都能闻到若有似无的气味。

机车和栀子花，真的很不配，但在夏缨身上无比和谐地共存。

他们中途找地方吃了个午饭，然后换个方向继续探索城市。

夏缨似乎觉得没吃饱，途径一个破旧繁杂的巷子口时，忽然停下。

"我听秋一冉说，这里有一家非常好吃的冰镇豆腐花。"

她眼里藏不住对食物的渴望，戚骁白笑着侧头："想吃？"

"嗯！"

"我去给你买。"

"不用，我去就行，你骑车耗费的体力更多，趁机休息一下。"夏缨说着便从摩托车上下来，把头盔挂在凸面镜上，小跑着往里去。

为了骑车方便，她今天穿了一条长裤，修身的裤型将她细长的腿勾勒得分毫毕现。

巷子口蹲着几个正在抽烟的黄毛，瞧见她便"嘶"了一声，把烟掐掉，兴冲冲地站了起来。但同时，他们也注意到了夏缨身后凝神注目的戚骁白。

虽然他们人多，但戚骁白的身型和神情……看上去不太好惹。

几个黄毛不敢上前，只能站在原地偷看夏缨。

戚骁白当然也注意到了他们，他面无表情地盯着那几个黄毛，并未太担心。

就这样的人，根本连夏缨的审美线都触不到。

他们若是想做什么多余的事，他就直接踩下脚蹬，撞得他们人仰马翻。

还好，黄毛们是真的不敢。

夏缨提着豆花回来，侧坐在摩托车椅垫上，要吃完了再走。

豆花冰凉，入口即化，她挖了一勺递到戚骁白嘴边。

戚骁白的余光漫不经心地略过黄毛，看到他们嫉妒的视线，心里生出一种幼稚的成就感。

他张嘴，让夏缨把豆花喂给他。

喂了一勺，夏缨觉得光天化日之下这样有点难为情，便说："这里还有一个勺子，你自己挖着吃？"

戚骁白垂眸，夏缨听到他说："不，就要你喂。"

不知道戚骁白现在发什么神经，那么低沉的嗓音，性感的薄唇，却说着那么撒娇的话语。

但是，夏缨拒绝不了。

不就是喂个甜品吗？有什么大不了，他长得这么好看，身材这么棒，做什么都是对的。

夏缨心甘情愿地臣服在某人的撒娇之下，继续给他喂豆花。

一来一回，周围好多人在看他们。夏缨心里默叹美色害人，却停不下自己的手。

吃完豆花，夏缨才重新上车："我们继续前进吧，向东？"

风娇娇满足地舔了舔唇角，说："好。"

他重新戴上头盔和护目镜，夏缨已经先行骑出去一截了。

被强行塞了一嘴狗粮的黄毛们终于找到挖苦戚骁白的理由，抱着胳膊看笑话，大声地议论："看啊，女朋友骑摩托车走了，他骑个自行车，追都追不上。"

戚骁白微微一顿，笑了一下。

就在黄毛们准备继续说点什么的时候，突然看到戚骁白伏下腰身，腿部肌肉仿佛一凛，然后以离弦之箭的速度冲了出去。

他带起的风吹乱了黄毛们的长刘海，他们愣在原地，眼看他轻松赶上了前面的夏缨。

"这哥是……专业的吧？"

终于有人反应过来，但戚骁白已经听不见了。

身后有劲风，夏缨侧头看到他追了上来，有些好奇："你在笑什么？"

"没什么。"戚骁白不减笑意，淡淡地说。

他们两个骑骑停停，在市里逛了大半圈，吃完晚饭才返程。

在沿海公路上，两人都不约而同地放慢了速度，拉长这个约会的时间。

夏缨有一搭没一搭地跟他聊天："下一场大赛就要来了吧？"

"对，就在下个月，环G省。"

"比上一次的环近海市规模要大很多。"夏缨道，"估计再有半个月就要进入备战状态了。"

戚骁白望她一眼，笑说："你怎么看起来比我还紧张？"

夏缨撇撇嘴。

她没说，因为戚骁白最近状态很棒，预计能比出让西索后悔放他走的成绩。而她越是期待，就越是紧张，她不能把这种期待变成戚骁白的压力。

夏缨转移视线，伸手一指："看，海鸥！"

戚骁白扯了扯嘴角："大晚上的，你哪看得到海鸥？"

"我听到声音了不行吗？"

"行，你说什么都对。"

夏缨悄悄一笑，停在栏杆边："我觉得它们叫得挺好听的，我要多听一会儿。"

她支着车，坐在上面漫不经心地晃着腿，忽然觉得面前的景象有点眼熟。

戚骁白抢在她前面开了口："这好像就是你之前要挖沙蟹的地方吧？"

果然，是那个充满黑历史的地方。

夏缨小脸一黑："我记得，你当时在旁边看了好久的笑话。"

"对。"戚骁白心情好，干脆抛弃求生欲，大方承认，"其实我那天，憋笑憋得很辛苦。"

夏缨差点揍人。但想了想，她问："看来你那时候挺烦我的，因为什么？因为我弄脏了你一件衣服吗？"

戚骁白垂下眸，目光落在面前的礁石滩上："我生活的重心就是训练，没有什么比训练更重要。你或许觉得自己那天的行为有点傻，可是，坐在旁边看了半天的我好像更傻。"

夏缨睁圆眼睛："什么意思？"

她心里有个答案呼之欲出："难道，你那时候就喜欢我了吗？"

"我不记得自己什么时候喜欢上你的。"戚骁白说，"但可以肯定的是，比你想得要早，在你喜欢我之前，我就已经心动了。"

夏缨高兴，得意地翘起唇角，挤出两个甜甜的小酒窝。

戚骁白忽然伸出长臂，将她揽在怀里，揉乱她的头发："不用紧张我。"

他又回到了最初的话题。

戚骁白用下巴在她额头上蹭了蹭："我最近的情绪比以前好太多了，迫不及待地想上赛场。缨妹，你别急，环G省的比赛，我给你赢一件领骑衫。"

夏缨贴着他的胸口，能听见他铿锵有力的心跳声。此时此刻，再多的担心都显得毫无意义。

她深吸一口气，似乎要将他身上清爽的气息渡到自己身上。

"好。"她轻吐出这个字，然后踮起脚尖，主动吻了戚骁白。

因为第二天还要继续训练，两人没在海边逗留太久。

夏缨回到女寝时，对门宿舍开着门。她听到秋一冉打游戏的声音，说着一些她听不懂的词语。末了，秋一冉不知听到了什么，骂了句："叶一鸣，你有病吧？"

但她的语气一点也不凶，反而带着掩藏不住的笑意，夏缨经过门口，用余光看到她脸上娇羞的神色。

一旦怀揣了少女的心事，好像再英气的姑娘都变得像水做的一般，叶一鸣持之以恒，就算没有挥金如土的浪漫，也在陪伴中渐渐打动了秋一冉的心。

夏缨没有打扰她，转身打开寝室的门。

方清如今天搬走了，床上空空荡荡，但零食之类的都留了下来。

夏缨有点不习惯。但转念一想，方清如现在应该跟顾长平在一起，她忽然有种等到了电视剧完美结局的满足感，那种快乐顿时取代了不习惯。

她洗漱完毕，哼着歌，躺床上玩手机。

顾长平的电话进来了，一接起来，夏缨便阴恻恻地说："顾长平，你这样不行啊，清如姐今天刚搬回去，你居然不好好珍惜夜晚的时光……"

顾长平那边明显一愣："清如说你最近胆子有点大，我本来不信，现在是信了。"

夏缨嘻嘻一笑："承让承让。"

"你很开心？"

"还行吧。"

"那怎么办，我有个能让你不开心的消息，我是说还是不说？"

夏缨没当回事："说就是了，能怎样嘛……"

"哦。"顾长平便平铺直叙地道，"你爸今天到近海市了。"

夏缨一口气差点没提上来，本来神色飞扬的脸蛋迅速垮了下来："啊？"

"啊什么啊，我不知道他会不会来飞兔，反正你做好准备。"

话一说完，顾长平就掐断了电话，忙不迭地去珍惜时光了。

夏缨在床上打了个滚，唉声叹气。

转天是周一，夏新越果然来了，基地里的气氛有些紧绷。

听说有国际自行车联盟的人到访，飞兔经理以上级别的高管都来了，却被夏新越挥了挥手劝回去了。

他来是因为私事，不想谈那么多工作。

夏缨在技术部仓库里见到了他。

他一来，就直奔这里，似乎不管升到多高的位置，令他最感兴趣的永远是技术方面的东西。

他带了一个鼓鼓囊囊的双肩背包，不知道放了什么。

夏缨陪他在仓库里转了一圈。

夏新越看着墙边的一排车，语气一如既往的严肃："缨缨，你觉得这份工作怎么样？"

夏缨不知道他是什么意思，只能答："挺好的，我很喜欢。"

"你还这么年轻，就已经是首席技师了，这段时间有进步吗？"

"我几乎每天都会研究新的技术和车型。"

"我不是问这个。"夏新越在凳子上坐下，审视地看着她，但没有做具体的解释。

其他技师知道来了位大佬，都纷纷低下头去，不敢贸然说话。

顾长平倒了杯热水给夏新越，打圆场："师父，喝口水慢慢说。缨妹在我这里很努力，完全没有懈怠，你们父女俩这么久没见，别一上来就聊这些呀。"

夏新越似乎觉得他说的很有道理，便没再吭声，喝了口水，问："夏冲呢？"

"在训练，要去看看吗？"

夏新越迟疑了一下，最后还是摇了摇头。

偏偏这个时候，男队训练结束，夏冲根本不知道这边的情况，甩着一头汗主动找了过来。

他刚踏进仓库，一眼就看到了夏新越，顿时停下脚步，有点不敢相信自己的眼睛。

夏冲很小的时候就跟父亲分开了，后来只在夏新越偶尔回国时例行公事般见上几面，对他的生疏感远远大于亲切感。

夏冲犹豫了一下，声音都有些飘忽："爸？"

这个字从他嘴里蹦出来，莫名生硬。

其他技师非常识趣地离开，顾长平看了眼情况，也找了个借口出去了。

仓库里只剩下他们一家三口，气氛有些冷凝。

夏冲怯怯地开口："爸，您怎么来了？"

夏新越的目光一直在他身上打量，然后站了起来，用自己的身高去比了比夏冲的个头。

"你长高了很多。"

夏冲挠了挠头："嗯，上周教练给我测了下身高，我快一米八了。"

"挺好的。"夏新越的表情稍有缓和，"你们两个饿不饿？我们去找点吃的，边吃边聊吧。"

姐弟俩都没有反对。

夏新越带着他们离开基地，去了沿海公路半道上的一家海鲜餐厅。

他点了很多菜，三个人一直客客气气地聊些有的没的。

桌上有一盘田螺，夏冲始终没碰。

夏新越见状，主动对他说："这个菜炒得还不错，不尝尝吗？"

气氛立刻有些古怪。

夏缨扒拉着碗里的米饭，小声道："爸，夏冲不能吃田螺。"

"我吃田螺会过敏。"夏冲低下头去，停了一会儿，一字一顿地补充，"从很小的时候就这样了。"

夏新越愣了愣，板正的五官上露出少见的懊恼。

"那你……多吃点别的。"夏新越把其他菜推到夏冲面前，"够不够吃？不够再点。"

"够的。"

一顿饭就在这样僵硬的氛围中吃完。

回到基地后，夏冲说自己下午还有训练，中午得抓紧时间午休，就回了寝室。

夏缨带着父亲回了仓库。

在一段漫长的沉默后，夏缨主动挑起话题："爸，你背包里装了什么？"

被她一提醒，夏新越似乎这才想起自己的包，把它打开，从里面掏出各种吃的。

"我回国的时候带了点东西来。"

夏缨仔细一看，全是她在国外爱吃的几种零食。

"这些……都是带给我的？"她小心翼翼地问。

夏新越点了下头，继续翻包："我每样都买了很多包，你跟你弟分点。"

"我知道。"夏缨笑了，"我不是小孩子了，哪会跟他抢吃的？"

夏新越眼神一怔，点头："对，你们都长大了。"

不知道为什么，夏缨从他语气里听出了一丝落寞。

夏新越总是以严肃而强势的一面示人，即便是夏缨，也很少见到他这样的一面，不禁有些出神。

夏新越把包里的东西都倒了出来，零食在脚边堆了一地，夏缨忽然看到有份文件一并掉了出来。

"这是什么？"她弯腰拾起，厚厚一沓，拿在手里还挺有分量。

"那是给小冲的。"夏新越说，"我看过他选拔赛时的视频，感觉有不少问题，就找了几大车队的教练帮着看了下，总结了他们给出的建议，简单记录下来。"

夏缨吸了口气，这叫简单记录？还都是中文，分明就是全记下来以后再专门翻译了一遍。

这份夏冲专属的文件做下来，恐怕得要好几个日夜。

更何况——夏缨随手翻翻，发现夏新越嘴里的"几大车队"，竟都是世界顶尖的那几支队伍，他们的教练员大都是名气响当当的前世界冠军车手，随便拎出来一个，身价都比飞兔一整支青队贵。

这完全就是夏新越动用自己的人脉，明晃晃地给夏冲开小灶嘛。

夏缨会心一笑："爸，其实您挺惦记小冲的吧？"

夏新越沉默了一瞬，才说："顾长平给我录像的时候，我其实特别震惊，夏冲什么时候长得那么大了？"

"他上高中以后才开始发育，个头一个劲蹿，确实跟以前完全不同了。"

"你们两个都长大了。"夏新越半边身子坐在阴影里，看不出情绪，只觉得今天的他一点也不严厉，也不强势，"夏冲的成长我几乎没有参与过，作为父亲，我表现得非常差。"

夏缨悬着手，不知道该如何接话。

或许他此刻站在了一个高度上，年轻时想要追逐的梦想也握在了手里，才终于回头看了眼跟不上他脚步的家人们。

但，已经太迟了。

夏新越心里也明白，说："我不指望修补什么父子关系，但如果有我能帮上忙的地方，我一定会做。"

夏缨微不可察地叹了口："您这趟来主要是为了夏冲？"

"不全是。"夏新越终于抬起头来，看向她，"我来是要问你，跟不跟我走？"

夏缨心里"咯噔"一下，但又并无太多意外。

夏新越说："现在那些强队，你可以随便挑，想去哪家都可以。"

夏缨问："您觉得飞兔不好？"

"飞兔在国内算是强豪车队，但是放到世界上，顶多算是二三流。"

"我知道。"夏缨咬了咬唇，"但是我觉得，飞兔是一直在进步的。"

"你说得没错。"一聊起这样的话题，夏新越身上那股凛冽的气势又出来了，神情锐利得像是在战场后方挥斥方遒的军师，"我清楚顾长平的能力，只要车队一直在他的掌控下，未来总有一日能跻身一流。"

夏缨刚要点头，就听到父亲话音一转："但是缨缨，对你来说，现在效力飞兔不是最好的选择。"

"为什么？"

"有两个原因。第一，顾长平不可能一直在经理的位置上，他很可能会在飞兔集团里稳步上升，到时候经理换了个人，车队的未来就不好说了。第二，飞兔的成长不知道要多少年，你先去更强的车队历练，等飞兔成为一流的车队再回来，到时候谁也不能质疑你的位置。"

夏缨张了张嘴，半天没说出话来。

她总算明白为什么顾长平要培养她。

如果是她接任经理，那车队的未来规划不会脱离顾长平设计好的蓝图。但她对车队管理才刚入门，还不值得拿出来在夏新越这尊大佛面前说。

至于第二点，从各方面客观考量，夏缨都无法反驳。那确实是，最适合她个人成长的一条路。

原来夏新越在来之前就已经想得很明白了，早就替她把最好的这条路择了出来。

夏缨慢慢低下头，看着脚尖，心里泛起酸涩。

"我以为，爸爸是来直接带走我的。"她小声道。

夏新越神情一愣，随即柔和下来："你已经长大了，我不能再替你做决定。

缨缨，利害关系爸爸已经都分析给你了，接下来需要你自己去想，然后告诉我答案。"

看到夏缨点头，夏新越松了口气："我只有一周时间，等你想好了就来找我，我们一起回去。"

夏缨顿了顿，道："知道了。"

夏新越果然没有逼她，谈话结束后他就离开了，并且连着好几天没有再出现。

周五下午，夏缨和夏冲并肩而坐，姐弟俩反常地沉默，都不说话，只能听见知了时远时近的叫声。

许久之后，夏冲问："姐，你要跟爸走吗？"

夏缨回过神来，揉揉他的头发，声音低柔："没有，我还没打算走呢。"

"但是……"夏冲迟疑半天，极小声地说，"虽然我不想你走，但摸着良心说，爸说的其实没错。"

"我知道。"

夏冲拆了一包夏新越带来的零食，郁郁寡欢地吃了一口："姐，你跟姐夫说了吗？"

夏缨呼吸一滞，闷声道："还没有。"

"唉。"夏冲叹了口气。

夏缨思绪很乱，指着桌上那沓资料对夏冲说："你趁着假期最后一点时间，好好研究那个，不要浪费咱爸的心血。"

夏冲的目光落在那份资料上，神情微妙而复杂。

夏缨没再说什么，安静地走了出去，看着训练场的方向发呆。

隔着几百米的距离，她好像已经嗅到了空气中属于戚骁白的味道。

虽然她什么都没有说，但戚骁白应该早就猜出了一二，这几天，他们两个人很有默契，谁也没提夏新越的事。

戚骁白一如既往，会在吃饭的时候帮她剥好所有食材的外皮；会在女寝门口那盏昏黄的路灯下，温柔地吻她的脸；会隔着一条走道，通过手机轻声对她说"晚安"。

好像只要夏缨不提，他就会永远假装不知道。

夏缨这么一想，心里更觉得愧疚。她必须，要做个决定出来了。

她请了半天假，关掉手机，独自一人跑到基地外面转了转。

夏缨的本意是出来吹吹风，放空一下，好全神贯注地思考自己的事，可是一路走下去，怎么每一处都有戚骁白和飞兔的身影？

这条长长的沿海公路，她曾无数次走在这里，挖过沙蟹，看过夏冲拼尽全力的比赛。半道上，海鲜餐厅的老板娘出来晒鱼干，看到她，因为眼熟打了个招呼。车队人来吃饭，都能享受九折优惠。

再往市里去，勾起的回忆就更多了。

夏缨坐车途经夏冲之前打工的自行车店，就是在这里，她追着戚骁白的身影跑了出去。

离基地最近的那个商场，她在这里和戚骁白互换过礼物，一起喝了奶茶。

市中心的商业街，依然人流如潮，甜品店中，还是那个老板，正全神贯注地做着新甜品盒子，不知道下一次抽奖会准备什么礼品。

再往前走，是环近海市比赛时的一段赛道，那四个人奋力拼搏的样子好像还在眼前。

面前停了一辆公交车，夏缨一眼扫过，看到这趟车的终点站就是那处他们约会过的人造园林，在那里，戚骁白第一次吻了她……

明明回国的时间也不长，却不知道从什么时候起，近海市每一处都留下了让夏缨恋恋不舍的记忆。

这里，是夏冲上学的地方，是顾长平和方清如扎根的地方，是她和戚骁白相遇的地方。

这里，好像成了她的另一个家。

不知不觉，夏缨在外面已经逛了好几个小时，近海市的夜晚早已拉开序幕，可无论外面有多喧嚣，似乎都与她无关。

她看了看街边漂亮的霓虹，忽然重新打了车，又回到夏冲打工的那条街。

她站在熟悉的红绿灯路口，迟迟没有向前走。

在戚骁白身上按手印的画面仿佛就发生在昨天，现在想起来，夏缨还能记得当时他的口罩上方，两只漂亮的眼睛里露出的迷茫。

夏缨扯了下嘴角，忍不住想笑。

她当时跟戚骁白怎么说的来着？对了，说自己认错了。

但是现在，她发现没有认错——走走停停这么久，我最想遇到的人，就是你。

夏缨刚刚那一点暖意又被酸苦代替，她忽然不想去惦记什么未来，如果可以，让上天帮她做决定多好。

她情不自禁地抬起手，捂住眼睛。

这里，是和他相遇的路口，是她的生活发生重大转折的地方。

她想，就现在，给她十秒。

十秒钟之后，如果戚骁白出现在面前，她就选择留下。

十、九、八、七、六、五、四、三、二——即将念到"一"时，夏缨忽然听见前面传来熟悉的声音。

"找到你了。"

夏缨不敢相信自己的耳朵，抬起头来。

斑马线对面的路灯下，戚骁白的身影被光影拉得好长好长。

他像是浑身镀了层金边，整个人都处于光下，扬起笑容说："等一下，马上绿灯了。"

夏缨双脚冻住，心里那股愧疚与难受的情绪缠在一起，像藤蔓一样生长，扒着她的心脏。

红灯终于变绿，戚骁白小跑着到她面前，眼里都是担忧："你怎么了？手机关机打不通，一句话不说就跑了出来，夏冲和我都急疯了。"

夏缨呆呆地看他："你专门出来找我的？"

"对啊，不然呢？"

夏缨鼻子一酸，忽然上前环住戚骁白的腰，紧紧抱住他。

戚骁白愣了一下，随即反应过来，将她圈在怀中。

"我在市里绕了一大圈，猜你会跑到哪里，果然，被我猜中了。"戚骁白亲昵地用薄唇点了点她的额头，"你这样跑出来，跟离家出走似的，却还是跑到了我们相遇的地方，是不是放不下我啊？"

夏缨重重地"嗯"了一声。

戚骁白立马又板起脸，教育她："下次不许这样了，我真的很着急。"

夏缨想说"好"，但字音到了嘴边却迟疑了。她想了一会儿，决定先把那天与夏新越谈话的内容告诉他。

戚骁白脸上一点意外都没有，待她说完，只简单地点了下头："不愧是国际自行车联盟的前辈，想得很周到。"

夏缨扯了下他的衣摆："我爸是要带我走啊……"

"他不是把决定权交给你了吗？"戚骁白弯腰，两手撑在膝盖上，笑着平视她，"缨妹，其实我觉得你爸爸还不错，真的有为你考虑。"

"那如果我走了，你不难过？"

"当然难过，怎么可能不难过。"戚骁白微不可察地叹了口气，然后牵起她的手，慢慢在大街上走着。

夏缨知道他还有话要说，便不着急开口，等他说完。

不知等了多久，才听到他慢条斯理地道："夏缨，我喜欢你。你的容貌，你的性格，你身上的一切我都很喜欢。你是我的毒药，也是我的解药，我恨不得走到哪儿都把你装在身上，永远不让你离开我。但是……"

他顿了顿，情绪有些复杂："但是，你的人生是你自己的，无论我有多痴迷于你，都不能干涉你的决定。你有能力，可以更上一层楼，我不会因为一己私情就强迫你留下。"

他声音不大，却像在夏缨耳边敲着鼓。

她怔怔看他，忽然嘴巴一扁，要哭不哭地说："浑蛋戚骁白，你把我想说的话都说了。"

戚骁白笑："那没事，你再说一遍，说多少遍我都爱听。"

"我……"夏缨深吸一口气，斟酌着道，"之所以没有在第一时间就把这些事告诉你，是因为我自己也在挣扎。"

她吸了吸鼻子："戚骁白，我对你的喜欢一点也不比你少，每次只要看到你，我都会觉得公路车这项运动真是旁人无法想象的美好。可是，我没有办法因为喜欢你，就停下自己的脚步。"

夏缨仰起脸，眼眶有点发红："我不能站在你身后，让你为我遮风挡雨。我爱你，但我也要在自己的路上继续前进。"

"我知道，我都知道。"戚骁白亲了下她的额头，"你这么说我反而放心了，这才是真正的你，是我喜欢的样子。"

夏缨再也绷不住，眼泪不停往外流。

戚骁白一下子手足无措，如临大敌，笨拙地擦掉她脸上的泪。

他还从没见夏缨哭过，明明悄无声息的，一点也不闹腾，怎么就像在他身体里疯狂扎针一样疼？

"好了好了，不哭了。你想不想吃点什么，或者喝杯奶茶？跑出来的时候还没吃晚饭吧？"

夏缨吧嗒吧嗒地掉着眼泪，从指缝里抬眼看他，然后哭得更伤心了。

戚骁白哄女人的经验为零，他使出浑身解数，最后破罐子破摔地说："缨妹，就算你真的选择离开也没关系，等我跟飞兔的合约到期了，你在哪儿，我就去哪儿，行不行？还有平时的假期我也可以去找你，我工资很高，奖金很多，谈个跨国恋爱一点都不难。"

夏缨这才强迫自己停止抽泣，口齿不清地说："我还没决定呢……"

"好好好，我知道。我的意思就是，你不用在意任何人，遵从自己的内心就好，又不是所有的跨国恋情都会失败。"

他的语气笃定而轻松，让夏缨的情绪缓和了不少。

戚骁白顺势弯下腰，一手撑在膝盖上，一手捏了捏她的脸颊。

他眸光清澈，在夜色里发出细碎的光，宠溺地说："走吧，我也没吃晚饭，你得补偿我，陪我好好吃一顿。"

夏缨破涕为笑，牵着他的手，向人潮涌动处走去。

戚骁白瞥见她神情放松了很多，内心的一块大石头终于落下了。

其实，夏缨不知道，戚骁白为了能够让她坦然面对自己，给自己做了多少心理建设，失眠了多少个夜晚。

夏新越来的那天，夏缨破天荒地没找他聊天，戚骁白心里那种自暴自弃好像又卷土重来。

他当时把手机放在旁边，一边等消息，一边给自己加训，练到虚脱。

但是方才，听到夏缨把心里话全都说出来的刹那，他反而松了一口气，心情前所未有地畅快。他喜欢与夏缨并肩而行，倘若有一天，她走到了前面，他也会用最快的速度赶上去。

而夏缨，亦是如此。

两个人都没有说话，但心里的念头，却大差不离。

吃饭的时候，夏缨打开手机，跟所有联系她的人报了平安。

得知戚骁白现在跟她在一起，夏冲和顾长平都放了心，没再过问太多。

吃罢晚饭，街上的人已经少了很多，戚骁白一直温柔地陪她说话，试图分散她情绪上的压力。

眼看就要走到地铁口，夏缨突然停下脚步。

"怎么了？"戚骁白低头问。

她没说话，眼睛盯着戚骁白精壮的胸膛和劲瘦的腰身看了一会儿。

"今天晚上，不回去了吧？"她扬起脸，眼巴巴地看着他。

戚骁白愣了一下："不回去？"

"嗯。"夏缨小心翼翼地舔了下嘴角，露出一点殷红的舌尖，小声地说，"我想睡你。"

第十九章
白签霓虹

　　戚骁白脑子里"轰"的一声发出爆响。

　　夏缨漂亮的脸蛋上露出"可以吗"的神情，一双水灵的眼睛瞟啊瞟的，就是不敢直视他。

　　主动说出这样的话，她用了很大的勇气。

　　夏缨身上淡淡的香味已经缠绕在鼻尖很久了，戚骁白喉咙发紧，低下头，声音有点哑："你想……"

　　夏缨脸颊红了一下，然后点点头。

　　戚骁白编了个理由，跟叶一鸣说不回去了，然后带着她就近找了家酒店。

　　夏缨的主动并不只是说说而已，也认认真真地在用行动证明。而或许，就是因为她的主动，戚骁白今天比以往更加亢奋。

　　夏缨觉得自己一会儿在云端，一会儿在海底。

　　身下的床褥究竟是软绵绵的云海，还是海底的沙石，她已经分辨不出了。嗓子眼里溢出欢愉的呻吟，又因为禁不住戚骁白的逗弄，忍不住用哭腔求饶。

　　可她越是求饶，戚骁白的身体就越是滚烫，压根没有放过她的打算。

　　一不小心，就折腾到了半夜。

　　第二天，戚骁白睁开眼，下意识就去摸旁边的枕头。

　　什么都没有，甚至连温度都已经冷却。

他立刻坐起身，看着空了一半的床铺、地上、椅子上，都没有夏缨的衣物。

心脏像是突然被掏空，空落落地发痛，戚骁白只是呆呆坐着，手指却快要掐进肉里。

他早该明白的。她昨天对他说了心里话，还哭得那么伤心，他早该明白她的选择。

今天，是夏新越计划离开的日子。

戚骁白失神地抓起手机，想跟夏缨再交代点什么，但是，该说什么呢？

她是个很成熟的大人，注意安全这种话，不需要别人提醒。

落地给我消息？可这样就真的意味着，接下来的十几个小时，他将彻底失去她。

戚骁白眼中无光，最后只是反复地解锁着屏幕，什么都没说。

今天车队没有安排训练，他郁郁寡欢地换好衣服，在这间客房里又呆坐了一会儿，似乎想把夏缨的气息全部融进骨髓里。

直到快过退房的时间，他才姗姗离去。

走过无数次的沿海公路变得漫长而枯燥，戚骁白回到基地门口时，看到了正撑着腮同样郁郁寡欢的夏冲。

他与夏冲并肩而坐，叫了声："小舅子。"

听到这个称呼，夏冲眼睛里划过一丝兴奋，但随即又冷却下来，叹了口气："姐夫。"

"你没去给你姐送行？"

"我才不去呢。"夏冲哼了一声，一脸的不乐意，"她爱走就走，也不跟我打声招呼，反正都走了那么多次了，我才懒得去送她，还不如写作业。"

顿了一下，他小声道："姐夫，你怎么也没去？"

戚骁白迟疑了一下。

关于今早他起来后，发现本该躺在枕边的人消失了的这个问题，似乎不太方便拎出来跟这个未成年人探讨。

他没回答，夏冲也没再问。

两个失意的男人排排坐，热烈的海风在他们眼里变得凄凉萧素。

"如果姐姐回来。"夏冲忽然开口，似乎还抱有一线渺茫的希望，"我一定好好学习，把训练和学习兼顾好，让姐姐高兴。"

戚骁白点点头，表示赞许。

夏冲问："你呢？"

戚骁白惆怅地抬起眼："如果你姐回来，我一定要跟她结婚。"

夏冲有点被震惊到。

戚骁白补充说：“我知道，我们在一起的时间不算长，谈结婚还有点早。但我想让她知道，我是奔着长长久久去的，倘若她以后结婚，我必然是第一顺位候选人，打都打不走的那种。”

夏冲感叹：“戚神，你是真的很喜欢我姐姐吧？”

“对。”戚骁白垂眸道，“真的，很喜欢很喜欢。”

两个人又一齐叹了口气，基地门口的温度都降了三分。

远在机场的夏缨打了个喷嚏，她揉揉鼻子，把双肩包放在行李箱上绑好。

夏新越值机完，把票装在兜里，看了眼时间：“去喝杯咖啡吗？我过一会儿再进安检，来得及。”

“好。”

夏缨跟他一起进了机场咖啡厅，两人各自点了杯喝的。

咖啡冒着热气，夏缨心不在焉地搅动着。

夏新越看着她，问：“你不反悔？”

“不反悔。”

“可以跟我说说理由吗？”

夏缨歪了歪头，却答非所问：“爸，你年轻时打过游戏吗？”

“怎么？”

“游戏分很多种类型，其中有一类是经营，有一类是养成。我现在在飞兔，感觉就像是在打一款经营加养成类的游戏。”

夏新越点了下头，示意她继续说。

“经营类会使我不断增加自己的沉没成本，久而久之我不舍抽身，而养成类……”夏缨顿了顿，无声笑了一下，“养成类会使我产生感情，不忍抽身。”

她说的这些，夏新越是明白的，女儿到底还是长大了。

夏缨见他没说话，便接着道：“我想跟飞兔共进退，不，确切地说，我想成为飞兔迈向一流之路的奠基人之一。等到那一天真的来临，我可以骄傲地说，自己是这支车队的元老。”

夏新越颔首：“我懂。”

“另外，我还有一些想法，是关于车队的。”夏缨眼中已经绽放出光彩，“虽然不知道可行与否，但我想跟长平哥细细探讨一下，我希望能把自己的想法和特色融在飞兔身上。”

话至此，夏新越已经挑不出什么毛病了：“看得出来，你是真心想跟这支车队一起走。”

“是的。”

"好吧，既然是你做的决定，老爸我也不干涉什么了。你好好努力，我会时不时问问顾长平你表现如何，如果你表现得不好，我再把你带回去历练。"

"嗯！"夏缨露出这几天最发自内心的笑容，"谢谢爸！"

夏新越看着她的笑意，忍不住恍神。

咖啡喝完，夏缨送他去安检口。

夏新越的助理已经等在那里了，那是个棕色头发的法国人，跟夏缨也认识很久了。

他俏皮地冲夏缨眨眨眼，趁着排队的间隙，跟她说悄悄话。

"夏以前跟我说过，他女儿未来会成长得特别出色，我现在终于信了。"

夏缨有点意外，这不像是父亲会说出来的话。她偷看父亲高大的背影，悄悄问助理："我爸什么时候说的？"

"就是你十八岁生日那天，他跟我说你能继承他的衣钵，还说在不远的将来，你一定会成为一个特别出色的女性，但最重要的是，你永远都是他最宝贝的小公主。"

夏缨怔住了，连呼吸都停滞，心里好像有什么情绪涌上来，湿润了眼眶。

再有两个人，夏新越就要进安检了，夏缨急急地叫住他："爸，我突然想起来，还有件事没跟你说。"

夏新越立刻从队伍里挪了出来，问："什么事？"

"很久以前，你跟我说过，也许某一天，我也会看到白昼的霓虹。"

夏新越点点头："是的，我记得。"

"我想告诉你——我找到了。"

她深吸一口气，眼睛发红，声音颤抖："我找到了我想要追逐的白昼霓虹，我想成为那道霓虹的翅膀。"

夏新越终于笑了："那我就更放心了。缨缨，爸爸为你高兴。"

他洒脱地挥了挥手，进了安检口。

夏缨站在外面，朝他的背影喊道："注意安全，落地给我发信息。"

夏新越身形一怔，然后抬起胳膊，冲她比了个"OK"的手势。

夏缨回到基地的时候，两个孤苦无依的男人还在门口抱团取暖。

她脚步一顿，迷茫地问："你们在干吗？"

两人都是平地一弹，直接蹦了起来。

夏冲一个没憋住，爆出一声粗口："姐？真是我姐？"

夏缨恶狠狠地拍了一下他的脑门："谁让你说脏话的？"

"嗷呜……"夏冲疼得抱住脑袋，"是我姐没错。"

"不然呢，你还有另一个姐姐？"

夏缨训完他，目光转到戚骁白身上，见他正死死地盯着自己，眼睛里布满血丝。

"小舅子，你姐先借我一会儿。"

戚骁白一把拉起她的手，迅速地把她往没人的地方带。

夏缨的手腕被他握得生疼，"哎哟"叫了两嗓子："戚骁白，你怎么了？"

"这话我要问你。"戚骁白虽然语气凶，但还是心疼地揉了揉她的手腕，"我以为你跟夏叔叔走了。"

"啊？"夏缨愣了一下，"我不是给你发微信了吗？"

说着，她从口袋里拿出手机，与风娇娇的聊天框里，最后一句就是："我去机场送我爸，你醒来后直接退房，回基地等我吧，爱你。"

但是前方多了个红色的感叹号。

夏缨一拍脑门："哦对了，我在地铁上给你发的这个消息，可能没信号，就没发出去……"

戚骁白薄唇抿在一起，心里的失落和委屈在这一刻像海啸一样兜头袭来，但又很快退去。他垂着长长的睫羽，遮住眼中潮湿的水汽。

他伸出手臂，重重地将夏缨搂进怀里。

夏缨有些难为情："在基地里面呢，会被人看到的。"

但戚骁白根本没有要放开她的意思，鼻息萦绕在夏缨的颈窝里，酥酥麻麻的还带着暖意。

路过的工作人员眼观鼻鼻观心，假装没看见，从他们身边略过。

不知过了多久，戚骁白终于松开这个拥抱，问她："怎么就决定留下来了？"

夏缨把自己对于飞兔的想法告诉他。

戚骁白边听边点头，夏缨小心地戳戳他说："我虽然留下来了，但并不完全因为你，你不介意吧？"

戚骁白眉头舒展，笑意蔓延到眼底："缨妹，昨天我就说了，无论你做什么决定，我都会支持你。"

夏缨吐吐舌头，小声吐槽："那你刚刚跟被抛弃的怨妇似的……"

戚骁白磨着后槽牙，艰涩道："你要是一早起床，发现跟自己腻歪了一晚上的人不翼而飞，你也会哀怨的。"

夏缨忙不迭捂住他的嘴："小声点！被人听到了怎么办！"

戚骁白眼睛弯弯，噘起嘴唇顺势在她掌心上亲了一口。

这时候，叶一鸣和秋一冉迎面走了过来，夏缨的手心立刻像被灼烧一样滚烫，倏地缩回背后。

"夏缨妹妹，你不走啦？"叶一鸣激动地跑了过来，从包里拿出一根草莓味的棒棒糖，"喏，给你的。"

"谢谢。"夏缨接过糖，心不在焉地说，"以后就留下来跟大家一起进步了。"

"好好好，这样我们飞兔才完整。"

秋一冉看了看她的脸，暗暗一笑，故意问："缨妹，你的脸怎么这么红，戚骁白欺负你了吗？"

夏缨捂着脸颊，拼命摇头："天气太热了。"

"哦……"秋一冉的眼睛直接眯成月牙形，"那你要注意降暑。"

夏缨干笑两声，岔开话题："你俩这是要去哪儿？"

"出去转转，看有没有什么新奇的美食。"

戚骁白："懂了，就是约会。"

秋一冉立刻涨红了脸，在夏缨的注视之下艰难地说："天气……确实太热了。"

夏冲开学一段时间后，近海市终于缓慢入秋。

戚骁白期待已久的小长假到来，但他并没有如愿以偿地被夏缨"藏"起来，因为连着三天，基地里都有各种各样的活动。

有些车手放假就回家了，但也有不少人留了下来，以叶一鸣为首，会玩的都在，几乎每天都能撺掇一个局。

第一天晚上，得到顾长平的批准，大家一起去酒吧里蹦迪。

夏缨不太喜欢这么闹腾的场合，但不知道为什么，跟飞兔这些人在一起，不喜欢的事情都能变得充满趣味。

她在嘈杂环境中艰难地找了个还算安静的位置坐着，小口喝着手里的低度果酒。

戚骁白在跟叶一鸣说话，夏缨的目光就跟在他身上，有些迷离。

似乎在这样的场合里，他的气质更加拔群，明明没有刻意打扮，也未佩戴任何装饰，只垂着眸讲话，却明晃晃地吸引人。

夏缨咂了咂嘴，正在想该怎么来形容此刻心里的满足感，就发现不止她一个人被戚骁白吸引。

当他从人群中挤出来的时候，有几个年轻曼妙的女孩围了上去，视线滴溜溜在他身上挂着。

她们张嘴说了什么，戚骁白微微皱着眉，没有费力去听，只是向角落里一指，嘴形似乎在说："我女朋友在那里。"

几个女孩讶异地回头打量夏缨，随即无奈地散开了。

夏缨撑着脑袋，又啜了一小口酒，眯眼与戚骁白对视。

他一步步走过来，伸手揽着她的腰，凑近了主动道："她们问我要联系方式。"

"然后呢？"

"我没给。"

夏缨揉了揉他的发顶，宠溺地说："真乖。"

戚骁白把头埋在她脖子旁，嘴唇快贴在皮肤上，仗着黑暗的优势，理直气壮地同她亲昵："我觉得你之前的想法太对了。"

"什么？"

"把我藏起来，省得别人惦记。"

夏缨哂笑："这话可以我来说，但你说就不行了，太自恋。"

戚骁白弯着唇角，没再说话。

他的视线停留在夏缨身上。今天出来玩，她化了妆，嘴巴上涂了口红，在酒杯上印下了淡淡的红印。戚骁白忍不住动了动指头，不知道为什么，好像喝完酒以后，怀里的人变得更加香甜可口。

戚骁白没打招呼，直接趁夏缨看过来的时候勾住她的后脑勺，铺天盖地地吻了下去。戚骁白不爱喝酒，此刻却贪婪地霸占着她舌尖的丝丝酒味。

唇瓣接触的地方，夏缨明显感觉到某人的体温在升高，动作也很霸道。

她堪堪把他推开，问："你喝多了吗？"

"没有，没有。"他声音低哑，喉结滚动。

夏缨转了转眼珠，说："我们先出去透透气吧，给叶一鸣留个言，让他们玩完了再跟我们会合。"

"好。"

离开吵闹的环境，夏缨觉得耳朵里好像还不停地有鼓点声传来，她甩了甩头，那鼓点仿佛直接打进她的脑壳里去了。

她按着纠结的眉心，忍不住吐槽："真上头。"

戚骁白低头看她，憋笑了半天："相信我，它今晚会一直缠绕在你脑袋旁，可能到第二天都挥之不去。"

"那可真……"夏缨把滑到嘴边的脏话咽了回去，"真刺激啊。"

由于脑袋里一直在"砰砰砰"地开宴会，夏缨吹了会儿风，干脆沿着马路一通暴走。

夏缨的体能在女生里算是非常好的，连续暴走一天也不会觉得很累。

戚骁白悠悠地说："缨妹，我发现我有个优点，跟你非常匹配。"

"什么？"

"体力好。"

夏缨动了动嘴唇，脑袋里的小火车直接拐到奇怪的路上去了。

她正思索着如何接这一招，就听戚骁白不带任何多余的情绪地说："要是换成其他人，可能根本跟不上你这暴走的节奏。"

"咳……"夏缨这才发现自己会错意，"你说得对，我赞同。"

戚骁白余光瞥过来，嘴角翘着："你刚刚是不是想歪了？"

"没有！"夏缨心虚地笑着，试图岔开话题，"因为我从小就锻炼身体，也经常跟我爸一起出门骑行，所以体质才这么好。"

戚骁白没有揭穿她的窘迫，顺着她的话聊下去："你跟夏叔叔的关系缓和了吧？"

"算是吧。"夏缨说，"过去的事情都过去了，他现在支持我的工作，我也没道理再责怪他。"

"我也就是这两天才想明白。"戚骁白说，"他可能，早就猜到你的选择了。"

"嗯？为什么这么说？"

"如果他真的要把你带走，又怎么会给你带那么多吃的过来呢，直接回去吃不就行了吗？"

夏缨有点恍然。

戚骁白又说："抛开其他的不谈，他对你其实很不错。"

"是啊。"夏缨叹了口气，有些道理只有长大后才能明白。

比如父亲在做错事情以后，那种想要弥补的用心良苦。

不用问，夏缨都知道，他在放弃家庭后一定是后悔过的，所以才会选择站在远处，不动声色地帮助夏冲成长。

而她自己，目前所拥有的绝大部分，都是在夏新越的帮助下得来的。没有夏新越，她就接触不到那么多先进的技术，不会早早就掌握着领域内的人脉，更不会有现在的首席技师夏缨。

她说想要成为铸造翅膀的人，而她的翅膀，是父亲铸造的。

夏缨这段时间，一直在消化这种复杂而矛盾的情绪。

她仰头看了看月亮："我虽然不认可他离开母亲的行为，但也很感激他对我的抚养。"

戚骁白："有些事情不用那么急着找到答案，如果可以维持平衡，那就保持现状也不错。"

"对。"夏缨点头，轻声说，"我们家所有人，现在都在礼貌地维持现状。"

过了好一会儿，夏缨才从这份思绪里抽出来，脑子里虽然还在敲锣打鼓，但比刚才清醒了一些。

"叶一鸣他们结束了吗？"她问。

戚骁白看了眼手机："他让我们不要等他们。"

"看来是要蹦到凌晨了。"夏缨说，"那我们现在回去？"

戚骁白迟疑了一下，语速极慢地反问："回去？"

夏缨立刻明白他的意思，低声说："快比赛了，你要注意一点，戒烟戒酒戒欲。"

"不用提前这么久。"戚骁白浅笑，"今天可以喝酒，那禁欲也可以从明天开始。"

夏缨竟然觉得很有道理，于是两人愉快地在外面过了夜。

第二天晨起退房时，他俩意外地跟叶一鸣打了个照面。

叶一鸣手里提着两人份的早餐，在酒店大门口和他们对视，双方不约而同地定格了。

叶一鸣有种秘密被撞破的尴尬，脱口问："你……你们没回去？"

"没啊。"戚骁白坦然道，然后将同样的问题抛给他，"你也没回？"

"啊，对，蹦到凌晨五点多，一看来不及回了就……"

他的目光到处飘，脸红得能滴血。

夏缨足足花了半分钟来理清这个偶遇，看着他手里的早饭，意味深长地说："秋一冉爱吃的鲜肉包。"

叶一鸣立刻伸手想捂住那袋包子，但已经来不及了。

戚骁白的神色颇有些感慨，不咸不淡地说："你进度还挺快。"

叶一鸣摆了摆手："不跟你们说了，包子都要凉了。"

他正要走，却被戚骁白拦下，问："你今晚回寝室吗？"

"得看那位姑奶奶的心情。"

"啧。"戚骁白幽幽道，"比赛在即，注意禁欲。"

叶一鸣耳朵尖"唰"地一下红了，镇定两秒，他嘴硬地回："兄弟，你也是。"

这三天假期无比充实，除了叶一鸣和秋一冉在蹦迪的第二天正式确认了恋爱关系，顾长平似乎也在暗中捣鼓着什么。

夏缨等人提前知道了他的"计谋"，达成统一战线。

假期的最后一天，顾长平主动带领大家去海滩边烤肉吃，方清如也应邀在列。

现在是吹海风最好的季节，不像盛夏时那么热，也不像冬天时冰冷刺骨。有人带了音响过来，先是放了几首欢快的曲子，然后开始单曲循环Perfect（《完美无瑕》）。

夏缨一直在方清如身旁，时不时观察她的神色。

有点奇怪，方清如心不在焉的，难道有谁把顾长平的计划泄露给她了吗？

可是，夏缨设身处地地想，如果提前知道男朋友今天要求婚，情绪应该是又期待又紧张的吧？

然而方清如现在好像身揣了一个天大的秘密，时而喜悦时而忧愁，且不知该找谁倾诉的样子。

夏缨决定去打探一下口风，她凑到方清如身旁，像小时候那样撒娇地叫了声："清如姐。"

"哎。"方清如匆匆回神，看她，"怎么了？"

"你怎么不吃烤肉呀？"

"哦，我吃了的。"说着，方清如拿起看上去烤得最老的一串肉。

"你怎么吃那个？太老了，口感不好，我给你换一串吧。"

"没关系。"方清如已经咬了，"我喜欢吃老的。"

夏缨疑惑地眨眼，是这样吗？她怎么记得方清如很挑嘴？看来是真的有什么。

夏缨把方清如拉到没人的地方坐着，开门见山地问："清如姐，你今天怎么了？感觉有心事。"

方清如勉强扯出一个笑："没、没什么。"

"你可骗不了我。"夏缨眯起眼看她，"我俩认识多久了，你这样跟我说没什么，以为我会信？"

方清如这才抬起头，警惕地看了眼顾长平的方向，压低声音："那我告诉你，你答应替我保密，绝对不可以告诉别人，尤其是你长平哥。"

"好。"

方清如深吸一口气，手不由自主地握成拳，悄悄吐出六个字："我好像……怀孕了。"

夏缨登时呆掉，张着一张嘴，灌了满嘴海风，愣是没说出一个字来。

半晌后，她磕磕巴巴地问："长、长平哥的？"

"废话！"方清如作势就要打她，但好像又想起了什么，淑女地坐了回去，改成瞪视，"不然还能是谁的！"

"哇……那可真是……"

真是什么？夏缨卡住，说不上来。

在顾长平密谋求婚的这一天，方清如恰好知道自己怀孕了，然后两个人都心照不宣地没有告诉对方。难道这就是所谓的"不是一家人，不进一家门"？连脑回路都如出一辙。

夏缨平复自己的呼吸："那你怎么没告诉他？"

方清如叹气："我不知道该怎么说……"

"还能怎么说？用嘴说啊。"

方清如又剜她一眼，不安地绞着手指，道："我不确定他现在是什么想法，要不要结婚，准不准备迎接一个小生命的到来。如果他现在不想成立家庭怎么办？我……"

夏缨明白了，她的症结在于想太多。

夏缨忍着笑，郑重地拍了拍她的肩，说："你想得很对，我建议你再考虑一下，毕竟这么大的事，长平哥可能会觉得很突然。"

方清如脸色沉沉："对，我就是这么打算的，等我做好万全的准备再告诉他。"

几句话的工夫，顾长平那边似乎觉得是时候了，远远地冲夏缨使了个眼色。

夏缨立刻抓着方清如的手："清如姐，你看今天月亮好圆啊，挂在海面上是不是特别好看。"

"嗯，是的。"方清如心不在焉地应着。

"走啊。"夏缨拉着她，"我们去前面看看。"

方清如不疑有他，跟着夏缨的步子走到了海岸边。

海浪温柔地涌上来，舔舐细润的沙滩，显现出一种白天看不见的安宁与随和。

远方，海天连成墨黑的一线，像是铺陈开的巨大幕布，包容着海浪，也包容着天上那轮无声的月亮。

方清如看着眼前的风景，一不小心就入迷了，连夏缨悄悄从她身边离开都不知道。

不知过了多久，忽然听到有人在旁边叫她："清如。"

方清如应声回头，看到顾长平深邃的眼眸。

他一只手拿着花，一只手背在身后，缓缓地单膝下跪。

"方清如。"顾长平的声音随着海浪而来，"我目前为止的人生中，大约有一半的时光都与你有关，不知道从什么时候开始，你一不在我身边，我就坐立难安。分手的这段时间，我非常煎熬，终于明白了自己的想法。方清如，我想后半辈子都只与你一人纠缠不休。你愿意嫁给我吗？"

> Well I found a woman stronger than anyone I know
>
> 我寻得了这样一个女人，她坚强过所有的人
>
> She shares my dreams, I hope that someday I'll share her home
>
> 她对我分享着她的梦想，我希望有天我能许她个家
>
> I found a love to carry more than just my secrets
>
> 我寻得这样一份爱，对它慎重过我所有秘密

To carry love, to carry children of our own

携着这份爱，直到有我们自己的小孩

海风温柔。

低吟浅唱环绕在耳边，方清如捂着嘴巴，终于听懂了这首歌的歌词。

还记得很久以前，顾长平于她，最初只是个班上成绩最好的男同学。

他们本无交集，直到某次，她考得不好，悄悄抹泪的时候，这个斯斯文文的少年忽然把自己的桌子搬到旁边，笑容有些吊儿郎当，说："班主任让我辅导你学习。"

后来她才知道，班主任根本没这样说。

一晃，都过去这么久了。

他从青涩的少年变成了如今成熟稳重的大人，她亦能够穿上一身正装，昂首挺胸地站在他旁边。

方清如哭了，一只手按在肚子上，哽咽地说："我们同意。"

顾长平明显愣了一下，半天后才明白"我们"的含义，他欣喜若狂地冲上去，一把抱住方清如，拼命地叫。

叶一鸣不得已在旁边提醒他："别着急啊，戒指，还有戒指呢！"

顾长平这才反应过来，赶紧拿出准备好的戒指，替方清如戴在手上。

飞兔一票车手在旁边鼓掌起哄，戚骁白脸上也挂着淡笑，似心有所感，一扭头，发现夏缨脸上挂着两行泪。

戚骁白顿了顿，问："你怎么了？"

"我、我、我就是……"夏缨哭得很放肆，"呜，我太感动了！他们终于走到这一天了，呜呜呜。"

原来是因为感动的。

戚骁白了然地揽着她的肩，在人群最后方，轻轻触碰她的额头："我今天有个东西要给你。"

"什么东西？"

两个人提前离开这个浪漫的海岸，悄悄回了基地。

夏缨在男寝楼下等了他一小会儿。

戚骁白下来时，手里多了个太阳神玩偶。

"你之前就想看这个吧？"戚骁白给她，"拿去。"

夏缨诧异："可以吗？"

"不是送给你，就是先借你看看。"戚骁白撸了把玩偶的毛背，笑道，"毕竟，这也是支持我的人送的。"

夏缨问："你……都想通了？"

"嗯，早就想通了。"

两人并肩坐在台阶上。

现在基地的人几乎都在海岸边，难得的安静空旷，不用很大声，夏缨就能听见他说话。

"人生很长，宇宙很大，相逢即是缘。"

夏缨笑了出来："戚老师哲学讲座？"

戚骁白也不恼，继续道："支持我的人，他们来，我欢迎；他们走，我不送。但有一点，我现在很明确，就像你之前所说，我不是为了报答任何人，也不是为了让任何人开心才骑车。我……"

他垂眸看着太阳神玩偶，灯光在他睫毛上投下一片阴影，犹如蝶翅："我是为了自己而骑车，也是为了自己，才想要冲向终点。"

夏缨良久不语。

这一刻，她仿佛看到戚骁白冲破隐形的茧，张开身后巨大的翅膀。

环G省公路自行车巡回赛终于来临。

环省的比赛规模通常比较大，有男子赛，也有女子赛，都要持续一周左右，横跨省内多个城市与风景名胜。

飞兔一行人提前过去踩点，G省地处南方，虽然入秋却仍然很热。

比赛前的晚上，顾长平组织了赛前最后一次团餐。

虽没喝酒，但大家都有点上头。十几个人围坐在桌子旁，吃着方清如安排的饭，吵吵闹闹。

趁他们最开怀的时候，顾长平忽然站了起来，高声问："你们觉得G省的风貌怎样？"

"漂亮！"

"好山好水！"

"遍地都是美女帅哥！"

"哈哈哈想什么呢，难道你要拐一个回去？"

顾长平笑而不语，任凭他们说个痛快后，才道："美女愿不愿意跟你们走，我不确定，但我知道，肯定会有很多美女来看比赛。"

"那我们得好好表现了。"

"是的，你们都知道这片土地有多热情了。"顾长平点头，以果汁代酒，敬大家，"明天，就是你们上战场征服它的时候了！"

"好！"大家纷纷站了起来，将果汁一饮而下。

晚饭过后，顾长平连同几位工作人员，重新梳理了一下第一天的比赛策略，然后才放大家去睡觉。

夏缨把戚骁白暂时借给她的那个太阳神玩偶带了过来。

睡觉前，她抵着玩偶的头，像与一位老友神交那样，闭着眼睛，久久不说话。

第二天，秋高气爽，天气非常好。

开幕赛在热烈欢腾的氛围中拉开帷幕，每一位车手都穿好所在队伍的服装，在检录台亮相完毕，去起始点等待出发。

在飞兔到达出发线之前，夏缨找到戚骁白，似要说话，但又什么都说不出来，只郑重地与他对视。

他们两个穿着同款飞兔队服，看起来像情侣装。

戚骁白微微弯腰，耐心地问："你要说什么？"

"我想说。"夏缨慢慢道，"比完赛，我们去更远的地方转转吧。"

"比如？"

"去西索看看，再去ACK看看，也去看看那个曾经支持过你，但现在长眠着的女孩。"

"好。"戚骁白弯着眉眼，眸光温柔。

"那些走过的路，或许留下的不全是美好的记忆，却铸就了现在的我们。"夏缨把自己纤细的手掌覆在他的手背上，眨了眨眼。

"嗯，我们一起去回顾一遍。"

"还有一件事。"

"什么？"

"白昼霓虹。"

"我知道。"戚骁白说，"在北市，你提过这个词。"

"那是源于我爸爸在很久以前跟我说过的一句话——也许有一天，你也会看到白昼的霓虹，就能明白我的追逐。"

戚骁白垂眸："那你现在明白了吗？"

"已经明白了。"

戚骁白没吭声，静静听着。

夏缨看着他，笑出两个小酒窝："就在环近海市那场比赛上，你出发的那一瞬间，我真的看到了白昼霓虹。"

戚骁白攥紧车把，两秒后再松开。

"夏缨。"他一字一顿地道，"我永远都是你的白昼霓虹。"

十五分钟的中立区"巡礼"过后，组委会在"0公里"处挥动明艳的旗帜。

所有车手像离弦的箭，破开疾风，开始属于自己的一段全新旅程。

戚骁白的身影冲了出去，夏缨似有所感悟，注目片刻。随即，她拉上队服拉链，转身，上车，关门，一气呵成。

"出发——"

一声令下，她又一次，和他一同站在了赛道上。

少年不死，火焰不熄。

向前奔跑的人或许平凡，却也不甘平凡，终究用自己一颗滚烫的心，铸成白昼里最灿烂的光。

或许，很多年以后，这条赛道上的人全都换了一遍。

但仍然会有人站在道路旁边，指着他们说：

"看到了吗？是白昼霓虹。"

【全文完】

图书在版编目（CIP）数据

白昼霓虹 / 顾汐润著 . — 南京：江苏凤凰文艺出
版社，2021.1（2024.3 重印）
ISBN 978-7-5594-5345-7

Ⅰ . ①白… Ⅱ . ①顾… Ⅲ . ①长篇小说 – 中国 – 当代
Ⅳ . ① I247.5

中国版本图书馆 CIP 数据核字 (2020) 第 215545 号

白昼霓虹

顾汐润 著

选题策划	北京记忆坊文化
特约策划	莫桃桃
特约编辑	莫桃桃
责任编辑	白 涵
封面绘图	王点点
封面设计	80 零·小贾
版式设计	天 缈
出版发行	江苏凤凰文艺出版社
	南京市中央路 165 号，邮编：210009
网　　址	http://www.jswenyi.com
印　　刷	环球东方（北京）印务有限公司
开　　本	670 毫米 × 970 毫米 1/16
字　　数	320 千字
印　　张	17
版　　次	2021 年 1 月第 1 版
印　　次	2024 年 3 月第 5 次印刷
书　　号	ISBN 978-7-5594-5345-7
定　　价	45.00 元

江苏凤凰文艺版图书凡印刷、装订错误，可向出版社调换，联系电话 025-83280257

MEMORY
HOUSE